Klaus Edlinger

Wind an den Sohlen …

Klaus Edlinger

Wind an den Sohlen …

Unterwegs-Geschichten

Leykam

Für Unterstützung danke ich meinem Freund Univ.-Prof. Dr. Kurt Bartsch, meinem Verleger Wolfgang Hölzl und meiner Lektorin Rosemarie Konrad. Elisabeth Klöckl-Stadler danke ich für den Satz.
Klaus Edlinger, www.klausedlinger.com

Einbandgestaltung: Peter Eberl, www.hai.cc
Das Umschlagbild „Patagonisches Nichts" und die Bilder des Autors hat Gertrude Edlinger fotografiert, alle anderen Fotos stammen vom Autor.
Satz: Elisabeth Klöckl-Stadler, www.zwiebelfisch.at
Gesamtherstellung: Leykam Buchverlag

ISBN 978-3-7011-7664-9
www.leykamverlag.at

An seinen Sohlen klebt der Wind …
PAUL VERLAINE ÜBER ARTHUR RIMBAUD

Inhalt

Die Welt ist ein Buch, und wer nie reist, kennt nur eine Seite davon. – Aurelius Augustinus

1

Leben ist Reisen ist Lesen
Eine Art Einführung

Kitzeck, Steiermark

Die Rieden rinnen talwärts, denke ich mir in der Wärme hinter meinen Fenstern. Auch unter der dichten Schneedecke zeichnen die Weingärten ihre Konturen in die weißen Hügel. Bei uns in Kitzeck wird Wein kaum in Terrassen angebaut. Das hat mit EU-Förderungen zu tun. Fast alle Weingärten folgen daher der Falllinie und „fließen" auf die natürlichste Weise den Berg hinunter. Das strahlt Ruhe aus, und das ist schön. Schön, ehrlich und ruhig, wie das Brot, das in der Hitze meines Backofens gedeiht. Und irgendwie ist es dieselbe Harmonie, die von den Linien der Regale in meiner Bibliothek ausgeht.

Ich umgebe mich mit sehr vielen Büchern. Bei längerem Nachdenken würde ich aber nicht sagen, dass ich eine Bibliothek im herkömmlichen Sammlersinn besitze. Ich habe kaum Klassiker, keinen Lessing, Schiller oder Goethe. Bei mir stehen keine Erstausgaben, keine kostbaren Lederfolianten, keine Autographen, kaum bibliophile Raritäten und nur ganz wenige Bücher mit Autorenwidmungen. Trotzdem, ich umgebe mich gerne mit Büchern, ich bin ein Büchernarr. Seitdem ich lese, sammle ich Bücher. Meine Frau hält mir händeringend ihren altersschwachen Staubsauger vor die Nase und sagt, dass uns mein krankhafter Bücherkaufzwang, dem ich monatlich, ja wöchentlich nachgebe, noch in den Konkurs treiben werde. Jedenfalls kaufe ich wesentlich mehr Bücher, als ich lesen kann. Trotzdem behaupte ich: Ich habe keine Bibliothek! Das, was ich mir angelegt habe, nenne ich mein Lese-Depot. Mein Lese-Depot ist der große Raum, in dem ich jetzt sitze und von dem aus ich auf die ruhige Landschaft rundum blicke. Alle vier Wände sind bis oben hin von bunten, glänzenden und matten Buchrücken aller Größen und Konsistenzen bedeckt, die zu Sachbüchern, Romanen,

Reisebüchern und Bildbänden gehören, zu Hardcovers, Paperbacks und Broschüren.

Erst neulich wurde mir bewusst, warum ich vor den Buchrücken auf vielen Regalen völlig wahllos jene Modellautos und -motorräder postiert habe, die ich seit Jahren sammle. Es sind Kunstwerke des Modellbaus aus der amerikanischen Franklin-Mint-Manufaktur, detailgetreue Nachbauten aus nicht weniger als 200 Einzelteilen im Maßstab 1:24. Vor den *Brockhaus*-Bänden steht beispielsweise der schwarze Auburn Speedster, der Rolls Royce Silver Ghost ist vor meinen handgeschriebenen Reisetagebüchern platziert. Der Mercedes Benz 540 K (Das Cabrio der Könige!) parkt vor dem *Mann ohne Eigenschaften*. Die Harley Davidson Heritage lehnt ein Regal höher vor Mark Twains *Tom Sawyer*. Ich nenne nur einige wenige. Vor Kurzem, es war Nacht, ich war gerade aus Israel zurückgekommen und trank Tee, umgeben von meinen Büchern, vor Kurzem also, kam ich mir auf die Schliche. Ich entdeckte den – völlig logischen – Grund für diesen Spleen: Ich bin immer unterwegs. Wenn ich nicht unterwegs bin, lese ich. Aber wenn ich lese, reise ich auch. Wir Leser sind Reisende. Wir sind ständig unterwegs, zu Kopf und zu Fuß. Meine Bücher, die Autos und die Motorräder sind Fortbewegungsmittel, also gehören sie zusammen. Schon lange vor dieser Entdeckung habe ich intuitiv die Modelle zu den Büchern gestellt.

Die meisten Automodelle, die ich besitze, stammen aus der Nachkriegszeit, eben aus jener Zeit, in der ich zum Leser wurde. Das war vor einem halben Jahrhundert. Ein Spätsommertag. Wir lebten damals in einem Dorf im Süden der Steiermark. Obwohl es draußen schön war, hatte ich den ganzen

Tag im Haus zugebracht, seit Stunden völlig vertieft in die Nibelungensage. Das wurde meiner Mutter zu viel. Sie nahm mir das Buch weg und warf mich gewissermaßen hinaus. Ich musste an die frische Luft, wo ich kurz darauf mit meinem Roller verunglückte. Wahrscheinlich war ich mit dem Kopf noch in Worms am Rhein. Den Unfall und den darauf folgenden Krankenhausaufenthalt betrachtete ich jedenfalls als Strafe Gottes. Meiner Mutter musste es ähnlich ergangen sein, denn sie überschüttete mich im Spital mit Büchern. Ich merkte aber genau, dass sie lediglich das schlechte Gewissen trieb, an ihrer Grundeinstellung, wonach zu viel Lesen ungesund sei, hatte sich nichts geändert. Als ich wieder zu Hause war, tat ich, was von mir erwartet wurde. Zur Freude meiner Mutter ging ich viel an die frische Luft. Aber ich baute mir eine Baumhütte, und dort oben im Laub, einige Meter über der Welt der Durchschnittsmenschen, die mit beiden Beinen auf dem Boden standen, las ich, solange ich wollte. Neben dem gewissen „Gefühl der Erhöhung" mag sich damals in mir auch das Bewusstsein eingeprägt haben, dass man als Leser immer „draußen" ist. Man schließt aus und wird immer ausgeschlossen. Man gehört nie dazu. Vor allem aber merkte ich, dass ich mit Hilfe der Bücher all dem entkam, was den Alltag unerträglich machte. Ich entdeckte die Phantasie, das Pendeln zwischen Wirklichkeit und Fiktion, erfuhr deren wechselseitige Befruchtung als Bereicherung. Damit haben meine Geschichten zu tun, mehr dazu später.

Alles Leben ist Reisen ist Lesen ist Leben. Ich, Sie, wir alle lesen in Büchern, entwickeln daraus Gedanken und Bilder. Wir tun etwas, wir lassen unserer Phantasie freien Lauf, werden kreativ, setzen manchmal sogar Handlungen aufgrund einer Lektüre. Beim Reisen erweitern wir das Lesen. Wir lesen in Landschaften, in Städtebildern, in Gesichtern und Szenen. Abseits der Bücher lesen wir nicht nur mit den Augen. Auch Gerüche, Farben, Laute und Berührungen notieren wir. Nase, Haut und Ohren „lesen" mit. Reisen ist sinnliches Lesen. Das alles zeigt, wie sehr Lesen Bewegung ist. *Solvitur ambulando* haben die Römer gesagt, alles löst sich in der Bewegung. Und von Nietzsche stammt der Satz: *Man schreibt auch mit den Füßen.*

An seinen Fußsohlen klebt der Wind! Paul Verlaine hat das über seinen Freund Arthur Rimbaud gesagt, als diesen seine Unstetigkeit nach zwei Jahren glücklichen Zusammenlebens weitertrieb. Ich denke, diesen Wind, der die Phantasiewolken im Kopf antreibt, spüren viele Menschen. Und einige haben ihre Geschichten mit den Füßen geschrieben. Ich habe sie alle in meinem Depot, die Großen dieses Genres: Bruce Chatwin, Paul Theroux, Patrick Leigh Fermor, Ryszard Kapuściński, Jack Kerouac, Alain de Botton, Bill Bryson, Geoff Dyer, Jon Krakauer, William Least Heat Moon, Nicolas Bouvier, Annemarie Schwarzenbach, Frieda Bülow, Heinrich Heine, Theodor Fontane, Cees Nooteboom, Claudio Magris, Karl Markus Gauß, den jungen Matthias Zschokke und viele andere mehr. Unmöglich, sie alle aufzuzählen. Ich habe ihre Bücher verschlungen. Ich bewundere sie, viele ihrer Gedanken und Bilder mögen sich in meinen Storys eingenistet haben. Mit meinen Geschichten sehe ich mich aber doch in eine Richtung gehen, die Woody Allen in dem schönen Film *Melinda, Melinda* vorgibt, wenn er die Szene einer konkreten Begegnung von Menschen zum Anlass für die Kreation und Entwicklung zweier Biographien von ein und derselben Person nimmt. Beide sind total verschieden, beide sind absolut möglich.

Im Pariser Louvre hängt ein Gemälde von Justus van Gent. Das Bild zeigt einen ebenso hölzernen wie hochwürdigen Mann, der in einem Kreuzgewölbe sitzt und eine Bischofsmütze trägt. Die rechte Hand hat er erhoben, die Handfläche zeigt nach innen, der kleine Finger und der Daumen sind etwas gespreizt. Das überraschend junge Gesicht ist von konzentrierter Aufmerksamkeit. Der Mann, Bischof Aurelius Augustinus, liest im Gesicht seines unsichtbaren Gegenübers und hört intensiv zu. Von ihm wird der Satz überliefert: *Die Welt ist ein Buch, und wer nie reist, kennt nur eine Seite davon.*

Die Geschichten, Bilder, Reflexionen und Momentaufnahmen dieses Buches sind Geschichten eines Reisenden, der gelernt hat, dass der Reichtum dieser Welt erst durch die Vielfalt der Perspektiven zur Geltung kommt. Sie pendeln zwischen Fakten und Fiktionen. Es sind Splitter, die auf den Wegen liegen, erfundene und reale. Es sind die Geschichten eines Unterwegs-Menschen, der Erlebnisse, Zufälle, Szenen und Begegnungen weiterspinnt. Es sind erzählte Möglichkeiten. Beim Reisen gibt es keine Endgültigkeiten. Alles ist in Schwebe. Jede Begebenheit an jedem Punkt dieser Erde ist ein Superlativ. Und es ist überhaupt nicht wichtig, was wirklich passiert ist und was erfunden. Alles ist möglich. Die Wahrheit versteckt sich manchmal so sehr, dass man sie (er)finden muss.

Ich trage den Süden in mir wie ein
Schicksal des Herzens …, ich suche den Süden,
wo die Zeit Ewigkeit ist. – Argentinisches Lied

2

Im kalten Süden

Punta Arenas, Patagonien
Berlin, Deutschland

War das alles? Jeden, der einige Jahrzehnte auf dem Buckel hat, überfällt einmal das Gefühl, nur ein Hamster im Laufrad gewesen, am Leben vorbeigeschlittert zu sein. Das kommt so plötzlich wie ein Schnapsrausch. War das alles? Wozu? Was ist geworden aus der ehemals unternehmungslustigen Raupe? Alles andere als ein Schmetterling …

Das Phänomen kennen wir alle. Wir haben viele Namen dafür, egal, wie wir es taufen, es frustriert. Die Betroffenen wenden sich ab und sagen, nein, sie brüllen, schreien: NEIN! Sie empfinden plötzlich ihre Umgebung als ebenso unerträglich wie die Haut, in der sie stecken. Wer das JA verliert, stellt alles in Frage. Der Lebensweg, die in mühevoller und konfliktreicher Sozialisierungsarbeit errichtete Piste der Werte und Wegweiser, stellt sich plötzlich als großer Irrtum heraus. Auf der Suche nach neuen Koordinaten wollen die Menschen dann alles sein, nur nicht sie selbst. Sie halten sich für originell und sind meist nur lächerlich, wenn sie ihre neuen Vorstellungen von Leben schrill demonstrieren. Männer setzen sich dann auf ihre Motorräder, Frauen kürzen ihre Röcke bis weit übers Knie hinauf und hoffen, dass frische Luft zwischen ihre Schenkel zieht. Mich hatte es natürlich auch erwischt, und so suchte ich mir einen Fluchtpunkt auf der anderen Seite der Welt. Ich fuhr nach Patagonien.

Die Patagonien-Idee fieberte schon jahrelang in mir. Genau gesagt seit jenem Datum, da ich Bruce Chatwins *In Patagonien* gelesen hatte. *In Patagonien* wurde für mich so etwas wie ein „Erweckungswerk“, zur Metapher für das Äußerste, für den Punkt, über den man nicht hinausgehen kann. Jetzt brach das alles auf. Das wollüstige Gift des Fernwehs tat seine Wirkung. Wäre ich daheimgeblieben, wäre ich erstickt. Deshalb brach ich abrupt auf. Wochenlang fuhr und ging ich kreuz und quer durch den Süden Chiles und Argentiniens. Mehrmals überquerte ich die Anden. Nur selten traf ich Menschen. Wenn ich den Mund aufmachte, dann nur, um mit mir selbst und den Guanakos zu reden, die mir zuschauten, wenn ich in der stürmischen Pampa mit meinen Zeltstangen kämpfte. Das gefiel mir.

Und dann erlebte ich in Punta Arenas etwas so Rätselhaftes, dass ich es für notwendig halte, mich ausdrücklich für den Wahrheitsgehalt der Geschichte zu verbürgen, die ich erzählen will. Die Geschichte reißt so viele Fragen auf, dass ein Mensch mit Phantasie keinen schnellen Schlaf finden kann. Mir ging es jedenfalls so.

Wir sind also in Punta Arenas, es ist Mitte Februar, um genau zu sein, es ist der 12. Februar 2006. Sie werden merken, es ist wichtig, vor allem die Jahreszahl des Datums festzuhalten. Der Himmel ist blau, und es ist kalt. Ich stehe im Bus zum Friedhof. Mit der linken Hand kralle ich mich am Haltebügel fest. Wir werden bald da sein, und mir ist inzwischen klar, dass auch die einzige Frau im Bus, eine Dame, dorthin will. Sie sitzt vor mir, besser gesagt: unter mir, am Fenster. Ich könnte nie so sitzen wie sie, so absolut teilnahmslos und mit dem Ziel im Rücken, also gegen die Fahrtrichtung. Der Bus ächzt wie ein geschundenes Tier durch die Kurven der Vorstadt, vorbei an der Salesianermission, die ich heute früh fluchtartig verlassen habe, weil mir die Präsentation der außergewöhnlichen tierischen Missbildungen zu ekelhaft erschienen ist.

Der Busfahrer ist ein Trottel. Er beschleunigt, bremst und steuert den Autobus bewusst ruckartig. Blöd grinsend beobachtet er im Rückspiegel die Balanceprobleme der Fahrgäste. Er merkt gar nicht, dass der am Spiegel hängende Rosenkranz ständig gegen seine schwächste Körperstelle, das Hirn, schlägt. Wahrscheinlich stellt er sich den schlingernden Bus als ein edles Pferd unter seinem Gaucho-Arsch vor.

Hinter der Schiffsagentur Gonzales glitzert das Wasser der Magellanstraße. Manchmal spiegeln sich die Lichtertropfen tänzelnd an den Wänden der Uferhäuser. Punta Arenas ist nicht schön, aber das Meer dahinter ist eine große Geschichte, eine ewige Bewegung, grenzenlos und rätselhaft, eine unendliche Fläche der Unruhe, des Möglichen. Charles Darwin war mit seiner *Beagle* hier, am 53. Breitengrad, einer der wenigen Erfolgreichen, denn dieses Meer ist vor allem ein Sammelbecken von Untergang und Verzweiflung. Es birgt die Wracks unendlich vieler Schiffe und die zerschellten Hoffnungen ihrer erfrorenen und ertrunkenen Passagiere.

Ich beobachte die Frau im Bus und entdecke erst jetzt, dass sie neben der Handtasche einen Rosenkranz und eine vergilbte Papierblume in der Hand hält. Ein feiner, eindeutig europäischer Duft geht von ihr aus. Aber Punta Arenas ist kein Ort für Damen. Die Frau passt nicht hierher. Sie ist ganz gewiss keine Touristin, sie ist auch keine Geschäftsreisende. Sie hat etwas zu tun. Sie hat ein Ziel, den Friedhof. Sie will dort irgendetwas erledigen, wahrscheinlich den schon seit Jahren geschuldeten Besuch eines Grabes. Wenn sie ihre Aufgabe erledigt, vielleicht einen „Auftrag" erfüllt hat, wird sie Punta Arenas so schnell wie möglich verlassen. Davon bin ich überzeugt.

Inmitten der rauen Männertruppe fühlt sich die Frau sichtlich unwohl. Sie leidet und blickt seit der Abfahrt demonstrativ

zum Fenster hinaus. Sie hat die Augen offen, aber sie sieht weder die vorbeiziehenden Häuser noch die winkenden Kinder. Sie sieht nicht die dreckigen Schuhe, die spiegelnden Hosen und die fetten Ponchos der Männer im Bus, deren hässliche Hüte, die Wollmützen über den klebrigen Haarsträhnen. Es ist widerwärtig genug, das alles riechen zu müssen. Und warum sollte sie Interesse an den windzerzausten Geschichten haben, die hinter den Gesichtern dieser Männer stecken?

Ich kann gar nicht sagen, warum, aber ich bin mir sicher: Die Frau muss älter sein, als sie aussieht. Sie hat die frische Haut eines Mädchens. Sie ist vornehm, sehr gepflegt, an die 70 würde ich sie schätzen. Außer dem dunkelbraunen Steppmantel ist alles an ihr schwarz, auch die Haarsträhnen, die aus dem Kopftuch fließen: ein verhältnismäßig neues Kostüm, unter dem Mantel deutlich erkennbar, das Halstuch, die Stiefel, die Strümpfe und die Handschuhe, alles ist schwarz. Das sieht nach Trauer aus. Schon beim Einsteigen auf der Plaza de Armas hätte ich mir denken können, dass der Friedhof ihr Ziel ist. Auch die Handtasche, deren Riemen sie mit der Papierrose fest umklammert hält, ist schwarz.

Wir kommen an. Auf der schütteren Wiese vor dem Hauptportal des Friedhofs liegen Männer in der Sonne, obwohl es nicht mehr als zehn Grad hat. Ich warte, bis die schwarze Frau vor mir die Busstufen hinuntersteigt, dann folge ich ihr. Nichts um sie herum interessiert sie. Ihre Stiefel glitzern in der hellen Sonne.

Der Friedhof von Punta Arenas ist ein Gottesacker mit globaler Dimension. Fast niemand von den Frauen und Männern aller Nationen und Klassen, die hier begraben liegen, ist hier, im kalten Süden, geboren oder aufgewachsen. Alle Toten hier sind Entwurzelte, die irgendeine Heimat verließen, um hier, im eiskalten Patagonien, wo es genug Raum gibt, neu zu beginnen. Irgendwo auf der Welt haben sie einmal abgeschlossen, abschließen müssen. Hier liegen Kroaten, Balten, Russen, Tschechen, Serben, Deutsche, Österreicher, Franzosen, Spanier. Viele wollten gehen, viele mussten. Und die Gründe dafür kennt man, seit es Menschen gibt: die Rasse, die Ideologie, die Wirtschaft, der Wunsch nach einem Leben in Wohlstand und Würde. Nur eine Minderheit konnte die zweite Chance nützen und hier glücklich werden. Die große Mehrheit rieb sich in jahrzehntelangem Kampf gegen Naturgewalten, Klima, Heimweh und Einsamkeit auf. Alte und Junge, Männer und Frauen zermürbte der große kalte Süden. Körper, Geist und Seele welkten dahin, bis sie völlig unspektakulär starben.

Mich rührt der Friedhof von Punta Arenas besonders. Als Ruhestätte von Nomaden bewegt er mein Herz. Die meisten der Begrabenen hier waren allein. Allein sind sie gekommen, allein haben sie alle Leinen gekappt. Ihre Angehörigen haben sie zurückgelassen. In den Familienchroniken der Daheimgebliebenen werden sie heute, wenn überhaupt, nur noch als Exoten erwähnt. Einige gründeten in der neuen Heimat Familien, die meisten aber fassten nicht Fuß. Sie blieben, weil sie bleiben mussten, und starben allein unter dem Wellblechdach ihrer windschiefen Hütte. Wenn sie Glück hatten, wischte ihnen eine alte Indianerin den Todesschweiß von der Stirn.

Die Frau in Schwarz ist zuerst ins Verwaltungsbüro gegangen, wohl um sich nach einem Grab zu erkundigen. Der Teil des Friedhofs, in dem sie jetzt ankommt, wirkt ungepflegt. Ich kann kaum Grabhügel ausmachen, aber Kreuze stehen da, einige aus verwittertem Holz, einige aus Eisen. Sie ragen nur mehr halb aus der Erde, stehen schief in einem Dickicht von Bechermoos, Flechten und Fetthennen, welches hier überall mäandert. Die Frau bleibt stehen. Sie schaut sich suchend um. Sie lässt keinerlei Reaktion erkennen, ob sie mich wahrnimmt, als ich mit zielbewussten Schritten an ihr vorbeigehe. Hinter einer Wacholderbuschgruppe verberge ich mich so, dass ich ihr ins Gesicht sehen kann. Der Wind riecht nach Salz und Torf.

Die Frau geht zu mehreren Grabkreuzen und streckt ihr Gesicht ganz nah an die Inschriften. Sie ist ganz eindeutig zum ersten Mal hier. Sie sucht, bis sie vor einem schmucklosen Eisenkreuz stehen bleibt. Sie hat „ihr" Grab gefunden. Mit einem Papiertaschentuch putzt sie die Inschrift. Dann tritt sie zurück, aus ihrer Handtasche nimmt sie einen Brief. Sie setzt ihre Brille auf, entfaltet den Brief, etwas umständlich, wegen des Windes. Nach einem langen Blick auf das Grab beginnt sie, dem Kreuz den Brief vorzulesen. Sie liest leise. Flüsternd bewegt sie ihre Lippen, so wie Kinder der Grundschulklassen es tun. Oder besser: so wie jemand, der lesend eine fremde Schrift entziffern muss. Ich kann nichts verstehen, aber ich sehe, wie die Frau in regelmäßigen Abständen den Blick von den Zeilen hebt und zum Kreuz blickt, so als müsse sie eine Passage wirken lassen, um ihr Nachdruck zu verleihen. Oder so, als müsse sie ihrem Gegenüber, dem Grabkreuz, Zeit zum Verdauen einräumen. Und ich sehe, dass die Frau weint. Der heftiger werdende Wind presst die Tränen gegen ihre Wangen.

Ich kann nicht sagen, wie lange die Frau gelesen hat. Als sie fertig ist, faltet sie den Brief hastig zusammen und steckt ihn in die Handtasche. Dann windet sie die Papierblume um das Kreuz. Einige Minuten verharrt sie dann noch, den Rosenkranz in Händen betet sie, wieder mit bewegten Lippen. Das Gesicht ist verweint, ihren Blick hat sie starr auf das Kreuz gerichtet. Schließlich dreht sie sich weg vom Grab. Sie nimmt die Brille ab und steckt sie in ihre Tasche. Mit einem Papiertaschentuch betupft sie die Wangen. Dann geht sie weg. Nicht ein einziges Mal schaut sie zurück.

Ich gehe rasch zum Grab, um die Inschrift zu entziffern. Einige Buchstaben sind nicht mehr sichtbar, dennoch habe ich keine große Mühe, die verwitterte deutsche Inschrift zu lesen:

WILHELM KAHRS, gest. am 12. 2. 1956

Sonst nichts. Kein Geburtsdatum. Der Adressat des Briefes und der Tränen ist ein Mann, ein Deutscher, Schweizer oder Österreicher. Das überrascht mich nicht. Was mich verblüfft, ist das Todesdatum. Ich knie nieder, um es genau zu überprüfen. Es besteht kein Zweifel. Der Mann, Wilhelm Kahrs, ist am 12. Februar des Jahres 1956 gestorben. Auf den Tag genau vor 50 Jahren! Wie kann man da heute noch um ihn weinen?

In der Friedhofsverwaltung wissen sie auch nichts Näheres. Der Mann, den ich überreden kann, mit mir zum Grab zu gehen, sagt, dass es das Grab offiziell längst nicht mehr gibt. Irgendwann einmal muss es aufgelassen worden sein. Ihm, immerhin schon 18 Jahre in der Friedhofsverwaltung tätig, sei darüber hinaus nichts bekannt. Er könne mit diesem Grab nichts verbinden, weder habe er irgendwelche Erinnerungen an Angehörige noch Aufträge für Grabarbeiten. Es gebe keine Korrespondenzen und Unterlagen. Dies gelte auch für die umliegenden Gräber dieses Teils des Friedhofs. Es sei mir zweifellos aufgefallen, dass hier alle Gräber verfallen seien. Bald schon würde an dieser Stelle eine „Kapelle der Vergessenen“ errichtet, das Geschenk einer kroatischen Stiftung. Er sei gar nicht so sehr für diese Kapelle gewesen, sagt der Mann, aber die Gemeindeverwaltung habe das angeordnet, weil man nicht mehr so viel Grabfläche brauche. Seit Jahren schon habe sich die Entwicklung Patagoniens umgedreht: Heute spielten nur noch die Abwanderungsquoten eine Rolle. Zuwanderung gebe es praktisch keine mehr.

Warum er denn der Frau Auskunft über die Lage des ihm völlig unbekannten Grabes habe geben können, frage ich ihn. Er zuckt mit den Schultern und meint, dass er „seinen Friedhof“ natürlich genau kenne. Deshalb habe er der Frau, die übrigens sehr gut spanisch gesprochen habe, den Weg weisen können. Auf alle ihre zusätzlichen Fragen zum Grab habe er keine Antworten geben können.

Auf einer Bank rauche ich noch einige Zigaretten und blase nachdenklich Ringe in die Luft. Dann verlasse ich den Friedhof. Zu Fuß gehe ich die lange Strecke in die Stadt zurück. In der Hoffnung, der Frau irgendwo zu begegnen, betrete ich jedes der wenigen Hotels. Ich frage nach den Gästen und sehe mich in den Bars und Restauranträumen um. Von der Frau keine Spur.

Wer war dieser Wilhelm Kahrs? Ein Deutscher, ein Österreicher? Was hatte die Tatsache des fehlenden Geburtsdatums und die Lage des Grabs in einem „vergessenen“ Teil des Friedhofs auszusagen? Hatte irgendjemand irgendwann einmal das Grab gepflegt? Sollte ich Leute ausfindig machen, die 1956 eine Rolle spielten? Diese Fragen beschäftigten mich weniger als jene eine, die mich nicht mehr schlafen ließ: Was brachte eine ältere, gepflegte Dame von etwa 70 Jahren dazu, einem Mann, der vor 50 Jahren gestorben war, unter Tränen einen Brief vorzulesen? Wer war die Frau? Was stand in dem Brief? Der Zustand und die auch ihr unbekannte Lage des Grabes bewiesen, dass die Frau erstmals hier war. Und bei all ihrer Trauer war sie auch keine Minute länger geblieben als für ihre Verrichtung, das Verlesen des Briefes, notwendig. Sie entledigte sich einer Pflicht, eines Auftrags. Aber: Pflichterfüllung unter Tränen? Die Tränen und das offensichtlich bewusst gewählte genaue Datum des Todestages wiesen auf persönliche Betroffenheit. Auf Anteilnahme. Sie zeigten, dass die Trauerarbeit noch nicht abgeleistet war. Aber 50 Jahre danach?

In den folgenden Tagen machte ich noch einen mehrtägigen Abstecher nach Ushuaia, ehe ich über Chiloé hinauf nach Valparaíso flog, um von dort zu meinen Fischerfreunden nach Horcón zu fahren. Rein zufällig war ich auf dieses Dorf gestoßen, als ich vor Jahrzehnten als junger Schiffssteward der *QSS Arkadia* einen unserer Offiziere hierher chauffieren musste. Ich wollte den Zwerg und seine behinderte Frau wiedersehen. Niemanden habe ich jemals Nerudas Gedichte mit solcher Grazie vortragen hören wie die beiden, die diesem Dichter ihr Leben gewidmet haben und allen Menschen unentwegt erklären, wie schön die Welt sei. Ich wusste, dass es ihnen gut ging und dass sie mich erwarteten. Die wunderschöne Muschel, die sie mir damals, zu meinem 20. Geburtstag, geschenkt hatten, trug ich bei mir. Ich hatte also genug Programm. Die

Geschichte mit der weinenden Frau vor dem Grab eines vor einem halben Jahrhundert Verstorbenen trat ein wenig in den Hintergrund, aber sie ließ mir dennoch keine Ruhe.

Und die Phantasie kann lästig sein wie ein unerzogener Hund, der bei jedem Essen am Tisch bettelt. Wo immer ich stand, saß oder ging, was immer ich sah, was ich hörte und was ich roch, alles formte sich zu einem Netz von Fragen, zu einem Labyrinth, in dem sich meine Gedanken verfingen. In den Archiven von Punta Arenas und Ushuaia hatte ich gestöbert, in mehreren Bibliotheken suchte ich nach Hinweisen auf den Namen Kahrs. Ich versuchte herauszufinden, ob es am 12. Februar oder im ganzen Jahr 1956 in Patagonien irgendwelche besonderen Ereignisse gegeben hatte, aus denen ich Schlüsse hätte ziehen können. In Europa hatte es in diesem Jahr den Ungarnaufstand gegeben. Das war für meine Geschichte aber uninteressant, denn da war Kahrs ja schon lange in Patagonien. In Europa, und ich war mir sicher, dass er aus Europa kam, musste ich auf Spurensuche gehen. Aber wie unter den Tausenden Kahrs den richtigen herausfinden? Wie erfahren, wie alt er an seinem Todestag war? Es gab nichts, was mir auf die Sprünge half. Der 12. Februar saß in meinem europäischen Kopf als jener Tag fest, an dem Hitler den österreichischen Kanzler Schuschnigg zum demütigenden Unterwerfungsbesuch auf den Berghof nach Berchtesgaden befohlen hatte, aber das war im Jahr 1938 gewesen. Wilhelm Kahrs musste das zwar mitbekommen haben, aber das brachte mich nicht weiter. Trotzdem stand für mich fest: Er musste aus Deutschland oder Österreich ausgewandert sein – und zwar unfreiwillig. Fragen Sie mich nicht warum, aber dessen war ich mir sicher. Und ich war überzeugt davon, dass Kahrs Emigration irgendwie im Zusammenhang mit der Nazizeit stand. Vielleicht war er Jude gewesen? Vielleicht hatte er fliehen müssen?

Ich denke, dass Sie jetzt etwas über den Erzähler wissen sollten. Einiges haben Sie ja schon erfahren, etwa die Tatsache, dass ich viel und gern reise, und zwar „zu Fuß“ und „zu Kopf“. Das heißt: Ich liebe das Wegfahren und das Ankommen, besonders aber das Unterwegs-Sein als den eigentlichen Sinn der Reise. (*Die Wege entstehen im Gehen,* dieser Machado-Satz war das Motto eines ehemaligen österreichischen Bundeskanzlers, den ich nicht nur wegen dieses Mottos, sondern vor allem wegen seiner großen Bildung, seiner Ehrlichkeit und seines Charmes sehr geschätzt habe.)

Reisen ist Kumulieren. Ich liebe es, meine Reisetagebücher zu schreiben. In ihnen halte ich all die Rätsel, Begegnungen, Szenen, Provokationen, Improvisationen, Bilder und Situationen fest, die meine Reisen würzen. Mich faszinieren Gesichtslandschaften. Ich blättere in regionalen Magazinen und lese vor allem die Veranstaltungshinweise, Todesanzeigen und Verkaufsangebote. In Kaffeehäusern und Trambahnen belausche ich Gespräche, aus Aussagen von Friseuren, Taxifahrern und Wirten destilliere ich mir oft die wesentlichsten Informationen über eine Stadt. In Ausstellungen, in Konzerten, in Theater- oder Opernaufführungen, in Museen und Bibliotheken interessieren mich bald schon die Besucher mehr als die Bilder und Protagonisten. Ich bin krankhaft neugierig, sammle alles, Steine, wohlgeformte Sessel, Briefmarken, Bücher, Bilder, Blätter, Modelle, Eindrücke. Ich lese viel, mag den Wind, meine Hündin Mai, Fußball, Heidelandschaften, Flüsse, Motorräder und Fotografieren. Ich liebe Bach, Rachmaninow, Prokofjew, Kris Kristofferson und

Wolfgang Ambros. Das alles mag ich. Meine größte Leidenschaft aber sind „Kopfreisen"! Schon als Kind habe ich mich von meiner Phantasie verführen lassen – immer gab es irgendwelche „stimulierende" Begebenheiten, aus denen oft irrwitzige Geschichten entstanden, weswegen mich die Lehrer den „Phantasielügner" nannten. Und ohne Größenwahn möchte ich mich auf Stephen King berufen: *Die Situation ist der Ausgangspunkt jedes meiner Bücher. Dann kommen die Figuren. Oft habe ich eine gewisse Vorstellung, wie das Ganze ausgehen könnte, aber noch nie habe ich von den Figuren verlangt, dass sie meinen Erwartungen entsprechen.*

Die Szene am Friedhof von Punta Arenas drängte sich natürlich als Ausgangspunkt für eine Phantasiegeschichte auf. Das Bild der Frau vor dem Grab steht da wie ein Buch, das mir noch den Rücken zuwendet. Ich nehme das Buch heraus und öffne es …

… zwei Jahre sind seit meinem Patagonienaufenthalt vergangen. Ich habe mich aus dem Berufsleben in ein Haus in der Südsteiermark zurückgezogen. Es geht mir gut. Meine Sorgen sind gering. Der Zeitungsausträger soll sich endlich abgewöhnen, die tägliche Morgenzeitung ins nasse Gras zu werfen, der Maulwurf soll aufhören, meine Wiese durchzuackern, der frisch angelegte Weingarten soll gedeihen, die Bücher meiner Bibliothek sollen sich von selbst ordnen, und mein Fußballklub soll endlich einmal Meister werden. Einige Reisen habe ich in der Zwischenzeit unternommen, die meisten mit meinem Motorrad. Die schwarze Frau von Punta Arenas spukt noch ab und zu in meinem Hirn, aber weit hinten, dort, wo die Nebelschwaden der Vergesslichkeit aufziehen.

Ich bin nach Berlin geflogen, um Peter Steins außergewöhnliche Inszenierung der gesamten *Wallenstein*-Trilogie zu sehen. *Wallensteins Lager, Die Piccolomini, Wallensteins Tod* – Stein spielt alle drei Teile an einem Tag. In der aufgelassenen Kindl-Brauerei in Neukölln wird die Aufführung des Berliner Ensembles mit Klaus Maria Brandauer als Wallenstein zum großen Hit des europäischen Theaterjahres. Tief beeindruckt sitze ich nach zehn Stunden intensiven Theaters spätabends in einem Lokal an der Werbellinstraße und lasse bei einem Bier die großen Eindrücke passieren. Ein seltener Moment der Glückseligkeit erfasst mich, jenes harmonische Gefühl, wenn sich der Gedankenfluss dem Rhythmus des Herzschlags anpasst.

Am späten Nachmittag meines dritten Berlin-Tages bummle ich durch Kreuzberg. Unweit des Cottbuser Tores, in der Mariannenstraße, sticht mir ein Plakat ins Auge, welches für denselben Abend die Aufführung eines Theaterstücks mit dem Titel *Die Schuld* ankündigt. Das Plakat ist handgeschrieben, einige Schauspielernamen lese ich, zwei Frauen, ein Mann, dazu – in größeren Buchstaben – der Name der Autorin, die die Hauptrolle spielt und auch Regie führt: Dorothea Steinfeldt. Weil ich Zeit habe und das alles so sympathisch naiv auf die Leidenschaft einer „handgestrickten" Amateurtruppe hinweist, beschließe ich, mir das Stück anzusehen. Ich muss nicht weit gehen. Das Theater stellt sich als ein aufgelassenes Garagengebäude im Hinterhof eines Hauses in der Oranienstraße heraus. Nur wenige Besucher warten mit mir vor einer verschlossenen Seitentür. Wenig später wird diese von einem jungen Mädchen geöffnet. Ich trete ein und: Mich trifft fast der Schlag, denn an der Kasse sitzt die schwarze Frau von Punta Arenas. Sie ist, wie sich gleich herausstellt, nicht nur die Kassiererin, sie ist auch die Autorin, Regisseurin und Schauspielerin des Stückes. Sie grüßt niemanden, blickt selten auf, wirkt verhärmt, viel älter als damals in Patagonien. Ich bin wie gelähmt und wage es nicht, sie anzusprechen. Mein Herz schlägt rasend. Mit Ausnahme des braunen Steppmantels trägt die Frau haargenau dasselbe Gewand wie vor zwei Jahren auf dem Friedhof von Punta Arenas: schwarzes Kostüm, schwarze Strümpfe, Stiefel, ja selbst das schwarze Kopftuch und die Handschuhe.

Mein Herz klopft und meine Hand zittert, als ich ihr das Geld für meine Eintrittskarte auf den Tresen lege. Es ist noch Zeit, daher gehe ich hinaus ins Freie, ich brauche frische Luft. Es ist noch hell. Die letzten Sonnenstrahlen blinzeln durch die Blätter des Ahornbaums, der in diesem Hof steht.

Ist es nur ein Zufall, der mich in dieses Theater getrieben hat? Ich überfliege auf dem Programmzettel nochmals die Namen der Schauspieler. Eine Inhaltsangabe gibt es nicht, nur die unkommentierte Information, dass die Volkszählung 1939 für das Deutsche Reich 19 114 Mischehen ausweist, 5919 allein für die Reichshauptstadt Berlin. Rätselhaft. Ich bin gespannt und gehe rasch hinein. Unbedingt möchte ich die Frau sprechen, noch vor Vorstellungsbeginn. Aber es ist zu spät. Der Kassenraum ist leer. Die Besucher sitzen bereits im abgedunkelten Zuschauerraum. Ich setze mich in die letzte Reihe, gleich neben den Ausgang. Aus einem unbestimmten Gefühl heraus will ich für den Fall des Falles beweglich sein. Es könnte ja sein …

Ich zähle: Im Zuschauerraum sind in sieben Reihen an die 100 Sessel aufgestellt. Wir sind insgesamt nur zwölf Besucher, alle außer mir sitzen schütter verteilt in den ersten drei Reihen. Der Vorhang wird ruckartig, also ganz eindeutig von Hand hochgezogen, und die Bühne wird sichtbar, ein matt erleuchtetes spartanisches Zimmer. Es ist das Sterbezimmer einer sehr, sehr alten Frau, die im Bett liegt. Von ihr, die über 90 sein muss, sieht man nur das hoch gepolsterte, vom Tod gezeichnete Gesicht und die wächsernen Hände, die zitternd eine Schachtel mit Papieren halten. Auf dem Sessel neben dem Bett sitzt meine schwarze Frau, sie spielt die Tochter der Sterbenden. Sie muss direkt von der Theaterkasse hierher gekommen sein. Sie hat sich nicht umgezogen. Eine Nullachtfünfzehn-Lampe über den beiden Frauen spendet spärliches Licht. An der weißen Wand hinter dem Bett der Sterbenden hängt das Bild einer alpinen Landschaft. Lampe, Bild, Bett und Sessel skizzieren dieses Sterbezimmer, welches aber nur das linke Drittel des gesamten Bühnenraumes einnimmt. Die beiden rechten Drittel der Bühne sind einstweilen leere Spielfläche. Das Bühnenbild strahlt Verlorenheit aus. Die öde Tristesse der Szene findet im improvisierten Zuschauerraum ihre Fortsetzung. Das ist sicher von der Regie so gewollt, mich provoziert das aber auch zu Schlüssen über die finanzielle Situation dieses Laientheaters. Zwei der Besucher, ein Paar, warten den Beginn gar nicht ab. Sie stehen geräuschvoll auf und verlassen den Zuschauerraum. Ich habe den Eindruck, dass die Schauspielerinnen warten, bis die beiden die Tür geschlossen haben.

Das Stück dauert zweieinhalb Stunden. Dramaturgisch wird es von den beiden Frauen transportiert. Die Lebensgeschichte, welche die Sterbende der Tochter erzählt, bildet als Monolog den Rahmen, der das Stück zusammenhält. Es gibt drei Akte, jeder endet mit einer für den vorangegangenen Monolog besonders typischen dramatischen Szene. Diese Szenen werden durch Lichtwechsel angekündigt: Das linke Bühnendrittel des Sterbezimmers mit den zwei Frauen wird plötzlich dunkel, die beiden rechten Bühnendrittel erstrahlen gleichzeitig in starkem Licht – die Szene kann beginnen.

Im ersten Akt teilt die sterbende Mutter ihrer völlig schockierten Tochter mit, dass deren leiblicher Vater nicht der Mann ist, den sie ihr Leben lang dafür gehalten hat. In einem langen Monolog offenbart sie ihrer Tochter, dass deren leiblicher Vater ihre große und, wie sie besonders jetzt, vor dem Tode, weiß, lebenslange Liebe war. Sie hatten sich schon in der gemeinsamen Schulzeit ineinander verliebt, aber ihre gesamte Familie war gegen die Verbindung mit diesem Mann gewesen, weil er Jude war. Als sie nach jahrelanger Beziehung schwanger wird, setzt sie ihren Willen durch. Im Frühjahr 1932 heiraten sie, drei Jahre bevor die Nürnberger Gesetze die Eheschließung von Ariern mit Juden verbieten. Im Herbst 1932 kommt sie, die Tochter, zur Welt. Der Mann und Vater ist tüchtig. Als Buchhändler macht er sich selbstständig, es geht ihnen gut. Nach und nach aber, mit dem Aufkommen der Nationalsozialisten, verdunkelt sich der Himmel für die Familie. Die Behörden haben sie bald im Visier, ihre Ehe wird als Mischehe klassifiziert – als privilegierte Mischehe allerdings, da nicht die Frau und Mutter, sondern der Mann und Vater Jude ist. Freunde und Verwandte wenden sich ab. Sie werden zunehmend isoliert. Als niemand mehr bei ihnen einkauft, muss der Mann 1937 die Buchhandlung schließen. Sie haben keinen sozialen Umgang mehr. Die Sterbende berichtet von ihrer verzweifelten Lage. Sie haben alle Ersparnisse aufgebraucht und leben in einer billigen Vorstadtmansarde vom Geld, das ihnen die Eltern zustecken. Aber immer drängender bestürmen sie dieselben

Eltern, allein schon der Tochter wegen, wie sie beteuern, ihren Mann zu verlassen.

Die Angst nimmt überhand, als die Gestapo sie an einem schwülen Oktobertag des Jahres 1938 zum Verhör holt. Ein junger Untersuchungsrichter droht ihr, sie der Rassenschande anzuklagen. Gleichzeitig weist er ihr den Ausweg. Seit dem 6. Juli gibt es ein neu geschaffenes Ehegesetz, nach dessen Paragraphen 37 die Trennung von ihrem Mann aus rassischen Gründen möglich ist – auch gegen dessen Willen. Der Untersuchungsrichter rät ihr dringend, sich dazu zu entschließen. Sie könne dann ohne jede Hypothek in den „deutschen Blutsverband" zurückkehren. Vor allem aber ermögliche sie ihrer Tochter eine gute Ausbildung, weil diese nach der Ehescheidung als deutschblütig klassifiziert werde, und nicht als Mischling ersten Grades. Im Zuschauerraum ist es still, dennoch verstehe ich die Sterbende nur schwer, weil sie ein sehr akzentuiertes Berlinerisch spricht. Sie macht eine röchelnde Pause, bevor sie weitererzählt, wie verzweifelt sie und ihr Mann zu der Zeit sind. An Emigration denken sie nicht mehr, dafür sind sie schon zu sehr im Fokus der Gestapo. Und in naiver Hilflosigkeit hofft der Mann immer noch, dass sie diese schwere Zeit durchtauchen können. Den gemeinsamen Selbstmord, den sie einige Male ansprechen, führen sie nur der Tochter zuliebe nicht aus. Im Jahr 1939 lassen sie sich schließlich in beiderseitigem Einvernehmen scheiden. Sie vereinbaren, ihre Beziehung inoffiziell weiterzuführen, aber kurz darauf wird der Mann deportiert.

Jetzt verlischt die Lampe über den beiden Frauen, es wird total dunkel um sie. Die restliche Bühnenfläche rechts vom Sterbezimmer wird gleichzeitig in helles Licht getaucht. Aus einer Tür betreten ein junger Mann und seine Frau die Bühne. Wir sind ins Jahr 1939 zurückversetzt. Er trägt einen zerschlissenen, viel zu weiten Anzug, auf dessen Revers der Judenstern sichtbar ist, die Frau einen engen Rock mit Bluse. Wir erleben als Momentaufnahme der damaligen Situation einen, wie mir scheint, etwas hysterisch überzogenen Dialog von Verzweiflung und Ausweglosigkeit. Die beiden Darsteller sind nicht sehr gut. Sie schluchzen und schreien, sie rasen und schweigen, sie stammeln und reden von Liebe und Tod. Der Mann ist der Agierende, zumeist hält er die reagierende Frau in seinen Armen. Die Szene bedient sehr absichtsvoll das Klischee der aus dem Leiden gewachsenen Kraft des Mannes, der seine von Weinkrämpfen geschüttelte Frau schließlich von der Notwendigkeit der Trennung überzeugt, weil sie nur so ihrer gemeinsamen Verantwortung für die Tochter gerecht würden. Eine innige Umarmung betont noch einmal die Tragik der Trennung. Der Vorhang fällt.

Im zweiten Akt befinden wir uns zunächst wieder im Sterbezimmer. Die Mutter berichtet weiter. Sie hat die Tochter zu ihren Eltern gegeben und arbeitet als Krankenschwester in diversen Lazaretten des Reiches. Ein Selbstmordversuch scheitert. Ein Arzt, den sie später heiraten wird, findet sie in einem Wald. Er bringt sie ins Lazarett und pumpt ihr den Magen aus. Niemand erstattet den Behörden Meldung. Der Vorfall wird unter den Tisch gekehrt.

Der liebe Gott, wenn es ihn denn gibt, habe immer geschlafen, sagt die Sterbende, sonst müsste er sich bis ans Ende der Unendlichkeit schämen. Auf alle Fälle aber könne er bezeugen, wie besessen, wie aufwändig, wie lange sie versucht habe, irgendeine Spur ihres Mannes ausfindig zu machen, auch nach dem Krieg. Sie ist erfolglos. Schließlich ist sie davon überzeugt, dass er umgekommen sein muss.

Zwei Jahre nach Kriegsende holt sie die Tochter wieder zu sich. Um ihre Zukunft abzusichern, heiratet sie den Arzt aus dem Lazarett. Obwohl sie ihn über ihr leidvolles Schicksal aufgeklärt hat, ist er bis zu seinem Tod drei Jahre zuvor ein verlässlicher Gatte und fürsorglicher Vater gewesen. Sie dankt es ihm nicht, sie sei unfähig, sagt sie mehr in sich hinein als zur Tochter, so etwas wie Wärme oder Geborgenheit zurückzugeben, denn sie lebe nicht mehr. Sie vegetiert in der Rolle einer Gestorbenen, deren Körper zum Weitermachen verdammt ist. Denn nie, so sagt sie jetzt zu sich selbst, habe sie ihre erste und einzige Liebe vergessen können. In ihren Gedanken ist er stets gegenwärtig. Bis heute gibt es kein Einschlafen ohne ihn. Seit dem Verrat an ihm schlägt ihr Herz im Koma. Es ist zur Ohnmacht versteinert. Seit Jahrzehnten kann sie nicht mehr weinen. Die Strafe, als Tote leben zu müssen, hat sie verdient. Sie hat sie gesucht und angenommen, aber diese Strafe ist im Sinne des Wortes unmenschlich – wie das, was man gemeinhin Schicksal nennt. Ihr Schicksal sei jedoch grausamer als alle Prüfungen Hiobs, weil es keine Erlösung gebe. Aber immer noch, sagt die Mutter weiter, sei es für sie unendlich leichter gewesen als für ihren verlorenen Mann. Wofür hat er büßen müssen, er, der sich nie schuldig gemacht hat? Es könne keinen Gott geben, sagt sie, und wenn doch, dann würde sie ihm, wenn sie jemals vor ihm stehen sollte, ins Gesicht schlagen.

Nach einer langen Pause spricht sie wieder direkt zur Tochter. Und da erzählt sie, wie sich dieser einzige, dieser geliebte Mann, den sie für tot hält, nach Jahrzehnten plötzlich bei ihr meldet. Kein Sterblicher kann sich vorstellen, was das für sie bedeutet hat. Sie weiß nicht, wie sie diesen Keulenschlag aus dem dunkelsten Zentrum des Schicksals überleben soll, diesen Brief von ihm, der 1952 eine glückvolle Erwartung weckt und sie schon im nächsten Moment in absolute Hoffnungslosigkeit stürzt, weil der Absender seine Adresse verschweigt. Kurz und lapidar berichtet er, dass er dem Konzentrationslager entkommen und nach Südamerika geflüchtet sei. Von dort kommt der Brief, in dem sie das Bemühen des Mannes zu erkennen glaubt, nicht zu vertraut zu wirken. Eher kühl und sachlich weist er sie ausdrücklich darauf hin, dass nicht sie, sondern er der Betreiber der Trennung gewesen sei. Niemand habe Schuld auf sich geladen, schreibt er, die Umstände der Zeit und die Menschen hätten sie auseinandergerissen und so handeln lassen, wie sie gehandelt haben. Und sie hätten beide richtig gehandelt. Man soll die Steine dort liegen lassen, wohin der Fluss der Zeit sie geschwemmt hat. Nichts sei mehr rückgängig zu machen. Er schreibt nicht von Liebe, aber ausdrücklich dankt er ihr für die gemeinsame Zeit, deren Schönheit er im lebensvollen Blühen ihrer gemeinsamen Tochter bestätigt gefunden habe. Und er schreibt von jenem Jahr 1949, in dem sie, die Mutter, mit der 17-jährigen Tochter einen Urlaubsmonat in Venedig verbracht hat. Da sei er ebenfalls in die Lagunenstadt gekommen. Bei diesem seinem einzigen Europa-Aufenthalt nach dem Krieg hat er sie beide täglich beobachtet. Ihr ist es ein ungelöstes Rätsel geblieben, wie er von ihrem damaligen Venedigaufenthalt erfahren hatte.

Wieder wird es dunkel um die beiden Frauen, und der andere Teil der Bühne erhellt sich. Der Mann tritt auf. Zunächst befestigt er an der Wand ein Schild mit der Aufschrift „Cafe Lido“. Wir wissen, die Szene spielt in Venedig. Er setzt sich auf einen Sessel, den er wie das Schild und eine Badetasche mitgebracht hat. Aus der Badetasche nimmt er eine Zeitung und entfaltet sie. Er zündet sich eine Zigarette an. Ein Vollbart, große Sonnenbrillen und ein breitkrempiger Sonnenhut verbergen sein Gesicht. Er will ganz eindeutig inkognito bleiben. Er setzt sich so, dass er aus der Deckung der spanischsprachigen Zeitung heraus die beiden Frauen im Blick hat. Die restliche Bühne, der Bereich mit dem Sterbezimmer, wird wieder hell. Überraschend ist in Blitzesschnelle und vom Publikum unbemerkt umgebaut worden. Anstelle von Bett und Sessel findet sich jetzt eine Strandszenerie angedeutet. Die junge Mutter und ihre Tochter, beide in Badekostümen, werfen einander einen Ball zu. Einmal rollt der Ball vor die Füße des Mannes. Er springt von seinem Stuhl auf und gibt der Älteren der beiden Frauen, seiner Exfrau, den Ball in die Hand. Er tut dies aufreizend langsam und blickt demonstrativ zu Boden. Wie unabsichtlich berührt er ihren Arm – eine Sekunde zu lang. Der Vorhang fällt.

In der längeren Pause vor dem dritten Akt gehe ich wieder hinaus in die frische Luft. Unter den zahlreichen Graffiti und Parolen auf einer Hauswand lese ich: *Gott ist tot.* Zwei weitere Besucher verlassen das Theater. Wenn ich richtig mitgezählt habe, werden wir im dritten Akt nur noch acht Zuschauer sein. Ich möchte unbedingt die schwarze Frau sprechen, kann sie aber nirgendwo sehen. Der einzige männliche Schauspieler, der, der soeben den Venedig-Urlauber gespielt hat, betreut eine Art Buffet. Ich frage ihn nach der Frau, ob ich sie vielleicht nach dem Stück sprechen könne. Das ginge sicher nicht, sagt er, denn die Frau gehe immer sofort nach Hause, weil sie ihren fast völlig gelähmten Mann pflege, der 1986 bei einem Fluchtversuch an der Mauer niedergeschossen worden sei. Seit damals habe sich die Frau, die früher einmal ein schillernder Stern in der Berliner Theaterszene gewesen sei, total von der Welt abgewandt. Erst mit diesem Stück sei sie wieder aus der Versenkung aufgetaucht. Sie sei aber nach wie vor sehr unzugänglich, ja nachgerade verhärmt. Einer der Gründe liege sicher im Stück, sagt der Schauspieler. Das Stück sei nämlich, soviel würde ich wohl schon gemerkt haben, absolut kein Erfolg, geschweige denn ein Geschäft. Peter Stein und andere Kapazunder seien zwar hier gewesen, ansonsten kämen nur wenige Besucher. Die Frau bestehe aber darauf, es bis zu aller Vertragsende zu spielen. Das sei ihr Recht, denn schließlich bezahle sie alles aus ihrer Privatschatulle, die Raummieten, die Schauspieler, Plakate, Werbemaßnahmen und Kostüme.

Der dritte Akt. Ich sitze wieder in der letzten Reihe. Die beiden Frauen sind nur kurz in Aktion. Wir sind wieder im Sterbezimmer. Die Mutter erzählt der Tochter, wie sie ganz spät erst erfahren habe, dass ihr Mann 1956, nur 43 Jahre alt geworden, in Südamerika gestorben sei. Sie wisse nicht, ob ihn das Leid umgebracht habe, aber sie beneide ihn um seinen frühen Tod. Erst seit Kurzem wisse sie, wo sein Grab sei. Nach seinem Brief damals habe sie zwar sofort Nachforschungen anstellen lassen, aber keine Spur ihres Mannes ausfindig machen können. Daraufhin habe sie begonnen, ihrem Mann zu schreiben. Anfangs schreibt sie in der Hoffnung, eines Tages doch noch seiner Adresse habhaft zu werden, später, weil sie merkt, wie gut es ihr tut, mit ihm zu sprechen. Bald gewöhnt sie sich daran und schreibt ihm täglich. Sie verweist auf die Schachtel in ihrer Hand und sagt, dass einige tausend Seiten zusammengekommen sein müssen.

Und dann macht die alte Frau eine Pause. Schwer keuchend setzt sie sich mit Hilfe ihrer Tochter mühsam hoch. Sie nimmt aus der Schachtel einen Brief, dazu kramt sie eine zur Farblosigkeit vergilbte Papierrose hervor. Dann spricht sie mit großer Anstrengung weiter und sagt, dass der geliebte Mann jetzt über 50 Jahre tot sei. Mit unendlicher Grausamkeit habe ihr das Schicksal den Ort seines Grabes erst zu dem Zeitpunkt preisgegeben, da sie nicht mehr reisen könne. Sie bittet die Tochter, alle ihre Briefe zu verbrennen. Nur die Blume und diesen einen Brief solle sie an sich nehmen, sagt die Mutter. Diesen Brief solle sie dem toten Mann an dessen Grab vorlesen. Das sei ihre letzte Bitte.

Es wird dunkel. Der Vorhang fällt, um nach wenigen Minuten wieder hochzugehen. Die schwarze Frau steht mit dem Gesicht zum Zuschauerraum vor einem schmucklosen Eisenkreuz. Mit einem Papiertaschentuch putzt sie die Inschrift. Dann tritt sie zurück und nimmt aus ihrer Handtasche den Brief. Sie setzt ihre Brille auf, entfaltet den Brief und beginnt nach einem langen Blick auf das Grab, den Brief vorzulesen. Sie liest leise. Flüsternd bewegt sie ihre Lippen, so wie Kinder der Grundschulklassen es tun. Oder besser: so wie jemand, der lesend eine fremde Schrift entziffern muss. Wir können nichts verstehen, aber wir sehen, wie die Frau in regelmäßigen Abständen den Blick vom Brief hebt und zum Kreuz blickt, so als müsse sie eine Passage wirken lassen, um ihr Nachdruck zu verleihen. Oder so, als wolle sie dem Gegenüber Zeit zum Verdauen einräumen. Und wir sehen, dass die Frau weint. Tränen hängen an ihren Wangen.

Ich kann nicht sagen, wie lange die Frau gelesen hat. Als sie fertig ist, faltet sie den Brief hastig zusammen und steckt ihn in die Handtasche. Den Stängel ihrer vergilbten Papierrose windet sie um das Kreuz. Dann steht sie, den Rosenkranz in Händen, noch einige Minuten da und betet, wieder mit bewegten Lippen, das Gesicht ist verweint, der Blick starr auf das Kreuz gerichtet. Schließlich dreht sie sich weg vom Grab. Sie nimmt die Brille ab und putzt diese mit einem Taschentuch. Sie setzt die Brille wieder auf, betupft sich mit dem Tuch noch kurz die Wangen und geht ab. Der Vorhang fällt.

Wer nicht reist, kennt den Wert der Menschen nicht. – MAURISCHES SPRICHWORT

3

Besuch auf der Farm

Sonora, Kalifornien

Tausende Kilometer fahre ich mit G. durch Arizona, Utah, Nevada und Kalifornien und betreibe Monitoring auf dem Bike. Amerika wird mir zum Bildschirm: das fast monochrome und unbesiedelte Land als zweidimensionales Programm von Zeit und Raum. Die Storys fließen in der Dramaturgie des Horizonts, manchmal windig, gewittrig, stürmisch wie Krimis, zumeist aber melodramatisch mit ruhigen und logischen Schnitten (Thomas Bernhard: *Der Horizont macht dumm!*). Du fährst die Linien nach (in der Natur gibt es keine Gerade, Hermann Nitsch: *Die Gerade ist gottlos!*), du liest die Gesteinsformen, liest das Zueinander der Hügel, der Wege und der Gewässer. Hirn und Auge arbeiten und formen Bilder. Du hast Zeit, deinen Gedanken nachzugehen. Du bist proaktiv. Aber dann kommen Siedlungen. Die Dörfer, Märkte und Städte sind laut. Sie schillern und blitzen wie Werbespots. Die Landschaft hat Pause. Die schnellen hektischen Schnitte vergewaltigen dein Auge. Deine Gedanken werden gezwungen, rastlos den gewaltigsten Provokationen nachzuhasten. Du bist re-aktiv. Deine Souveränität steht auf dem Spiel. Du notierst, dass der Hauptunterschied zu daheim in dem hier sehr ausgeprägten Bewegungsklima liegt. Überall, vor jedem Haus, vor jedem Mobilhome stehen Fortbewegungsmittel, Motorräder, Autos, Wohnwagen, Boote.

Aber jetzt zu meiner Story: Ich war, wie gesagt, mit G. unterwegs, gestartet waren wir in Phoenix. Über den Grand Canyon, den Lake Powell, die bekannten Nationalparks und das Death Valley erreichten wir den Yosemite Park und durchquerten ihn. Kurz nach Sonora bogen wir ab, ich weiß heute nicht mehr warum, jedenfalls fuhren wir so lange auf einer sehr engen kleinen Straße, bis wir eine Farm sahen, in deren Hof wir einbogen.

VERSIZE LOAD

Ich fuhr eine gemietete Harley Davidson E-Glide, ein Motorrad derselben Type, die ich zu Hause besaß, ein Motorrad, das ich seit Jahren gewohnt war. Trotz ihres gewaltigen Gewichts ließ sie sich hervorragend pilotieren. Probleme macht diese Maschine nur, wenn man einige Grundregeln nicht beachtet, etwa jene, bei kleinem Kurvenradius nicht nur die Vorderbremse zu betätigen. Genau diesen Fehler beging ich aber, als wir in den Hof dieser sehr abseits gelegenen, also wirklich in der Einöde stehenden Farm einfuhren. Beim Wenden drückte ich statt beider Bremsen nur die vordere, die Harley ging tief in die Knie und legte sich auf die Seite. Das war mir schon einige Male passiert, zuletzt in Auburn, mitten im Kreisverkehr. Wir wussten, dass wir beide, die zarte G. und ich, kaum eine Chance hatten, die schwere Maschine hochzuheben. Was tun? Niemand war zu sehen.

Die Farm bestand aus drei Häusern. G. ging zum Wohnhaus und klopfte mehrmals. Nach langer Wartezeit öffnete sich die Tür. Ein etwa 50-jähriger Mann humpelte auf einer Krücke heraus auf den Hof und beäugte das weidwund auf der Seite liegende Motorrad. Sein rechtes Bein steckte im Gips. Während ich ihm mein dilettantisches Missgeschick erklärte und um Hilfe bat, blickte er mich nur fassungslos und ungläubig an. Dann bat er uns, einen Moment zu warten, machte kehrt und eilte so schnell er konnte, so, als müsse er einen Weltrekord im Schnellhumpeln aufstellen, zum Wohnhaus zurück. Er stürzte an G. vorbei, die ihre Hand hob, um ihn zum Stoppen zu bringen, hinein ins Haus, und wir hörten, wie er hastig und demonstrativ laut die Tür abschloss.

Kein Wort sagte er mehr, nichts rief er aus dem Haus heraus, nicht einmal, dass wir verschwinden sollten. Es blieb still. Wir

JAMESTOWN
COMMUNITY HALL
TUOLUMNE COUNTY
SHERIFF
COMMUNITY
SERVICE UNIT

warteten ziemlich lang, bis uns klar wurde, dass sich der Mann vor uns verschanzt hatte. Und wenn man muss, kann man: Nach einigen Versuchen gelang es uns mit großem Kraftaufwand, das Motorrad wieder hochzustellen und wegzufahren.

So beginnen Kriminalromane, denke ich mir später, als ich auf meinem Bike sitze und stundenlang gegen den Horizont fahre. Das gesamte Szenario deutet auf ein Verbrechen hin:

Die Farmersfrau ist mit dem Pickup ins nächste Dorf gefahren, um Besorgungen zu machen. Ihr verletzter Mann ist wegen seiner Bewegungsunfähigkeit auf dem einsamen Hof zurückgeblieben. Da tauchen plötzlich zwei gesunde Menschen im Hof auf, mit großen Sonnenbrillen unter den Helmen, gut verpackt in Motorraduniformen. Sie haben den Hof zuvor beobachtet und wissen, dass der Mann allein ist. Unter dem Vorwand, er möge ihnen helfen, das Motorrad aufzustellen, locken sie den Mann ins Freie. Ihm wird sofort klar, dass die Szene an den Haaren herbeigezogen und eindeutig inszeniert ist. Etwas Durchsichtigeres hat er noch nicht erlebt! Warum liegt das Motorrad da? Es gibt hier kein Hindernis, nichts, was einen Motorradfahrer zum Stürzen bringen kann! Und: Die beiden vermummten Menschen, die vorgeben, ein Motorrad nicht hochheben zu können, sind gesund und stark! Wer hat so was schon erlebt! Und ausgerechnet einen Invaliden suchen sich die beiden für ihren miesen Trick aus! Die ganze Geschichte ist inszeniert! Das wird dem Mann in Sekundenbruchteilen klar. Er weiß, dass er einen Fehler gemacht hat. Er hätte das Haus nie verlassen dürfen. In diesem Augenblick hebt der eine Motorradfahrer die Hand …

Holt schnell das beste Kleid heraus und zieht es ihm an und gebt ihm einen Ring an die Hand und Schuhe an die Füße! Holt das Mastkalb und schlachtet es! Wir wollen essen und fröhlich sein, denn dieser mein Sohn war tot und ist wieder lebendig geworden; er war verloren und ist wieder gefunden worden. – LUKAS EVANGELIUM 15, 11–32

4

Der verlorene Sohn

St. Ives und
Stonehenge, England

Es gibt keine Zufälle! Man stelle sich bloß einmal vor, was alles zusammenspielen muss, damit Sie – sagen wir: an einem Samstagvormittag, um 11.38 Uhr, im Menschengewühl vor dem Wiener Stephansdom und natürlich ganz zufällig – einen entfernten Verwandten treffen, einen Verwandten, den Sie schon jahrelang nicht gesehen haben, von dem Sie wissen, dass er sich kaum aus dem Haus bewegt.

Sie beide wohnen in Kleinstädten, der eine ganz im Westen, der andere ganz im Osten Österreichs. Sie beide müssen den Entschluss gefasst haben, zur selben Zeit nach Wien zu fahren. Ihnen ist das leicht gefallen, Ihr Verwandter musste von seiner Frau erst mühsam überredet werden! (Ganz im Vertrauen: Noch gestern früh sah es eher so aus, als würde er zu Hause bleiben!). Er muss, wie Sie, heute genau zu der Zeit aufgestanden sein, zu der Sie beide eben aufgestanden sind. Denken Sie daran, dass Sie nach dem gestrigen Bierabend mit einem ehemaligen Wiener Arbeitskollegen heute ganz sicher länger geschlafen hätten, wenn nicht Ihr Handy geläutet hätte. Sie beide haben zu verschiedenen Zeitpunkten den Weg auf den Stephansplatz genommen. Der eine ist mit Absicht gekommen, der andere, nämlich Sie, wollte eigentlich in die Albertina, hatte sich aber vom Menschenstrom treiben lassen. Und noch etwas: Hätte Ihnen heute früh der Ober beim Frühstück nicht den Kaffee über den Anzug geschüttet, dann wären Sie schneller in die Stadt gekommen. Sie hätten Ihren Verwandten verpasst! Sie hätten ihn auch verpasst, wenn Sie das Telefonat mit Ihrer Frau gar nicht oder nicht genau so lang geführt hätten, wie Sie es geführt haben. Dazu sind Sie, ganz gegen Ihre Gewohnheit, nicht mit dem Auto, sondern mit der U-Bahn bis zur Station Karlsplatz gefahren. Mit dem Auto dürfen Sie gar nicht auf diesen Platz, Sie wären irgendwo anders, vermutlich in einer Innenstadt-Tiefgarage gelandet. Ihr Entschluss, im Café *Museum* 35 Minuten lang die Zeitungen durchzublättern, sich an der Bundestheaterkasse nach dem Preis der Opernabonnements zu erkundigen, danach die kleine Plauderei mit einem Polizisten zu führen, den Sie ursprünglich nach einer bestimmten Gasse gefragt haben – war das alles Zufall? Dafür spricht nur, dass Sie diesen Verwandten freiwillig nie hätten treffen wollen.

Was wir „Zufall" nennen, ist ausnahmslos immer die logische Konsequenz unserer Handlungen. Er ist die Kurve unserer Lebensdramaturgie. Oftmals stellt der Zufall sich mit einer so aufdringlichen Intensität dar, dass ich mir sage, alles passiert nur, damit sich irgendwo irgendein wissendes Wesen hämisch grinsend den Bauch über unsere beschränkten Gesichtskreise reiben kann. Niemand kann Zufälle wirklich demaskieren, nicht die Mathematiker, nicht die Wahrsager. Und schon gar nicht die Priester und Medizinmänner, die nicht einmal nachdenken, sondern alle Denkarbeit abschieben und von Wundern reden.

Jede Stunde, jede Minute, jede Sekunde ist Zufall. Ein Erlebnis auf meiner Bikertour durch Großbritannien bestätigt mich in meinem Glauben, dass wir alle nach einem großen Plan unsere Bahnen ziehen. Ich erinnere mich wieder an das Gespräch über Hermann Hesses *Siddharta,* das ich im Wind der Klippen mit einem Germanistikprofessor aus Finnland geführt habe (und ich bin felsenfest überzeugt, dass wir das Thema nicht zufällig gewählt haben).

Siddharta sitzt am Fluss. Im vorbeifließenden Wasser sieht er die Gegenwart. Das Wasser, welches hunderte Kilometer entfernt an der Quelle entspringt, ist die Zukunft. Eines Tages wird es vorbeifließen. Und jenes an der Mündung ist schon Vergangenheit. Alles im großen Plan ist gleichzeitig. Die Unterscheidung liegt nur in der Perspektive des jeweiligen Standortes. Was der eine Gegenwart nennt, weil es in seinem Gesichtskreis liegt, mag für den anderen noch Zukunft oder schon Vergangenheit sein. Alles im Leben ist eine Standortfrage, und je höher wir das Ufer hinaufsteigen, umso weiter wird unser Horizont. In der Notwendigkeit, Perspektiven und Gesichtskreise zu verändern, liegt ja die Triebfeder aller Bewegung. Es ist der ständige Dialog zwischen Materie und Geist, der uns reisen macht. Wir sind Körper- und Geistesnomaden. Wenn es für Körper, Seele und Hirn keine Nahrung mehr gibt, ziehen wir weiter.

„Einmal dominiert der Raum die Zeit, dann wieder ist es umgekehrt. Die Schnittmenge von Raum und Zeit ist unser Lebensfeld“, sagt Elias Saarinen, mein Finne, „das nenne ich die kulturelle Spannung. Einmal agiert der Mensch, dann ist er zum Reagieren verurteilt. In den städtischen Räumen, in den Ebenen formt er und greift sehr stark ein, oft bis zur totalen Veränderung. Hier in den Klippen hat der Mensch nur wenige Gestaltungschancen, hier ist er ausgeliefert. Das Land formt ihn.“ Davon ist mein Finne überzeugt. G. und ich haben ihn auf einer Wanderung in den Klippen von Zennor ganz im Westen Cornwalls getroffen. Längere Zeit schon gehen wir gemeinsam. Es ist ein sonniger Augustnachmittag, und ich denke, das ist ein besonderer Zufall, in Cornwall trifft man nicht so häufig auf Finnen.

Starker Wind peitscht das Küstengras. Elias ist 52 Jahre alt. Er ist in Inari aufgewachsen, einer kleinen Stadt in Lappland unweit der russischen Grenze. Und stolz verweist Elias darauf, dass seine Geburtsstadt, von wo es gar nicht mehr so viele Kilometer zum exotischen Eismeerhafen Murmansk sind, der Sitz des Samen-Parlaments ist. Er selbst ist Same, aber er arbeitet schon lange in Helsinki. Seit vielen Jahren fährt er jeden Sommer für zwei Wochen zum Wandern nach Cornwall, weil seine Frau von hier stammt. Elias ist, wie gesagt, Germanist und hat wie wir schon einige Stunden Gehzeit hinter sich. Für einen Finnen ist er überaus kommunikativ. Wenn er nicht spricht, summt er Mozartmelodien.

Unser Weg steigt und fällt. Es geht auf und ab, immer die Küste entlang. Manchmal ist es ganz schön eng und steil. Wenn wir außer Atem geraten, schweigen wir eine Zeit lang und stemmen uns gegen den wacholdergetränkten Wind. Tief unter uns sehe ich die silberne See blitzen, und mich erfasst eine Woge von Glückseligkeit. Ich liebe Heidelandschaften und berausche mich an diesem Zusammenspiel von Stein, Gras und Wasser.

Der Stein ist das Erstarrte, das Beharrende, das Gestrige, das Tote und die Grenze. Er ist geruchlos und schweigend. Im Gegensatz dazu ist das Gras das blutvolle Leben. Es duftet, es wächst unentwegt, es tanzt im Wind und akzeptiert nur den Stein als Grenze. Stein und Gras sind Pole unseres Lebens: Anfang und Ende, Gestern und Heute, Raum und Zeit, Rasten und Gehen, Einatmen und Ausatmen. Der bewegungslose Stein steht für den Ort, das wachsende Gras überwindet die Zeit. Das Spannungsfeld dazwischen heißt Leben. Wir verharren und wir ziehen weiter. Wir kämpfen uns hinauf und stürzen hinunter. Nomaden und Sesshafte sind wir, alles zu seiner Zeit. Und das Wasser umspielt ständig den Stein und das Gras. Es lässt jedes bei sich, verwischt und verändert aber ständig die Grenzen. Das Wasser arbeitet die Nuancen heraus. Es differenziert jede Schwarzweißmalerei. Alles greift ineinander. Alles ist Teil eines einzigen Netzes.

Ich bin schon den ganzen Sommer unterwegs, G. als gute Beifahrerin am Sozius. Sie liest die Karten, notiert und berechnet Kilometer und Spritverbrauch. Die Klippenwanderung, zu der wir heute Morgen in St. Yves aufgebrochen sind, hatten wir uns schon zu Hause vorgenommen. In St. Yves bewohnen wir seit Tagen ein Zimmer in einem netten kleinen Häuschen direkt am Meer. Die Mauern des Hauses sind weiß, die Fenster- und Türrahmen sind hübsch mit griechischem Blau angemalt. Die Besitzer, das Pensionistenehepaar Mr. und Mrs. Quickleby, vermieten seit Jahren schon sämtliche Zimmer. Sie selbst wohnen sommers über in einem alten Autobus. Mr. Quickleby war zeit seines Lebens Postchauffeur. Er liebte seinen Beruf sehr und übte ihn mit großer Hingabe aus. Als sich nach seiner Pensionierung die Chance ergab, von seinem ehemaligen Arbeitgeber, der Post, jenen Autobus zu ersteigern, mit dem er zehn Jahre lang gefahren war, zögerte er nicht lange und schlug zu. Er holte sich sozusagen einen alten Freund ins Haus. Mrs. Quickleby, hauptverantwortlich für die wohnliche Einrichtung des Busses, unterstützte ihren Mann vorbehaltlos und mit großer Begeisterung. Geld hatten sie genug. Die beiden Kinder waren schon aus dem Haus. Tochter Shirley ist im ostenglischen Norwich glücklich mit dem Koch des *Caistor Hall Hotels* verheiratet und hat die Quicklebys bereits zu zweifachen Großeltern gemacht. Sohn Geoffrey ist das schwarze Schaf, der einzige Kummer der Familie: „Mr. Quickleby und Geoffrey haben sich nie verstanden“, sagte uns Mrs. Quickleby einmal, „die beiden sind sich zu ähnlich, wenn Sie verstehen, was ich meine!“ Der Sohn ist vor Jahren ausgezogen. Es gibt keinerlei Kontakt, die Quicklebys wissen nicht, wo er ist und wie es ihm geht, ja, sie wissen nicht einmal, ob er noch lebt.

Wie die anderen Gäste waren auch wir schon zu Tee und Scones im Bus geladen. Er ist heimelig eingerichtet, typisch englisch, mit viel Plüsch. Das Bild von Geoffrey hängt über dem Kühlschrank. Der Bus hat alles. Den beiden Bewohnern fehlt es wirklich an nichts. Ebenso hübsch wie das Häuschen ist dieser Autobus angestrichen, der im kleinen Garten auf der meerabgewandten Seite des Hauses steht. Jeden Herbst, wenn die Gäste wegbleiben und die Winde an der Küste von St. Yves noch wilder werden, genügen Mr. Quickleby ein Vormittag und einige Handgriffe, um den Autobus fahrtüchtig zu machen. Während dieser Zeit füllt Mrs. Quickleby die Proviantdosen mit Sandwichs für die Fahrt zu Shirleys Familie quer über die Insel nach Norwich. Jedes Jahr verbringen sie dort einige Wochen. Sie legen Wert darauf, niemandem zur Last zu fallen. Auf einem Campingplatz in den Norfolk Broads finden sie seit Jahren für wenig Geld Platz für den Autobus, und Shirleys Kinder dürfen während des gesamten Aufenthalts der Quicklebys darin schlafen.

Zurück zur Klippenwanderung. Wir, G., der Finne und ich, sitzen mittlerweile im Gastgarten des *Zennor Inn*. Es ist ein warmer Tag geworden. Mit uns sitzen noch andere Wanderer an den verstreuten Tischen, und immer neue kommen an. Sie tauchen plötzlich auf den Wegen zwischen den Steinhäusern auf, die den Ort Zennor bilden. Eine Postkartenidylle: Kühe und Pferde grasen zwischen Heidekraut und Stechginster, der aus pittoresken Steinmauern wächst. Wir alle warten auf den Bus nach Penzance.

Ich erzähle meinem Finnen von den Quicklebys. Und als ich auf deren Kummer wegen Geoffrey komme, erzählt mir der Finne eine Version der Geschichte vom Verlorenen Sohn. Sie ist interessant, weil sie auch das Kain-und-Abel-Motiv anspricht. Ich bin mir sicher, die Geschichte irgendwann schon einmal gehört oder gelesen zu haben. Es fällt mir aber beim besten Willen nicht mehr ein, wo und wann das war, geschweige denn, wer sie erfunden und niedergeschrieben hat.

Die Geschichte des Finnen geht so: Vor langer Zeit lebte im osmanischen Erzurum ein reicher Bei. Der Mann war beliebt bei den Leuten, weil er ein großes Herz hatte. Er bewohnte ein riesiges Anwesen, welches von Mauern umgeben war. Vor den Mauern standen 100 Maulbeerbäume. Der Bei hatte mit seiner Frau zwei Söhne, die verschiedener nicht sein konnten. Der Erstgeborene war ein Tunichtgut. Er arbeitete nicht, trieb sich in Schmuggler- und Spielerkreisen herum und machte Schulden. Er bestahl seine Eltern. Der Jüngere war das genaue Gegenteil seines Bruders. Er war strebsam, lernwillig und gehorsam. Bald schon hatte er es zu eigenem Reichtum gebracht. Der Vater liebte ihn sehr. Der Ältere wurde immer neidischer. Eines Tages versuchte er, seinen Bruder zu töten, um an dessen Geld zu kommen. Da warf ihn der Vater aus dem Haus und verbot ihm die Stadt und das umliegende Land. Viele Jahre vergingen. Plötzlich, in einer dunklen Nacht, klopfte es an der Türe des Beis. Der jüngere Sohn öffnete und sah in das ausgemergelte Gesicht seines völlig heruntergekommenen Bruders. Der Ältere sagte dem Jüngeren, er sei sehr krank und nach Hause gekommen, um hier zu sterben. Er fragte seinen Bruder, ob dieser und der Vater ihm verzeihen könnten. Daraufhin umarmte der Jüngere seinen älteren Bruder und verzieh ihm. Dann ging er zum Va-

ter und berichtete ihm. Der Vater ließ seinem Erstgeborenen ausrichten, er müsse nachdenken. Am nächsten Tag möge er vorbeikommen. Wenn er ihm verzeihen könne, werde er ein weißes Tuch auf einen der Maulbeerbäume vor dem Haus hängen. Als der Erstgeborene am folgenden Tag vorbeikam, hingen auf allen 100 Maulbeerbäumen weiße Tücher.

Diese Geschichte erzählt mir der Finne in Cornwall, im *Zennor Inn*. Wir gehen auseinander, und am nächsten Tag sattle ich meine weiße Harley. G. und ich trinken mit den Quicklebys in deren Bus noch einmal Tee.

„Es gibt die verrücktesten Zufälle", sagt Mrs. Quickleby beim Abschied und hält etwas verlegen lächelnd die Hand von Mr. Quickleby. „Aber Sie kommen ja so viel herum, und da kann es doch möglich sein, dass Sie irgendwo Geoffrey sehen … bitte, sagen Sie ihm, dass zu Hause ein heißer Tee auf ihn wartet!"

Wir versprechen das und verlassen das nette Cornwall-Dörfchen St. Yves in Richtung Osten. Prachtvolles, völlig unenglisches Wetter veranlasst uns, noch einige Tage im Dartmoor zu wandern.

Nach einem Zwischenstopp im walisischen Bücherdorf Hay-on-Wye und einer schönen Fahrt durch Somerset und die Salisbury Plain erreichen wir eines frühen Nachmittags Stonehenge. Ich parke die Harley. In voller Bikermontur gehen G. und ich zum Steinkreis. Und da merke ich trotz der vielen Menschen, dass mich ein alter Mann ganz offensichtlich verfolgt. Aus den Augenwinkeln sehe ich das weiße Tuch in seiner Hand. Er winkt damit und fordert mich zum Stehenbleiben auf. Mit schwacher Stimme ruft er nach mir. Irgendwie rätselhaft. Ich werde langsamer und lasse ihn herankommen. Erst als er da ist, wende ich mich ihm zu. Ich blicke in ein Gesicht und erschrecke, wie dieses Gesicht – vor meinen Augen und ganz plötzlich – von unendlicher Enttäuschung überzogen wird. Der Mann entschuldigt sich. Er senkt die Hand und lässt das weiße Tuch zu Boden fallen. Keuchend bittet er mich, seine Aufdringlichkeit zu verzeihen. Er habe uns auf dem weißen Motorrad kommen sehen und mich für seinen Sohn gehalten, der vor 15 Jahren nach einem Streit mit einem weißen Motorrad weggefahren ist.

Das Diesseits ist der Acker für das Jenseits. – EL-ACLUNI, KESFÜ´L-HAFA

5

Auferstehung

Cividale del Friuli, Friaul

Die Osterfeiertage sind in diesem Jahr so warm, dass ich am Abend des Karsamstags meinen Cappuccino im Freien trinken kann. Wie oft schon zu dieser Zeit bin ich einige Tage lang im Friaul unterwegs. Ich sitze etwas müde vor dem großen Stadtcafé gegenüber dem Gemeindepalast. Fast den ganzen Tag habe ich im Archäologischen Museum zugebracht, nur über Mittag war ich an der Luft draußen zu einem langen Spaziergang am Natisone, den ich mit einer herrlichen Gubane-Schlemmerei in der kleinen Osteria *Schiavi* abgeschlossen habe. Meine Arbeit über den Ursprung des Schwertfestes (Messa dello Spadone, immer am ersten Sonntag nach dem 6. Jänner) will nicht so recht fortschreiten. Ich merke, wie sich meine Stimmung zunehmend eintrübt, und beschließe, meinen Koffer aus dem Hotel zu holen, um heute noch abzureisen. Hier bin ich der einzige Gast. Die Kellnerin im Lokal hinter mir blättert gelangweilt in einer Illustrierten. Wo sind die Menschen, frage ich mich. Über den Platz vor mir schnüffelt ein Hund.

Die Vorstellung, die kommende Nacht in einem Hotelzimmer zu verbringen, wird mir unerträglich. Ich rufe die Kellnerin, um zu zahlen, als plötzliches Gebetsleiern aufkommt und immer hörbarer wird. Wenig später sehe ich die Osterprozession den Berg heraufziehen. Der Vorbeter verwendet für seine rituellen Sätze ein Megaphon. Schlagartig verfliegt die Depression, meine Stimmung hellt sich auf, die Seele feiert Auferstehung. Ich zahle und schließe mich den Menschen an, glücklich, nicht mehr allein zu sein.

Als sich alle in der Kirche versammelt haben, kommt eine Gruppe von Männern aus der Sakristei heraus vor den Altar. Der Pfarrer führt sie an, statt eines Messgewands trägt er nur

eine einfache schwarze Soutane. Er tritt vor und sagt sinngemäß: „Ich will heute gar nicht viel herumreden, ihr wisst ja alle, was in der Welt vorgeht und dass es Orte mit wenig Frieden gibt. Wollen wir unseren Frieden genießen und unseren Freunden aus Gradisca zuhören. Wie jedes Jahr werden sie uns auch heuer mit ihren Liedern vor Gott vertreten." Es sind fünf alte Männer, die sich jetzt aufstellen und in der folgenden halben Stunde wunderschöne, schwer fließende slowenische und italienische Lieder singen. Später erfahre ich, dass es Bauern sind, die schon seit Jahren ihren Ostergottesdienst verrichten, indem sie am Karsamstag durch die Orte des Collio ziehen und in den Kirchen singen.

Nach dem Konzert verlassen die Menschen die Kirche. Die Menge zerstreut sich. Mein Lieblingsrestaurant ist prall gefüllt. Ich finde einen Tisch in einem Nebenraum, bestelle mir Pecorino mit Sardellen, dazu einen halben Liter Terrano.

Etwas später, die Leute sind intensiv beim Essen, und in meinem Hirn beginnen sich die herrlichen Purpurwolken des Weines auszubreiten, etwas später fällt mir der alte Mann auf, der mir gegenüber allein vor einem Glas Wein an seinem Tisch sitzt, ganz offensichtlich ein Bauer. Er steht plötzlich auf und beginnt lauthals in das Lokal hinein die Hymne der italienischen Kommunisten zu singen … *bella ciao, bella ciao, bella ciao ciao ciao* … Niemand wundert sich. Die Kellnerin arbeitet ungerührt weiter, die Leute blicken kaum von ihren Tischen auf. Der Mann stützt sich mit beiden Armen am Tisch auf und singt mit ganzem Herzen und aus voller Brust. Seine Augen hält er fast immer geschlossen. Als er fertig ist, setzt er sich wieder hin. Einige Gäste applaudieren. Die Kellnerin serviert ihm wie nebenbei ein neues Glas Wein.

Wenn ich reise, bin ich der Patient. Und die Welt ist ein Krankenhaus. – Arno Geiger

6

Das Leben ist ein Sandkorn

Koumi, Burkina Faso
Yamoussoukro,
Elfenbeinküste

Es gibt Tage, die von Träumen vergiftet sind. In der Sekunde, da ich den Hauptmann mit seinen fünf Soldaten vor mir sehe, weiß ich, dass der unbestimmte Angstschatten auf meinem Gemüt ein Traumfetzen der letzten Nacht ist. Das geht schon länger so. Die Nächte davor habe ich auch schlecht geträumt.

Der Hauptmann brüllt uns an, wissend, dass wir ihn nicht verstehen. Wohl aber verstehen wir, dass er seine Macht demonstrieren will vor den umstehenden jungen Männern. Auf der Wange trägt der Offizier das Mossi-Stammeszeichen. Und jetzt, da er sich von uns abwendet, um mit dem soeben eingetroffenen Dorfältesten zu sprechen, nennt er diesen nicht mehr „Monsieur“ oder „Patron“. Seit dem Putsch hat er Order, jedermann mit „Kamerad“ anzusprechen.

Wir haben das Dorf Koumi an der Quelle des Kou erreicht. Nur 50 Meter hinter den Soldaten flimmern die Lehmhäuser in der Sonne. Dort muss es Wasser geben. Es ist schwül, mehr als schwül. Ich schätze, es dürfte so um die 35 Grad im Schatten haben – wenn da irgendwo Schatten zu finden wäre. Heute sind wir seit zehn Stunden unterwegs. Mein Körper vibriert. Kopfweh, Schmerzen im Kreuz und in den Gelenken. Der rote Lateritstaub, den der Harmattan hier an diesem völlig ungeschützten Platz aufwirbelt, trocknet Lippen und Gaumen aus.

Vor Tagen waren wir schon hier, in Koumi. Monsieur Morlos Order, hierher zu fahren, an den Ort, an dem wir vor Tagen schon vorbeigefahren sind, hat ganz sicher mit der Grenze zu tun, die nur wenige Kilometer entfernt ist. So viel glauben wir zu wissen, mehr nicht. Es ist Freitag, der 27. Februar, später Nachmittag. Wie ausgemacht.

Das unverlangte, misstrauisch akzeptierte Service für unsere Mopeds in Ouagadougou hat sich als nützlich erwiesen. Die Fahrzeuge laufen wieder wie geschmiert. Sie haben sich überhaupt als sehr verlässlich erwiesen. Wenn man von den vielen Militärkontrollen absieht, ist die gesamte Fahrt bislang ohne Zwischenfälle verlaufen. Wir haben Wort gehalten. Aber: Seit Ouagadougou ist die Angst – wie die Hitze – immer erdrückender geworden. Der Hauptmann und die Soldaten sind auch nicht das Empfangskomitee, das wir erwartet haben. Sie, die Soldaten und die Dorfbewohner, taxieren uns mit neugierigen Blicken, halten Ausschau nach möglicher Beute. Als aber ein junger Bursche sich frech an meiner hinteren Gepäcktasche zu schaffen macht, tritt ihm der Hauptmann lautstark und so kraftvoll in den Arsch, dass der Mann Mühe hat, sich auf den Beinen zu halten. Ist niemand da, der die Rätsel der letzten Tage löst? Alle Anzeichen sprechen dafür, dass wir in eine Falle getappt sind. Und doch: Bei aller Ungewissheit und inneren Unruhe, die unerträglich zu werden drohen, sind Demut und Geduld angesagt.

Seit Wochen sind wir mit unseren Mopeds unterwegs. Obwohl Monsieur Morlo uns versichert hat, unser Sponsor und Auftraggeber sei eingeweiht, werden wir der österreichischen Firma Puch, die uns die Mopeds zur Verfügung gestellt hat, doch einiges zu erklären haben. Die Fahrzeuge sind Spezialanfertigungen für den afrikanischen Markt: 50 ccm-Hubraum, 2,5 PS, Zweigang-Getriebe. Ein eigens für unsere Expedition konstruierter Papierfilter und Spezialkerzen mit ganz niedrigem Wärmewert sorgen trotz größter Hitze und trotz ständigen Staubes für lange Lebensdauer. Als Zusatzeinrichtung verfügen wir vorne und hinten über Gepäcktaschen, die beidseitig über die Räder hinunterhängen. Mit unserer

Fahrt, die wir über viele hundert Kilometer von Abidjan, der Hauptstadt der Elfenbeinküste, über Yamoussoukro, Bouake, Bobo Dioulassou und Ouagadougou bis nach Niamey, der Hauptstadt von Niger, geplant haben, will Puch Werbung machen in Westafrika, wo es gelungen ist, die wirtschaftliche Vormachtstellung der ehemaligen Kolonialmacht Frankreich auf dem Mopedmarkt zu durchbrechen. Meine Aufgabe ist es, die Fahrt für afrikanische Zeitungen und Zeitschriften, mit denen es Verträge gibt, literarisch und fotografisch zu dokumentieren. Strapazen und Abenteuer soll ich herausstreichen, um jedem Leser die überragende und dennoch preisgünstige Qualität der Puch-Mopeds eindringlich vor Augen zu führen. Da ich für das Unternehmen Hilfe benötige, hat mir Puch einen Begleiter genehmigt. Mein Freund, der Architekt Werner S., hat meine Einladung zu diesem afrikanischen Moped-Abenteuer freudig angenommen und sich als verlässlicher Kompagnon erwiesen. Zu keiner Sekunde habe ich meine Entscheidung bereut. Wie es Werner geht, weiß ich allerdings nicht. Ich bin mir nicht sicher, ob er sich in den letzten Tagen nicht schon tausendmal verflucht hat. Im Gegensatz zu mir wirkt er ruhig, jedenfalls lässt er sich weder Angst noch Anspannung anmerken.

Unser Ziel haben wir klar verfehlt. Wir sind weit von Plan und Strecke abgekommen. Statt angstvoll hier in der Hitze vor Koumi zu stehen und auf die unmittelbar bevorstehende Verhaftung zu warten, könnten wir uns unter der erfrischenden Dusche in einem klimatisierten Hotel in Niamey abkühlen.

An die 50 junge Männer haben sich mittlerweile um uns versammelt. Das zwingt den Hauptmann, der sich auf offener

Strecke höchstwahrscheinlich mit ein paar „inoffiziellen" Dollars begnügt hätte, um uns laufen zu lassen, zum offiziellen Handeln. Demütig überreiche ich ihm unsere „Papiere", die ich genau für solche Zwecke mehrfach vorbereitet habe. Es sind Fotokopien von österreichischen Alpenvereins-Ausweisen, die unsere Porträts zeigen und mit dem großen A auf der Titelseite einen „offiziellen" Anstrich haben. Der Hauptmann nimmt die Papiere an sich. Mit gewichtiger Miene studiert er sie, um den Umstehenden seine Kompetenz zu demonstrieren. Könnte er sie lesen, müsste er uns sofort festnehmen. Nach einigen Minuten steckt er die Dokumente in seine Brusttasche, sozusagen als Pfand. Ungeduldig winkt er uns weiter. Werner und ich gestatten es je einem jungen Mann, sich auf die Rücksitze unserer Mopeds zu setzen. Im Schritttempo fahren wir dann, umzingelt von den vielen schnatternden Männern und geleitet vom stolz voranschreitenden Dorfältesten, die 50 Meter nach Koumi. Mit bitterem Lächeln muss ich an den Palmsonntag denken, an den Einzug Jesu in Jerusalem.

Koumi liegt ganz im Süden von Burkina Faso, dem ehemaligen Obervolta, einem der Armenhäuser dieser Welt. Aus der Agonie, in der das Land seit Urzeiten dahindämmert, ist es seit Wochen durch einen Putsch herausgerissen, der Angst und Schrecken verbreitet. Der 34-jährige Hauptmann Thomas Sankara hat mit seiner Offizierstruppe den allzu selbstherrlich regierenden Jean-Baptiste Ouédraogo aus dem Amt gejagt. Politische Beobachter rechnen fast täglich mit einem Gegenputsch. Nach endlosen Beratungen mit vielen Experten, vor allem aber nach dem Vorfall in Yamoussoukro, sind wir – trotz des Ausnahmezustands – eingereist. Und dann? Überall Soldaten und „Kommissare". In allen Dörfern, auf allen Straßen Kontrollen und Willkür. In den Städten nächtliche Gewehrsalven, Hausruinen, ausgebrannte Autowracks und Propagandaplakate: *Die Staatskasse gehört dem Volk!*

Gestartet waren wir am Neujahrstag von Abidjan, Elfenbeinküste, aus. Wir hatten einige Tage im *Café de Paris* auf dem Plateau, in der Avenue Marchand, gewohnt. Das *Café de Paris* war ein Nobelbordell, aber die Zimmer reizten uns, weil sie sehr stilvoll eingerichtet waren und über eine Klimaanlage verfügten. Den Silvesterabend verbrachten wir etwas melancholisch mit Madame Zaiit und einigen ihrer weißen und schwarzen Damen. Die Damen erzählten Geschichten. Es waren Geschichten von zu Hause, von guten Vorsätzen und von Träumen, Geschichten, mit denen man – zumindest für diesen Abend – die Falten eines zerknitterten Lebens auszubügeln meinte. Um Mitternacht legte Madame zu unseren Ehren den Donauwalzer auf den Plattenteller. Wir tanzten in das neue Jahr.

Etwas später, gegen Morgen zu, wurde es wieder geschäftlich. Die Mädchen mussten uns verlassen. Die französische Fregatte *Jean d'Arc* war im Hafen eingelaufen, ihre Besatzung stürmte das *Café de Paris*. In den Straßen draußen dämmerte der Morgen, und die kleinen Feuer, um die die Palmwein trinkenden Menschen saßen, waren am Verlöschen. Von irgendwoher kamen einige Fetzen Musette-Musik. Auf der Stiege zu unseren Zimmern saß ein schwarzes Mädchen und weinte. Wir schliefen nicht viel. Wir verließen Abidjan. Über Adjamé fuhren wir hinaus ins Land, vorbei an Frauen, die im Fluss Wäsche wuschen, vorbei an bunten Tüchern, die in den Uferwiesen zum Trocknen ausgelegt waren. Nach zwei Tagen und 260 Kilometern durch die Baumschluchten des Regenwaldgebiets erreichten wir Yamoussoukro, die Geis-

terstadt. Und da begann sich alles zu drehen. Unser Plan geriet aus den Fugen.

Der Präsident der Elfenbeinküste, Félix Houphouët-Boigny, hatte sein Geburtsdorf Yamoussoukro zu einer Riesenstadt ausbauen lassen. Die Unzahl von Einfamilienhäusern, die er für die Angehörigen seines Stammes in Reih und Glied errichten ließ, waren schnell zu verwaisten Ruinen geworden. Wir fuhren durch verlassene Straßen. Die in die Häuser einquartierten Menschen waren schon nach wenigen Monaten aus den ihnen ungewohnten Behausungen geflohen. Sie hatten mitgenommen, was nicht niet- und nagelfest war. Leer und irgendwie bedrohlich standen die Dépendancen der großen Fluggesellschaften und Weltfirmen zu beiden Seiten der Hauptstraßen. Eine Stephen-King-Kulisse.

Wir bewohnten eines von 1000 leeren Zimmern im Hotel *Präsident*. An der Rezeption sagte man uns, dass mit uns zurzeit 25 Gäste im Hotel wären, zwei davon, ein jüngeres Pärchen, aalten sich am Swimmingpool. Wir schlenderten durch die asphaltierten Straßen und Gassen dieser Potemkinschen Stadt. Alles war schattig, schemenhaft, gespenstisch. Wir waren auf der Hut, beunruhigt von dem Gefühl, beobachtet zu werden. Überdimensionierte Betonklötze verdeckten die Sonne. Ein Rathaus ohne Bürgermeister. Schulen ohne Schüler. Eine Kathedrale, größer als der Petersdom, aber ohne Gläubige. Ein Palast, um dessen gigantische Begrenzungsmauern Hunde mit eingezogenen Schwänzen entlangstrichen: leer. Leer, wie alles hier.

Und dann plötzlich, als wir um eine Ecke bogen, standen sie vor uns: zwei freundlich lächelnde junge Männer. Beide in teuren, dunkelblauen Burberry-Anzügen, beide in Hemd und Krawatte. In fließendem Französisch bat der eine um Verzeihung, falls sie uns erschreckt hätten. Sie stellten sich als Asnake und Christophe vor, als die Söhne des durch den Putsch vertriebenen ehemaligen Gesundheitsministers von Burkina Faso. Sie und ihre Freunde würden uns schon seit Abidjan beobachten. Alle Mitglieder ihrer Vereinigung hielten uns für genau jene vertrauenswürdigen Personen, die ihnen in einer sehr dringlichen humanitären Angelegenheit helfen könnten. Sie bekundeten ihre Überzeugung, wir würden uns nicht verweigern, zumal sie uns versicherten, dass unser Moped-Abenteuer den Behörden bekannt und als völlig unverdächtig eingestuft worden war. Wir müssten uns also keiner großen Gefahr aussetzen. Viele „beschützende Augen" seien schon seit Abidjan ständig um uns. Sie würden auch weiterhin für unsere Sicherheit sorgen. Ganz abgesehen davon stellte man uns für unsere Hilfe einen hohen Geldbetrag in Aussicht.

Später, beim Kaffee in der Lounge des Hotels *Präsident*, zeigten sich die beiden umfassend informiert über uns. Sie kannten nicht nur unsere Namen und unsere Pläne, sondern auch unseren Werdegang, ja sogar die Familienverhältnisse. Und sie wurden konkreter. Sie bekannten sich als Mitglieder der OFB, der von Elfenbeinküste aus agierenden Organisation für ein Freies Burkina Faso. Die OFB arbeite mit Unterstützung einiger Regierungen der Region an der Vertreibung des illegitimen Sankara-Regimes in Ouagadougou. Unsere Aufgabe sei dennoch völlig unpolitisch und ausschließlich humanitär. Ohne viel Aufwand könnten wir einen Menschen vor dem sicheren Tode retten. Mehr dürften sie uns noch nicht sagen. In Ouagadougou, wohin wir ohnedies fahren wollten, sollten wir mehr erfahren.

Und dann wurde Asnake, der Sprecher der beiden, ziemlich deutlich: Keine Garantie für unsere Sicherheit, weder in Burkina Faso noch hier in Elfenbeinküste gäbe es, sollten wir – wider Erwarten – ihre Bitte ablehnen. Ich mache es kurz: Diese „Drohung“ war – neben unbekümmerter Abenteuerlust und der mehrmaligen Versicherung der Gefahrlosigkeit des Unternehmens durch die beiden – letztlich ausschlaggebend für unsere Zusage. Nach einigen Stunden verließen uns die beiden mit dem nochmaligen Hinweis, dass wir unter dem Schutz der OFB stünden und bald schon mehr Informationen bekämen. Jetzt sollten wir, „unserem“ Plan gemäß, nach Ouagadougou fahren.

Wir durchquerten das Land der Baoulé. Über Bouake und Katiola näherten wir uns der Grenze Burkina Fasos. Savannenlandschaft, Avocado-, Bananen-, Baumwollplantagen, rund um Marabadiassa viele abgebrannte Zuckerrohrfelder und Dörfer mit grasgedeckten Rundhütten. Wir aßen Reis mit Pili-Pili, Yams und Bananen. Auf der Straße wenige Männer, vor allem Süßholz kauende Frauen auf ihrem Weg zum Markt. Auf den Köpfen balancierten sie hohe Lastkörbe, einige hatten ihre Kleinkinder in Trageriemen am Körper. Wir unterhielten uns mit diesen Frauen, die oft tagelang unterwegs waren. Sie waren leutselig, fröhlich und dankbar, wenn wir sie auf dem Rücksitz ein Stück mitnahmen.

Problemlos überquerten wir die Grenze nach Burkina Faso. An Koumi und Banfora vorbei erreichten wir die Stadt Bobo Dioulasso, wo wir uns mit einer österreichischen Ethnologin treffen wollten, die seit 14 Jahren mit einem afrikanischen Koranlehrer verheiratet war. Wir waren im Land der Bobo. Überall Transparente der Revolution, fast stündlich eine Militärpatrouille, davor jeweils Kolonnen museumsreifer LKW und Menschen, die den Blick nicht hoben und angstvoll zu Boden starrten. Wir hatten keine Probleme. Wir passierten immer anstandslos. Lag das an den „beschützenden Augen", von denen Asnake gesprochen hatte?

Die Augen der Soldaten, die uns in der Rezeption des armseligen *RAN*-Hotels in Bobo Dioulasso mit entsicherten Maschinengewehren beobachteten, als wir Frau H. trafen, empfanden wir allerdings eher bedrohlich als beschützend. Die Österreicherin trug einen mit vielen Stickereien besetzten bodenlangen schwarzen Bubu, dazu ein gewundenes grünes Kopftuch. Ihr Mann war um einen Kopf kleiner und zart, bekleidet mit einem lila Umhang und einer weißen Kopfbedeckung. Damit ihr Mann mithören konnte, erzählte Frau H. ihre Geschichte auf Französisch:

„Vor 15 Jahren wurde ich nach Obervolta geschickt, um hier das Jagdwesen zu studieren. In der gesamten westafrikanischen Literatur gibt es keine Aufzeichnungen über die Jagd. Als ich im Verlauf meines Aufenthaltes an Gelbfieber erkrankte, wandte ich mich dem Koran zu. Der Mann hier an meiner Seite hatte mir geholfen. Als ich wieder gesund wurde, heirateten wir. Wir haben zwei Kinder, und ich bin die einzige Frau meines Mannes. Der Koran ist zum Inhalt meines wie seines Lebens geworden."

Während sie sprach, nickte ihr Mann mehrmals zustimmend. Sie beteuerte, nie mehr nach Österreich zurückkehren zu wollen, weil sie so etwas wie Heimweh nie verspüre und weil sie ihrem Mann zustimme, dass die Europäer die Eile im Blick hätten. Daher sähen sie nie das Wesentliche. „Einmal waren wir gemeinsam in Paris“, erzählte Frau H. „Das war unsere längste Reise, und mein Mann litt beinahe körperlich darunter, dass die Menschen unentwegt wie Ameisen aus den Metrostationen raus- und in diese reinwuselten. Das sind keine Menschen mehr, sagte er, das sind ferngesteuerte Nummern!“

Beim Abschied dann die Überraschung: Frau H. bat uns plötzlich auf Deutsch, der OFB zu helfen. In Ouagadougou sollten wir uns im Café *La Chaumiere* melden. Sie verbürgte sich für die beiden belgischen Inhaber Nadine und Jacques. Sie seien vertrauenswürdig und verfügten über die richtigen Kontakte: „Bitte, tun Sie, was Ihnen die beiden sagen. Es wird Ihr Schaden nicht sein. Rund um Sie sind besonnene Menschen. Allah wird Sie beschützen!“

Als Herr H. mit seiner doppelt so großen und schweren Frau auf einem alten zweisitzigen Moped davonfuhr, drückte dieses Bild, ich weiß nicht warum, ebenso stark auf mein Herz wie die Anweisung, das Café *La Chaumiere* aufzusuchen und auf weitere Order zu warten. Immerhin hatten wir ein Lebenszeichen der ominösen OFB bekommen. Wir wussten jetzt, was wir als Nächstes zu tun hatten. Wie unser Abenteuer wirklich weiter verlaufen sollte, worin unsere Aufgabe bestehen würde, das wussten wir allerdings noch immer nicht.

Ouagadougou erreichten wir gegen Mittag des nächsten Tages. Die Stadt war im Belagerungszustand. Überall Maschinengewehrnester, Soldaten zu Fuß, auf Rädern, auf Mopeds und auf rasenden Pickups, von deren Beifahrersitzen Offiziere grimmig auf das Straßengeschehen blickten. Anhaltungen, Kontrollen, Befehlsgebrüll. Ausgangssperre von 19 bis 6 Uhr früh. Nadine erzählte, dass in der Nacht Hinrichtungen stattfänden: Da würden Regimegegner und Krüppel erschossen.

In uns, jedenfalls in mir, wuchs die Angst. Nadine und Jacques hatten uns in einem schmierigen Privatzimmer untergebracht. Es fiel uns schwer, ihnen zu vertrauen. Sie taten sehr geheimnisvoll. Wir hatten sie im Verdacht, dass sie ihre Rolle hochspielten, sich wichtiger machten, als sie waren. Die Tage vergingen, und Jacques sagte, dass wir warten müssten. Er sagte nicht worauf und warum. Wir waren zu totaler Untätigkeit verdammt und begannen uns langsam zu verfluchen. Andererseits, was wäre gewesen, wenn wir in Yamoussoukro den Auftrag von Asnake und Christophe abgelehnt hätten? Blieb uns eine Wahl? Hätten wir gefahrlos weiterfahren können? Wären wir überfallen worden? Bestohlen? Beim Grenzübertritt festgenommen? Diese und andere Fragen geisterten durch unsere Gespräche beim Bier, von dem Jacques und Nadine mehr als genug hatten, sodass wir uns fragten, über welch krumme Wege sie wohl dazu kamen. Die Tatsache, dass zu jeder Tages- und Nachtzeit betrunkene Offiziere des Sankara-Regimes im *La Chaumiere* herumlungerten, verstärkte unser Misstrauen.

Wir waren knapp davor, unsere Mopeds zu satteln und aufzubrechen, als am Morgen unseres fünften Tages in Ouagadougou ein Mann in unserem Zimmer auftauchte, der sich als Monsieur Morlo, seines Zeichens westafrikanischer Generalvertreter von Puch, vorstellte. Er hatte einen jungen Mechaniker mitgebracht. Misstrauisch beobachteten wir, wie der Junge unaufgefordert unsere Mopeds untersuchte. Aber er ging wirklich fachmännisch und gründlich vor, tauschte die Zündkerzen aus, reinigte schließlich unsere Fahrzeuge mit Hingabe, während uns Monsieur Morlo klarzumachen versuchte, dass wir ihm keine Fragen stellen und sofort nach Koumi weiterfahren sollten, um dort rechtzeitig am 27. Februar einzutreffen. Einzutreffen wofür? Die Antwort blieb nach wie vor offen. In Koumi würden wir erwartet und dort erst konkret über unsere Aufgabe aufgeklärt. Das bedeutete: Wir mussten an die 300 Kilometer auf derselben Strecke, auf der wir gekommen waren, zurückfahren. Unseren Plan und Auftrag, nach Niamey weiterzureisen, konnten wir vergessen. Monsieur Morlo sagte, wir sollten uns wegen des Puch-Auftrags keine Sorgen machen, denn unser Sponsor sei informiert und er, Morlo, befugt, uns mitzuteilen, dass die Firma alle unsere Kosten übernehme.

Und jetzt sind wir in Koumi. Und heute ist der ominöse 27. Februar. Ein Freitag, ein später Nachmittag, wenn das was zu bedeuten hat. Man glaubt es kaum, dass in den einstöckigen Lehmhäusern von Koumi fast 3000 Menschen leben, wie Nadine steif und fest behauptet hat. Ich gebe dem Dorfältesten eine Schirmmütze und fotografiere ihn mit meiner Polaroid-Kamera, wie er sich damit stolz vor seinem Haus postiert. Ich überreiche ihm das Bild, und er gestattet uns den Aufenthalt in Koumi. Er weist uns einen großen Raum im Parterre seines Hauses zu. Dorthinein stellen wir unsere Mopeds. Wir müssen höllisch aufpassen. Die Dorfbewohner kreisen uns ein. Mit gierigen Blicken testen sie unsere Aufmerksamkeit. Wir haben keine Chance, den Berührungen zu entgehen. Die jungen Männer werden immer aggressiver. Sie belauern jede unserer Handlungen und machen sich bereits an unseren Taschen zu schaffen. Erst das lautstarke hysterische Befehlsgeschrei des Dorfältesten vertreibt sie. Wir schließen die Tür und atmen auf. Irgendwann muss doch einer unserer Vertrauten kommen!

Vor innerer Unruhe und Angst halte ich es kaum mehr aus. Irgendetwas muss passieren. Werner hat die stärkeren Nerven. Wenige Minuten, nachdem wir unser Zimmer „bezogen“ haben, schläft er tief und fest. Ich mache mich auf die Suche nach Wasser, nach einem Bach oder einer Möglichkeit, zu duschen. Durch enge Gassen arbeite ich mich langsam vor. Ich vermeide es, irgendwem ins Gesicht zu sehen. Das Dorf lebt noch in einem fernen, längst vergangenen Jahrhundert. Für mich ist es das erste afrikanische Dorf mit einstöckigen Häusern. Die „Architektur des gesunden Menschenverstandes“ zeigt sich darin, dass die Häuser dicht verschachtelt beieinander stehen, um die Sonne von den Hausfenstern und aus den Gassen fernzuhalten. In den schmalen Gassen muss ich verdammt aufpassen, weil ich panische Angst vor jeder Berührung habe. Mein ganzer Körper ist nass von Schweiß. Den Dorfältesten sehe ich vor seiner Haustür sitzen, berauscht vom Hirsebier. Ihm gegenüber hocken fünf zahnlose Kinder mit Greisengesichtern im Sand. Mit bloßen Fingern nehmen sie tote weiße Ratten aus. Sie schlitzen die Tiere vom After weg nach vorne auf. Sie reißen die Innereien heraus, beriechen sie nach ihrer Genießbarkeit und stecken sich kleinere Teile davon – natürlich roh – in den Mund. Den Rest der Innereien werfen sie weg, die ausgenommenen Rattenkörper legen sie in Reih und Glied vor sich auf.

Die Menschen sind, wenn überhaupt, nur mit Lendenschurzen bekleidet. Die Frauen tragen an den Beinen hinunterhängende Bast- und Stofffetzen, die Brüste auch der jungen Frauen hängen lang und schlaff wie halb gefüllte Kondome herunter. Die Haut der meisten ist verkrustet und von Schorf und trockenem Lehm bedeckt. Kaum einer hat Zähne im Mund. Am erschreckendsten sind die Alten, die auf den kleinen Plätzen regungslos am Boden sitzen und mit leerem Blick in den Sand starren und auf das Ende warten. Schweine und Hunde laufen herum und beschnuppern diese Menschen. Die Lebenserwartung liegt hier bei 40 Jahren, die Kindersterblichkeit bei 60 Prozent.

Vor dem Dorf gibt es zahlreiche künstliche Höhlen, die nur durch kleine Löcher zugänglich sind. Im Schatten dieser Höhlen flechten die Frauen Körbe, den Mehrwert des Dorfes. Als ich in eine der Höhlen hineinschaue, schlagen die Frauen die Hände vors Gesicht. Sie erheben ein unmenschlich tönendes Gekreische, so laut, dass plötzlich junge Männer auftauchen und mich umzingeln. Einige beginnen, mich zu bespucken. Ich habe panische Angst, kann in der engen Gasse, in die sie mich drängen, aber nicht entfliehen. Die Männer kommen immer näher, die Ersten beginnen an meinen Kleidern zu zerren. Meine Angst schlägt in hysterisches Gebrüll um. Den Rücken drücke ich gegen eine Hausmauer, an der ich mich mit den Händen festzuklammern versuche. Mit den Beinen trete ich wild um mich. Sie weichen zurück, spucken und brüllen. Als sich einer an meinem Hals festklammern will, packt ihn eine Hand von hinten und schleudert ihn gegen die Menschenmauer. Der Hauptmann mit dem Mossi-Stammeszeichen auf der Wange rettet mich. Er ist allein, ohne seine Soldaten. Lautstark drängt er die Meute zurück. Seine Pistole steckt im Halfter. Ich kriege kaum Luft und sacke zu Boden. Aus den Kratzspuren an Hals und Oberarmen rinnt Blut. Wahrscheinlich bin ich mit 1000 Krankheiten infiziert.

Der Hauptmann hilft mir auf die Beine. Ich zittere am ganzen Körper, aber ich spüre sofort, dass mir von ihm keine Gefahr droht. Fürsorglich führt er mich an der Hand einige 100 Meter durch die Gassen zu einem allein stehenden Haus. Wir werden erwartet, denn die Tür wird bei unserem Eintreffen von innen geöffnet. Wir betreten einen großen hellen Raum, in dem uns ein älteres Paar freundlich anlächelt. Der Hauptmann drückt mich sachte auf einen der Sessel, die um einen großen Tisch stehen, und die Frau macht sich auf sein Geheiß sofort daran, meine Kratzwunden zu desinfizieren. Nachdem sie meine Wunden versorgt hat, bringt sie eine große, mit frischem Wasser gefüllte Fruchtschale. Nach wie vor kämpfe ich um Atemluft. Mein Körper, die Haare und die Kleidung sind klitschnass. Erst nach und nach beruhige ich mich. Das Wasser wirkt Wunder. Ganz ruhig werde ich erst ein wenig später, als überraschend Werner in Begleitung eines Soldaten zur Tür hereinkommt.

Der ältere Mann flüstert mit dem Hauptmann, und dieser wendet sich jetzt in gepflegtestem Französisch an uns. Er entschuldigt sich für die Vorfälle und reicht mir unsere Papiere: „Meine Herren, ich danke Ihnen für die Geduld, die Sie bewiesen haben. Verzeihen Sie bitte das Schauspiel vorhin bei Ihrer Ankunft in Koumi, verstehen Sie bitte, dass ich mich Ihnen nicht namentlich vorstelle, aber mein Name tut ja nichts zur Sache. Betrachten Sie mich als ein ebenso inoffizielles wie treues Mitglied der OFB. Ich würde mich geehrt fühlen, wenn Sie mir das gleiche Vertrauen schenkten, welches mir Seine Exzellenz, der Minister – nennen wir ihn Minister Jean –, den ich Ihnen hiermit vorstellen darf, seit Langem schon gewährt. Wie Sie ja wissen, haben ein charakterloser und karrieresüchtiger Verräter und seine verbrecherischen Kumpane mit Gewalt die Regierungsmacht an sich gerissen. Die ganze Welt zeigt sich erbost über diesen grausamen Akt der Illegalität. Die Tatsache, dass wir die neuen Machthaber bald schon verjagt haben werden, spendet im Moment wenig Trost. Zwar werden wir, das Volk von Burkina Faso, in heute schon absehbarer Zeit die Verräter ihrer gerechten Strafe überantworten. Bis dahin müssen wir aber für die Sicherheit von Minister Jean sorgen. Die Schergen der illegalen Verbrecherregierung suchen ihn Tag und Nacht. Sie wollen ihn töten, weil das Volk ihn liebt. Minister Jean muss ins Ausland, und Ihnen beiden, meine Herren, gehört der Dank des Volkes von Burkina Faso! Sie haben uns Ihre Hilfe zugesagt! Sie sind unverdächtig! Wir, die OFB, haben dafür gesorgt, dass niemand Sie aufhalten wird, wenn Sie Seine Exzellenz, Minister Jean, heute Nacht noch, mit Ihren Mopeds über die Grenze in die Sicherheit der befreundeten Elfenbeinküste bringen. Ich darf Ihnen die Gefahrlosigkeit Ihrer Fahrt garantieren, es sind zudem nur zwei Kilometer, die Sie zurückzulegen haben. In Elfenbeinküste werden Sie von unseren Freunden sowie Vertretern Ihrer Firma erwartet und in Sicherheit gebracht."

Der Hauptmann hat, während er sprach, zunehmend Haltung angenommen. Jetzt schlägt er die Hacken zusammen. Er geht auf Werner und mich zu und gibt uns beiden die Hand. Auch der Minister tritt zu uns und schüttelt unsere Hände: „Ich danke Ihnen sehr, meine Herren! Sie zeigen ein großes Herz, wenn Sie einem alten Mann, der ohnedies nicht mehr lange auf dieser Erde weilen wird, das Leben retten. Wenn ich im Umgang mit Mopeds auch wenig geübt bin, so hoffe ich, die paar Meter auf Ihrem Rücksitz wohl zu überstehen, zumal der Preis der Sicherheit und Freiheit ein sehr hoher ist. Ich möchte Ihnen sagen, dass ich Ihnen voll vertraue! Sie sind gute Menschen, Allah wird es Ihnen danken! Sie retten mir das Leben, damit ich meinem Volk weiter dienen kann."

Nach einer kleinen Pause, in der er seine Brille putzt, sagt der Minister mehr in den leeren Raum hinein als zu uns: „Das Leben! Was ist das Leben? Es ist ein Sandkorn, das der Harmattan durch die Lüfte tänzeln lässt, bis es zu Boden fällt und wieder Teil des Sandes wird."

Noch immer rinnt mir in diesem Lehmhaus von Koumi der Schweiß über den Körper. Aber es geht mir besser und ich lächle. Ich muss an einen meiner Lieblingsfilme denken, an den Regieeinfall der tänzelnden „Schicksalsfeder" zu Beginn und am Ende von *Forrest Gump* …

Meine Generation ist die erste gewesen, für die eine Reise auch dann denkbar wurde, wenn man nicht zur Oberschicht gehörte. Noch für meine Eltern, die in Hamburg zum beamteten Mittelstand aufgestiegen waren, ist Innsbruck das am weitesten denkbare Reiseziel gewesen – ein einziges Mal im Leben waren sie dort, mit der Eisenbahn … Als dann im Lauf der fünfziger Jahre für viele eine Auslandsreise erschwinglich wurde, setzte ein in dieser Breite nie dagewesener kultureller Austausch mit dem Ausland ein. Damals öffnete sich unser geographischer und geistiger Horizont. – HELMUT SCHMIDT, AUSSER DIENST

7

Ansichtskarten

St. Stefan im Rosenthal,
Steiermark

Nicholson Baker erregte vor Jahren Aufmerksamkeit mit seinem Roman *Vox*. Der Plot besteht aus nichts anderem als aus einem langen Telefonat. Ein Herr an der amerikanischen Ostküste und eine Dame an der Westküste schaukeln einander mit gewagter Verbalerotik zum Orgasmus hoch. Die beiden Protagonisten sehen einander nie. Sie berühren sich nicht, sie erfahren auch nie, ob sie sich riechen können. Das ist meiner Kenntnis nach der erste literarische Beleg jenes Widerspruchs, der darin besteht, dass wir unentwegt auf der Straße und in allen Medien jenen Körper feiern, dessen Anwesenheit wir für die Kommunikation der Gefühle aber gar nicht mehr brauchen. Die Bestseller des großartigen Daniel Glattauer (*Gut gegen Nordwind*, *Alle sieben Wellen*) zeigen, wie sehr Liebe und Sex körperlos geworden sind. Emmi Rothner und Leo Leike verkehren nur über Mails miteinander. Absender und Adressat müssen einander beim Gefühlsaustausch nicht mehr physisch gegenüberstehen. Paradoxerweise erhöht das die dramaturgische Spannung. Die Echtzeit ist weg. Auch die Authentizität? Sagt ein Bild wirklich noch mehr als 1000 Worte? Muss man heute ein guter Schreiber sein, um seine Gefühls-Marktchancen zu erhöhen? Das würde bedeuten, dass die Liebe undemokratisch geworden ist. Der Sprachvirtuose hat die besten Chancen, der Sprachlose, der Internet-Verweigerer, bleibt allein. Erleben wir einen neuerlichen Abstieg der Bilderwelt? Ist das der Aufstand gegen das überbordende Fernsehen? Gegen die bild- und ritualgesteuerte Schickikultur? Gegen die Inszenierung durch Pseudopolitik? Kommt mit Handy und Internet die Sprech-, Hör- und Lesewelt zurück? Und die Frage aller Fragen: Kommt es gar zu einer Renaissance der Ansichtskarten? Dafür würde ich kämpfen. Ich leide unter dem Wachkoma der Handschrift und der Ansichtskarten. Wie kitschig sie auch immer sein mögen.

In der Geschichte *Rendezvous mit der Kindheit* berichte ich darüber: Völlig überraschend hat sich ein Kindheitsfreund bei mir gemeldet, ein Freund, der mich einmal aus einem Bach zog, in dem ich zu ertrinken drohte. Per Mail. Ohne Handschrift. Er lebt in Rio, ich habe ihn vor mehr als 50 Jahren zuletzt gesehen. In St. Stefan im Rosenthal, unserem Dorf, haben wir gemeinsam Baumhütten gebaut. Wir haben die Maisfäden, den „Woazboart", geraucht, Krebse gefangen und dem Pfarrer die Fenster eingeschlagen. So schnell es geht, werde ich zu meinem Freund nach Rio reisen und will ihm das – um ihm eine Freude zu machen – auf einer Ansichtskarte unseres, seines und meines, Dorfes mitteilen. Von meinem Dorf gibt es aber keine Ansichtskarten mehr. „Schon länger nicht", sagt die Trafikantin, „keine Nachfrage."

Wenn Sie mir was Nettes tun möchten, schicken Sie mir eine Ansichtskarte. Ich liebe Ansichtskarten. Sie markieren den Beginn der Demokratisierung des Reisens. Man nahm sich Zeit damals – und man schrieb mit der Hand. Ansichtskarten waren mehr als Beziehungspflege. Sie waren der stolze Hinweis auf die Exotik eines Reiseerlebnisses, auf das, was man sich leisten konnte. Überall gab es Ansichtskarten, nicht nur in den Urlaubsorten. Auch so unscheinbare Orte wie mein Heimatdorf entdeckten die Ansichtskarten, weil sie auch billige Reklame waren. Sie wurden mit Aufdrucken versehen wie *Grüsse aus dem schönen St. Stefan im Rosenthal!* oder *Auf Wiedersehen im schönen St. Stefan im Rosenthal!* Überall, in den Trafiken, Kaufhäusern, Kitschzonen, Promenaden und Galerien dominierten die Ansichtskarten, zuerst in Schwarzweiß, später in bunten Farben.

Das ist anders geworden, wir wissen natürlich warum, aber ich bedauere es trotzdem. Heute beherrschen die Tandgeschäfte mit T-Shirts, Taschen und Kopfbedeckungen die Reisezentren dieser Welt.

Wir erfreuen uns an der fortschreitenden Demokratisierung des Reisens. Zum Zeitpunkt, da ich mit meinem Freund Steinschleudern bastelte, konnte noch eine in die bis dahin unberührte Natur gehauene Straße oder ein Kraftwerk ein Ausflugsziel darstellen: Meine Eltern wurden beneidet, weil sie sich einen Busausflug auf die Großglockner-Hochalpenstraße und zum Kapruner Kraftwerk leisten konnten. Das ganze Dorf sprach über dieses Ereignis, erhielten doch die meisten seiner Bewohner Ansichtskarten, für die meine Eltern ein Gutteil ihres Reisebudgets ausgaben. An die Stelle der Hochalpenstraße sind heute Madeira oder Thailand als Reiseziele getreten, ganz selbstverständlich, niemand redet mehr darüber, keiner schreibt eine Ansichtskarte.

Die „Reisenden“ buchen zumeist Gruppenarrangements, das dient der physischen und psychischen Sicherung. „Die Mühen und Freuden des Unterwegs-Seins“ sind nicht wichtig, nicht das Improvisieren und Organisieren, nicht das Gefühl für die Entfernung. Sie steigen vom Flughafen ihres Ausgangsortes auf, fliegen stundenlang im Nichts über den Wolken dahin und applaudieren erleichtert, wenn ihr Flugzeug auf einem Flughafen landet, der genauso aussieht wie der zu Hause. Auf der Fahrt ins Hotel sind sie schon laut, weil sie sich Mut angetrunken haben. Und dann kommen die Urlaubstage. Besonders Wagemutige buchen einen fakultativen Ausflug an ein Ziel, welches sie als Bild schon lange im Kopf getragen haben. Jetzt wollen sie überprüfen, ob die Wirklichkeit diesem Bild standhält. Und so fahren sie halt beispielsweise zu den Pyramiden von Gizeh, sehen diese aber kaum, weil sie die Kamera ständig vor dem Hirn haben …

Für das Schreiben von Ansichtskarten bliebe gar keine Zeit, die Gruppe drängt weiter. Aber man hat ohnedies die Fotos. Allenfalls kauft man noch ein Souvenir als Beweisstück. Das steckt man dann, eichhörnchenhaft, zu allen anderen Unterwegs-Utensilien in die frisch gekaufte Tasche. Und gegen die Hitze hilft der neue Stoffhut, den mittlerweile alle in der Gruppe haben, sozusagen als Erkennungszeichen. Außerdem ist er wirklich praktisch, lässt er sich doch kleinst zusammenballen. Und schließlich gilt hier das Gleiche wie am Steuer des eigenen Autos in der Heimat: Wenn man sich nicht wirklich sicher fühlt, muss man sich schützen. Wer hinausgeht ins kalte Freie, muss den Hut aufsetzen.

Aber zurück zu meinem Freund in Rio. Mangels einer Ansichtskarte schrieb ich ihm eine Mail:

1. Ich grüße Dich.
2. Kann nirgendwo eine Ansichtskarte von St. Stefan auftreiben, in Berlin, wo ich mich gegenwärtig aufhalte, schon gar nicht.
3. Dafür, statt einer Ansichtskarte, einige Momentaufnahmen aus dem Spandau unter meinem Hotelfenster:
   a) Zwei Lesben liebkosen sich demonstrativ auf offener Straße.
   b) Ein ausgedörrter junger Mann schlendert vorbei und füttert sich und die auf seiner Schulter sitzende Ratte alternierend mit ein und demselben Eislöffel.
   c) Ein weißes und ein tiefschwarzes Mädchen spielen am Brunnen.

d) Eine eindeutig deutschstämmige Kopftuch-Moslemin hat Mühe, ihre sechs „Jahresringe“, ihre Kinder zwischen ein und sieben Jahren, zu bändigen.
e) Vor einem Cafe drückt der männliche Teil eines gebildet wirkenden mittelalterlichen Sonntags-Verabredungs-Wander-Paares dem von ihm auf die linkischeste Weise verehrten weiblichen Teil den – ganz offensichtlich ersten – Kuss auf die ausgetrockneten Lippen.
f) Ein junges Radler-Ehepaar macht Pause und seufzt deutlich aber unhörbar unter der Tyrannei seines etwa fünfjährigen Töchterleins.
g) Ein anderes Paar, beide etwa 35 Jahre alt und Ur-Spandauer, wie sie betonen, konnte mir die Frage nicht beantworten, ob es einen Fahrradweg die Spree entlang nach Berlin-Mitte gibt.

4. Ich habe herausgefunden: Es gibt ihn.
5. Muss jetzt aufhören.
6. Melde mich wieder.
7. Liebe Grüße!

He's a walking contradiction, partly truth
and partly fiction, taking every wrong direction on
his lonely way back home … – Kris Kristofferson

8

Dingo Charly

Alice Springs, Australien

Eines Tages legte ich Messer und Gabel beiseite, ich wischte mir den Mund ab, stand vom Tisch auf und verkündete knapp, dass ich aufbrechen müsse. Draußen blies ein wilder Wind die gelben Herbstblätter von den Bäumen. Ich packte meinen Rucksack, ging zum Bahnhof und bestieg den Zug nach Wien. Es gab kaum Gegenwehr, niemand versuchte mich ernsthaft zum Bleiben zu überreden, im Gegenteil, meine Frau meinte trotzig, dass ich niemandem fehlen würde. Vordergründig machte ich für meine Flucht eine Intrige verantwortlich, eine dreiste Intrige dummer Arbeitskollegen, die mir mehr zugesetzt hätte, als ich zurzeit vertragen könnte – so erklärte ich. Und dann sonderte ich noch meine Standardphrase ab, raunte das, was ich immer sagte, wenn ich keine Auskunft geben wollte oder konnte: „Der Mensch muss sich bewegen …"

Meine Umgebung war jedenfalls nicht sonderlich überrascht von der Plötzlichkeit meines Aufbruchs. Sie kannten mich alle schon lange und hatten sich daran gewöhnt, dass ich öfter aus der Hüfte schoss. „Er ist unberechenbar, er ist ein Nomade", hieß es meist hinter meinem Rücken, selten offen ins Gesicht, „er ist einer, auf den man sich nicht verlassen kann, er hat kein Sitzfleisch." Ich kannte diese Sätze, ich wusste, dass sie mich für einen Spinner hielten und hatte mir jeden Gedanken darüber abgewöhnt. Nicht einmal die wenigen, die ich an mich heranließ, wussten, dass meine Unruhe ein wildes Tier war, das ich ständig füttern musste, damit es mich nicht auffraß.

Wieder war ich also unterwegs in die Heimatlosigkeit. Dass ich in Australien landete, war irgendwie Zufall, es lag daran, dass Qantas mir einen größeren Preisnachlass gewährte als

Varig oder British Airways. Gleichgültig aber, ob ich nun in Buenos Aires, in Hanoi oder in Melbourne landen würde. Mein einziges Ziel war es, mir Luft zu schaffen und fremd zu sein. Im Nachhinein besehen muss ich allerdings sagen, dass mich irgendeine Art von absichtsvoller Vorsehung eben nicht nach Asien oder Südamerika fliegen ließ. Diese helle oder dunkle Kraft sorgte dafür, dass ich an einem hitzigen australischen Frühsommertag genau zu jener Zeit hinter Hughenden an genau jener Stelle des Flinders Highways vorbeifuhr, an der Charly stand.

Das alles hat absolut nichts mit Erholung zu tun. Es ist so heiß, dass mir der Schweiß zwischen den Arschbacken runterrinnt. Der Notizblock in meiner Gesäßtasche hat sich aufgelöst. Das ist mehr als arg, aber es ist nichts gegen Charlys Gestank. Charly stinkt aus dem Mund, aus der Nase, aus den Ohren, er stinkt sozusagen von Kopf bis Fuß, ja ich wette, er stinkt auch aus den Augen. Es muss so sein. Und die Hitze bringt dieses Gemisch aus schmelzendem Gorgonzola, dampfendem Achselschweiß und abgestandenem Bier in unserer Fahrerkabine besonders intensiv zur Geltung, obwohl ich sämtliche Fenster geöffnet habe. Seit drei Tagen sitzt Charly bei mir im Auto. Es ist mir rätselhaft, wie ich das noch die zwei Tage bis Alice Springs aushalten soll. Und ich frage mich ernsthaft, woher dieses alte Alkoholgerippe, welches nicht größer ist als eins sechzig, die Kraft für diesen höllischen Gestank nimmt, denn auch zum Stinken braucht man Energie.

Irgendwo hinter Hughenden, dort, wo sich der Flinders Highway für kurze Zeit ganz dicht an den Flinders River schmiegt, pickte ich den Gnom auf. Einige Kilometer nach einer Tankstelle war es, er stand mitten auf der Piste, atemlos war er und gestikulierte angstvoll, mit wilden Verrenkungen Aufmerksamkeit heischend. Wäre ich nicht stehen geblieben, hätte ich ihn über den Haufen gefahren, so aber ließ ich ihn, ganz gegen meine Gewohnheit, ohne viel zu fragen ins Auto. Er war vor Bauarbeitern geflüchtet, die mehr seine komische Figur als seine Visage erkannt hatten. Erst so nach und nach wurde mir klar, dass ich mit Charly einen der aktuell bekanntesten Australier im Auto sitzen hatte … der Dingo-Mordprozess beherrschte alle Schlagzeilen. Auch ich hatte natürlich die Meldungen verfolgt, aber nicht so intensiv, dass ich den Mann Sally Krogfields sofort erkannt hätte, jenen Mann, den die Zeitungen Dingo Charly nannten.

„Der Dingo war es! Ich schwöre! Der Dingo! … Der Dingo hat meine Elena gefressen! Der Dingo! Der Dingo! Der Dingo! Ich schwöre es! Der Dingo, dieser verfluchte Hund!" Hysterisch brüllt die kleine Frau gegen die Schöffenbank. Dann bricht sie zusammen. Ihr Körper wird von Krämpfen geschüttelt. Zwei Wärter helfen ihr auf. Sie beschwört, sie jammert, sie fleht. Die Zeitungen des Nordterritoriums und Südaustraliens zeigen am nächsten Tag auf den Titelseiten das Bild, wie sie vor dem Richtertisch kniet. Darunter steht das Urteil. Die von ihrem Mann wegen ihrer Alkoholsucht und wegen ihrer Flatterhaftigkeit schon ein Jahr zuvor verlassene Sally Krogfield wurde für schuldig befunden, ihre zwei Monate alte Tochter umgebracht zu haben. Sie bekommt 15 Jahre Gefängnis. Unter dem Kürzel „Dingo-Mord" macht der Fall seit Monaten Schlagzeilen, zu einer Zeit, da es noch keine DNA-Analysen gibt.

Die drei minderjährigen Kinder der Frau werden der Fürsorge übergeben. Ihr um vieles älterer Mann, er ist 67 Jahre alt, hat sich außerstande erklärt, für die Kleinen zu sorgen, zumal er nur die Vaterschaft für die verschwundene Elena, allerdings auch nur unter

Vorbehalt, anerkennt. Die anderen Kinder haben seiner Aussage zufolge drei verschiedene in der unendlichen Anonymität des Outbacks untergetauchte Väter. Die Mutter widerspricht dieser Aussage nicht. Sie schweigt dazu. Die Justizwärter haben große Mühe, die nach der Urteilsverkündung völlig apathisch gewordene Frau aus dem Gerichtssaal zu schleppen. Alles Leben scheint aus ihr gewichen zu sein. Ein Blatt fällt vom Baum.

Schnell stellte sich heraus, dass wir miteinander deutsch reden konnten – wenn ich überhaupt zum Reden kam. Aus den Zeitungen wusste ich, dass Dingo Charly in Österreich geboren und aufgewachsen und vor mehr als 20 Jahren als fast 50-Jähriger eingewandert war. Dass auch ich Österreicher war, überraschte ihn nicht im Geringsten, auch der Umstand, dass ich aus einem nur wenige Kilometer entfernten Nachbarort seiner südsteirischen Heimatgemeinde gebürtig war, ließ ihn unbeeindruckt. Mich beschäftigte das schon, mein journalistisches Interesse erwachte ganz intensiv, und ich überlegte, ob ich unsere Begegnung im fast menschenleeren australischen Outback, 20 000 Kilometer von zu Hause entfernt, für einen Wink Gottes halten musste. So sehr ich grübelte und mich in die Südsteiermark zurückdachte, ich konnte mit seinem Namen nichts anfangen, Dingo Charly, der mit richtigem Namen Karl Wiegand hieß, war allerdings um rund 20 Jahre älter als ich. Ich nahm mir vor, in Alice Springs sofort meine Mutter anzurufen, die als ehemalige Lehrerin ein enormes Personengedächtnis hatte und fast alle Menschen unseres Ortes und seiner weiteren Umgebung kannte. Um all das kreisten meine Gedanken, während Charly unentwegt redete, so, als wäre ich seine letzte Instanz. Ich überhörte vieles, aber als ich aus dem Gedankenmeer wieder auftauchte, welches mich am Beginn unseres Zusammenseins überflutet hatte, hörte ich ihn den Satz sagen: „In meiner Heimat war ich nie zu Hause." Das hätte ich unterschreiben können.

Sally Krogfield hatte er in Brisbane kennengelernt, „in Mrs. Brown's Coffee Lounge war das, und ich weiß halt noch, dass ich mir für 85 Cents einen Vienna Creamy bestellt hatte. Sie hat mich halt angesprochen und gefragt, ob ich ein Deutschländer bin … ja … ja, Deutschländer hat sie gesagt! Und sie hat halt vom Anfang an gelogen! Dass sie Engländerin sei, war eine Lüge, dass sie Geburtstag habe, war eine Lüge, dass sie Geld habe, war ebenso eine Lüge … und dass sie Krankenschwester und noch nie mit einem Mann mitgegangen sei, das war halt erst recht eine Lüge! Alles halt Lügen! Aber es passte ... irgendwie passt es … zu ihr."

Wenn Charly sprach, und er sprach immer, dann zuckte sein kleiner Kopf beständig hin und her, als sorgte er sich um die Lebensfähigkeit eines jeden seiner mäandernden Sätze draußen in der rauen Welt. Und ganz so verständlich, wie ich das hier wiedergebe, war er auch nicht, im Gegenteil, unter der Glocke seines Gestanks wirkte das auf mich, als rülpste und furzte er seine Sätze im hektischen Stakkato gegen die Windschutzscheibe. Die Korken, die er zum Schutz vor den Mücken mit Schnüren an seiner Hutkrempe befestigt hatte, tanzten wild herum, und sein rechtes Auge zuckte, sodass man den Eindruck gewinnen konnte, der äußerst dramatische Zwerg zwinkere einem ständig zu. Irgendwie war mir dieses Zwinkern vertraut, es kam von weit her und berührte mich. Aber eigentlich war Charly für mich ein klappernder Pickup, der sich immer tiefer in die schlammnasse Piste eingrub und keinen Zentimeter weiterkam, obwohl er mit allen Fasern seines Körpers verzweifelt Vollgas gab. Im Hinterkopf wuss-

te er, dass er für immer festsaß und dass die großen Routen hinter ihm lagen. Um das zu verdrängen, redete er so viel und so schnell. Charly schaute zum Horizont und ergab sich wehrlos den Überfällen seiner Gedanken, vom Hundertsten ins Tausendste kam er, kaum einen Satz beendete er regulär. Er hastete und stolperte seinen Gedanken ständig hinterher.

Der Mann der verurteilten Sally Krogfield bietet in diesem spektakulären Prozess einen zusätzlichen „Farbtupfer" – mit einer Ironie, zu der nur das Schicksal fähig ist: Nach vieljähriger erfolgloser Tätigkeit als Opalminer in Coober Pedy ist der zwergenhafte alte Mann, seit er die Verurteilte kennengelernt hat, Wärter eines 400 Kilometer langen Teilstückes des Dingo-Zaunes geworden. Er ist einer von mehr als 100 Dingo-Zaunwärtern.

Dieser Dingo-Zaun, ein ganz gewöhnlicher Maschendrahtzaun, war in den 80er-Jahren des 19. Jahrhunderts mit der Absicht gebaut worden, die Schafherden in den südöstlichen Gebieten Australiens, in Queensland vor allem, vor dem Wildhund zu schützen. Der mit 5320 Kilometern längste Zaun der Welt beginnt im Osten, führt von Queensland an der Küste von Surfers Paradise nördlich von Brisbane über Tiboobuna und Coober Pedy bis nach Yalata an die Küste des südaustralischen Beckens, 500 Kilometer westlich von Adelaide. Vielen gilt dieser Dingo-Zaun als eine Art Schildbürgerstreich, als ein Monument menschlicher Dummheit. Seit seinem Bestehen wird seine Effizienz angezweifelt. Auch die vielen Zaunwärter können nicht verhindern, dass es immer wieder durchlässige Stellen gibt.

Bei Tag saß also Charly neben mir im Auto, und ich hörte förmlich, wie meine Lungenflügel neben dieser Stinkbombe ächzten. Mir fiel sofort auf, dass er (wegen seines Gestanks: Gott sei Dank!) viel rauchte, aber nie aß. Wenn ich an einem der Rasthäuser hielt, um eine Essenspause zu machen, bat er mich, einige Flaschen Bier für ihn mitzubringen, bevor er irgendwohin verschwand, um sofort wieder aufzutauchen, wenn ich zurückkam. Er vermied Begegnungen mit Menschen. In den Nächten ließ er mich immer allein, da war er irgendwo draußen. Er sagte immer dasselbe, bevor er in die Dunkelheit hinausging. Dass er einen Billabong rieche, sagte er, dass er dort schlafen wolle. Und immer hörte ich die Bierflaschen in seinem Rucksack noch klimpern und roch seinen Gestank, obwohl er schon außer Sichtweite war. Wegen der vielen Schlangen schlief ich auf dem Dach des Autos und genoss seine Abwesenheit – bis zum Zeitpunkt seines Wiederauftauchens am Morgen. Er war wenig rücksichtsvoll, kam bei Sonnenaufgang zurück und ließ sich immer irgendwas einfallen, von dem er dachte, dass es mich überraschen würde. Meistens ahmte er Vogelstimmen nach, mit einer Meisterschaft, die ich bewunderte. Als ich ihm deshalb ein Kompliment machte, tat er seine Fähigkeit ab und sagte einen Satz, von dem ich aus der Zeitung wusste, dass er ihn auch vor Gericht gesagt hatte: „Ich kann alles, was ein Freund des Windes können muss: pflanzen, jagen, Haus und Brunnen bauen, singen und kochen!“ Eines Morgens schreckte er mich mit einer hochgiftigen Schlange, die er mir singend unter die Nase hielt. Er hatte sie aus dem Motorblock des Autos gezogen, in dessen Wärme sie es sich bequem gemacht hatte.

Charly redete wie ein Wasserfall. Das hatte überhaupt nichts damit zu tun, dass er vielleicht zu mir als Landsmann besonderes Vertrauen gefasst hätte. Ich weiß nicht einmal, ob er das zur Kenntnis genommen hatte, denn er schenkte seine Aufmerksamkeit auf eine sehr autistische Weise ausschließlich sich und der mit seinem Schicksal untrennbar verbundenen Sally Krogfield. Er übersah mich. Ich war für ihn nichts weiter als eine tote Wand, die seine Bälle zurückschleuderte. Er ignorierte jeden meiner Einwände, irgendwie war ich gar nicht da. Jede meiner Fragen ignorierte er ebenso wie die Kängurukadaver auf der Piste. Ich fügte mich in meine Rolle und redete auch nicht, wenn er plötzlich, mitten im Satz, innehielt und für Stunden schwieg. Das passierte immer wieder. Es war so, als wäre sein Gedankenfluss auf einen Widerstand gestoßen, als hinderten Steine oder ineinander verkeilte Äste seine Redeflut daran, alles Irritierende und Rätselhafte hinwegzuspülen. Heute neige ich zur Annahme, dass das die Zeiten seiner Trauer um Sally waren. Vor Kurzem hatte er sie noch gesehen, im Gerichtssaal zwar, aber doch irgendwie erreichbar, jetzt war sie weg, endgültig weg.

„Sally ist halt wie ein Truck, der seine Chrommuskeln in der Sonne glitzern lässt", sagte er einmal. „Aber ich habe sie gekannt und schnell gemerkt, dass alles nur Blech ist. Erst der Alkohol hat aus dem Blech Chrom gemacht. Wie wir an unserem ersten Abend, später, in die Locke Street in ein Lokal gegangen sind, das ich lange schon kenne, ist sie barfuß unterwegs gewesen. Sie hat ihre Schuhe halt liegen gelassen, beide haben wir halt schon einiges intus gehabt. Sie hat geschluckt, wie ich noch nie eine Frau habe schlucken sehen, und sie hat von irgendwelchen Leuten schwadroniert, von denen sie viel Geld zu kriegen hätte, und dass sie halt mit weiß Gott wem alles verwandt sei und dass jeder sich glücklich schätzen könne, der sie kriege. Sie ist an dem Abend halt immer hübscher geworden, hat mir immer besser gefallen, und ich hab es halt nicht glauben können, dass sie sich für mich interessiert. Aber zwei Stunden später hat sie mich völlig überraschend in einen Hausflur gezogen und gevögelt. So schlecht und recht hab ich halt mitgemacht, aber irgendwie hat sie alles für mich erledigt. Das ist immer so gewesen, seit wir zusammen sind, ich meine, auch später. Sie hat immer alles organisiert und, wenn sie gesoffen hat, hat sie halt vögeln wollen, und es ist ihr immer egal gewesen, ob eines ihrer Kinder zugeschaut hat. Mich hat das zwar schon gestört, aber irgendwie halt auch süchtig gemacht, sodass ich immer geschaut habe, dass sie was zum Schlucken hat. Aber ich muss sagen, dass ihr das Vögeln wichtiger gewesen ist als mir. Ich hab es halt getan, weil mir ihr Spaß daran gefallen hat. Sally ist zum Vögeln geboren, alles andere auf der Welt hat sie wegtrinken müssen."

Durch den „Dingo-Mord" wird der Dingo-Zaun ins Rampenlicht gezerrt. Die Zaunkritiker fühlen sich wieder einmal bestätigt, weil der Ort des tragischen Geschehens nur wenige Kilometer südlich vom Zaun liegt. Wenn Sally Krogfield unschuldig ist, hat der Dingo dort zugeschlagen, wo es eigentlich keinen Dingo geben darf, genau an jenem Zaunabschnitt, den ihr Mann zu bewachen hat. Südanrainer des Zaunes haben immer wieder Dingos beobachtet. Sie weisen mit Vehemenz auf die Faulheit der Zaunwärter hin und machen diese „durchwegs verkrachten Existenzen" für die Durchlässigkeit des schadhaften Zaunes hauptverantwortlich. Auch die Zeitungen kritisieren die „völlige Ineffizienz" der Zaunwärter. Auf der anderen Seite macht nicht nur der Staatsanwalt den Zaun zum Hauptargument für die Schuld Sallys, indem er auf Untersuchungen hinweist, die bewiesen haben, dass der Dingo-Zaun im Umkreis vieler hundert Meilen unbeschädigt, also undurchlässig ist. Die Jahrzehnte, die der Zaun jetzt steht, bieten einen Erfahrungswert, der seine Effizienz ganz eindeutig bestätige, so meint jedenfalls der Staatsanwalt. Jede der beiden Seiten, Ankläger und Verteidiger, präsentieren beinahe täglich Gutachten für die einander widersprechenden Argumente. Tierschützer verkaufen T-Shirts mit der Aufschrift „Der Dingo ist kein Mörder!". Im Großen und Ganzen steht Aussage gegen Aussage, und das Gericht ist nicht zu beneiden.

Ich weiß nicht, ob ich das schon gesagt habe, aber wenn ich heute nachdenke, dann fällt mir auch auf, dass Charly mich nie direkt anredete. Er sprach ständig in sich hinein. Einmal allerdings, daran erinnere ich mich genau, einmal, als ich eine Schlange überfuhr, fragte er mich zwinkernd, ob ich eine Schlange essen wolle. Er hatte es mit den Schlangen und sagte, dass er sich auskenne, ich müsse keine mehr überfahren, er könne mir eine recht schmackhafte fangen und zubereiten. Es mache ihm nichts aus, das Fleisch von Kängurus, Kaninchen, Schlangen, ja selbst von Würmern zu essen. Wenn er draußen beim Zaun sei, lebe er davon.

Auch Sally sei nie wählerisch gewesen, „beim Essen nicht, beim Trinken nicht und bei den Männern schon gar nicht. Ich hab sie halt zu viel alleingelassen. Wenn ich tage- und wochenlang draußen beim Zaun gewesen bin, hat sie halt andere gehabt, nicht viele, aber einige halt, die immer wieder gekommen sind. Die haben ihr Bier gegeben, und welche Frau wird da nicht weich, wenn sie einige Flaschen intus hat. Ich hab das schon gewusst, und es war mir nicht egal, aber wenn ich was gesagt hätte, wäre sie halt abgehauen. So hab ich mich halt bemüht, möglichst viel bei ihr zu sein, dann haben wir gemeinsam getrunken, und ich habe sie halt verwöhnt, mit Essen und so. Sally hat mein Essen geliebt, das hat sie auch immer wieder gesagt, und meistens war sie auch nett zu mir, aber es hat sich halt ergeben, dass immer wieder einmal ein anderer vorbeigekommen ist. Wenn ich dann nicht verschwunden bin, ist Sally ziemlich unangenehm geworden. Da ist es schon passiert, dass sie mich geschlagen hat. Nüchtern ist sie halt doch um einiges stärker als ich. Letztendlich hat sich dann aber doch alles eingespielt, ich habe mich halt um die Kinder gekümmert. Ich hab ja gewusst, dass keiner von ihren Lovern auf Dauer bleibt, alle sind wieder gegangen, nachdem sie ihren Rausch ausgeschlafen haben. Und ich hab auch gewusst, dass sie diese Männer nur kurzfristig, zwischendurch, wie Psychopharmaka benutzt. Aber sie ist danach immer ganz schwach gewesen und in tiefe schuldhafte Niedergeschlagenheit gefallen. Da hat sie mich gebraucht, und ich hab mir halt gedacht, dass ich das, was ich nicht ändern kann, einfach akzeptiere, denn weggehen hab ich halt nicht wollen von Sally, das hätte noch mehr wehgetan. Ich glaube, das hätte ihr halt auch nicht gefallen."

Sally Krogfield wird letztlich nur aufgrund von Indizien verurteilt. Bis zuletzt beteuert sie ihre Unschuld. Die Leiche des Babys wird nie gefunden. Auch in den Mägen der 400 Dingos, die im betroffenen Gebiet auf Antrag des Pflichtverteidigers per Gerichtsbeschluss abgeschossen werden, findet sich keine Spur des Kindes.

Wie hat sich die Frau verantwortet? Am späten Abend, so sagt sie dem Gericht, kurz vor Mitternacht, zu der Zeit, da der Dingo jagt, sei sie im Hause mit Küchenarbeiten beschäftigt gewesen. Die anderen Kinder hätten längst schon geschlafen. Nicht länger als eine halbe Stunde habe sie den Kinderwagen mit dem Baby draußen auf der ebenerdigen Veranda unbeaufsichtigt stehen lassen. In der Zeit habe der Dingo zugeschlagen. Sie habe die Abwesenheit des Babys gar nicht bemerkt. Als sie den Kinderwagen nach Mitternacht ins Haus schiebt, sei sie der Meinung gewesen, das Baby schlafe so ruhig wie sonst immer. Sie habe sich dann ins Bett gelegt und sei sofort eingeschlafen. Erst am Morgen habe sie das Fehlen des Babys entdeckt. Danach habe sie sofort die Ranger verständigt.

Wir erreichten Alice Springs zur Mittagszeit des fünften Tages unseres Zusammenseins. Einerseits freute ich mich darauf, Charlys Gestank für immer loszuwerden, andererseits hätte ich ihn am liebsten gefragt, ob ich ihn nicht mit nach Hause in die Südsteiermark nehmen sollte. Er hätte das natürlich abgelehnt, mich für verrückt gehalten, aus welchen Gründen immer. Als er ausstieg, bat er mich, ihm so viele Zeitungen wie möglich zu besorgen. Seit dem Vorfall mit den Bauarbeitern hatte er Angst. Er wollte sich bedeckt halten, aber doch noch einiges erledigen, bevor er endgültig zum Dingo-Zaun aufbrach. Ich hatte ihm angeboten, ihn einen guten Teil der rund 100 Kilometer dorthin zu fahren. In einer Kneipe hinter dem Casino, etwas außerhalb der Stadt, vereinbarten wir unseren Treffpunkt für den nächsten Tag. Er hielt das für einen sicheren Ort, weil er den Besitzer kannte.

„Ich freue mich auf den Zaun und das Leben draußen, das ist mein Leben", sagte er beim Auseinandergehen, „ich bin halt kein Herdentier. Sally hat das sofort gewusst. Alle anderen behandeln mich wie einen Fremden. Ich passe nie dazu. Macht mir nichts, ich mag das Alleinsein. Ich freue mich auf meinen Zaun, auf die Ruhe, die wieder kommt, und darauf, unterwegs zu sein. Und wer weiß, vielleicht kann ich Sally einmal besuchen."

Ich gab Charly eine meiner schweißnassen Visitenkarten, für den Fall des Falles, und sagte ihm, wo er mich in Alice jederzeit erreichen könne. Als der kleine Mann ging, war das wie das Fallen eines Blattes. Er hinterließ eine Duftfahne und einen leisen Gefühlshauch von Leere, der mich ein wenig überraschte. Beim Nachschauen musste ich unwillkürlich an meinen Vater denken, der sich meiner Erinnerung nur als Weggehender eingeprägt hat.

In den letzten Wochen hatte ich mich gründlich gehäutet. Ich hatte fast den ganzen Kontinent bereist, Tausende von Kilometern zurückgelegt. Das Alleinsein hatte ich genossen, die Stille, die einzig von der krächzenden Stimme Slim Dustys aus meinem Autoradio durchbrochen wurde. Ich war von Melbourne aus gestartet. Westlich war ich bis Freemantle/Perth gekommen, hatte dann nach langer Ostroute die Mount Olgas, den Ayers Rock und Darwin besucht und war schließlich in Cairns und unten in Tasmanien gewesen. Immer wieder hatte ich Fußmärsche absolviert, meine Reisetagebücher waren prall gefüllt mit Zeichnungen und Notizen. Viele Begegnungen und Gespräche mit Einheimischen würden in Geschichten münden, für die ich zu Hause schon Abnehmer hatte.

Alice Springs, wo ich mich jetzt bereits zum zweiten Mal aufhielt, war zwar immer noch glühend heiß, aber nicht mehr Bruce Chatwins *Netz verbrannter Wege, wo Männer in langen weißen Socken unaufhörlich in Landcruiser einstiegen oder aus Landcruisern ausstiegen.* Die Stadt hatte sich vom provinziellen Abenteurernest in eine weltoffene Siedlung verwandelt. Neben manchen internationalen Institutionen und Organisationen hatten sich auch Forschungseinrichtungen hier niedergelassen. Einige von ihnen beschäftigten sich mit den verschiedenen Aspekten der Kultur und Geschichte der Aboriginals, für die Alice Springs eine Art Zentrum ist. Ich wollte noch einige Recherchen über das Wesen und die Bedeutung der Songlines machen, um meine Storys fundierter zu gestalten. Außerdem kannte ich einige sehr nette Menschen in

Alice, für die ich sofort zur Sensation wurde, als ich ihnen von meinen Tagen mit Charly erzählte.

Der Dingo-Mordfall hatte sich von einem Medien-Abstraktum in einen Teil meines realen Lebens verwandelt. Durch Charly war der Fall für mich greifbar geworden, hatte sozusagen Fleisch und Blut bekommen. Ein unglaublicher Regieeinfall des Schicksals hatte mich mit einem Protagonisten zusammengeführt. Und nicht nur das, ich hatte begonnen, aufgrund unserer gemeinsamen Wurzeln eine gewisse Verantwortung für ihn zu empfinden – aber vielleicht ließ sich das auch eher aus dem Pathos der gemeinsamen Heimatlosigkeit erklären. Dieses Gefühl der Verantwortung wich aber schlagartig totaler Verblüffung, als sich meine Mutter am Telefon ohne nachzudenken an Karl Wiegand erinnern konnte. Nicht nur, dass sie ihn unterrichtet hatte, er hatte auch unseren Hausbrunnen gebaut. Und jetzt wusste ich plötzlich genau, wie hektisch er schon damals, vor vielen Jahren, geredet hatte, als er mir, dem staunenden Kinde, spannende Geschichten von Unholden und Hügelgeistern erzählt hatte. Und ich wusste, warum ich mich so genau erinnern konnte. Er war der erste Häftling, den ich je gesehen hatte. Er hatte mir lange in die Augen geschaut und mir zugezwinkert, als er von der Arbeit an unserem Brunnen weg verhaftet und in Handschellen abgeführt worden war. In der einen Nacht, die er im Gemeindekotter gleich neben unserem Haus verbringen musste, hatte ich ihm durch das vergitterte Fenster einen Krapfen zugesteckt, den ich daheim gestohlen hatte, sozusagen als Dank dafür, dass er sich mit mir abgegeben hatte. Wenig später war es zum aufsehenerregenden Wiegand-Prozess gekommen. Karl Wiegand war zu 20 Jahren Zuchthaus verurteilt worden, weil er gemeinsam mit seinem Vater seine schwangere Geliebte auf bestialische Weise umgebracht hatte.

Die verurteilte Sally Krogfield war 36 Jahre alt. Das wussten wir, meine Freunde in Alice Springs und ich. Wir diskutierten intensiv, ich konnte einiges den allgemein bekannten Informationen hinzufügen, vor allem über ihren Charakter, ihre Gewohnheiten und Beziehungen. Auch die Tatsache etwa, dass die großsprecherische Sally ziemlich gewalttätig sein konnte und dass sie nicht, wie sie dem Richter glaubhaft machen wollte, ein weggelegtes Kind englischer Reisender war, sondern aus Woomera kam, wo ihre inzwischen verstorbenen Eltern einen Friseurladen betrieben hatten. Wir, die wir aufgrund meiner aktuellen Begegnung mit Charly den Fall ausführlich besprachen, erinnerten uns an das gottverlassene Nest, weil jeder von uns dort schon einmal Rast gemacht hatte.

Auch in den großen Städten des Ostens und Südens, dort wo man den Dingo nur vom Hörensagen kennt, in Adelaide, in Sydney, in Melbourne und in Brisbane, diskutierten die Menschen immer noch diesen spektakulären Fall. Und überall wurde in diesen Tagen, da ich mit Charly unterwegs war, immer öfter die Frage gestellt, ob nicht der Mann Sallys der Mörder gewesen sein könnte. Eifersucht, gekränkte Eitelkeit, alkoholische Verwirrung hätten als Motive schon zu vielen Morden geführt, hieß es. Die Justizbehörden, denen immer offener Versagen vorgeworfen wurde, verwiesen darauf, dass der Mann vor und während des Prozesses intensiv verhört worden war. Auch wenn er als Dingo-Zaunwärter ständig allein gewesen sei und auch deshalb kein absolut stichhältiges Alibi vorweisen könne, sei man von seiner Schuldlosigkeit überzeugt. Es gebe keinerlei Hinweise auf ihn als Täter. Meine Freunde waren aber trotzdem sicher, dass Dingo Charly der Mörder sei – nicht zuletzt wegen meiner aktuellen Informationen. Ihre Bitte, zur Polizei zu gehen, lehnte ich ab. Wir gerieten fast in Streit, aber was hätte ich dort erzählen sollen? Dass Charly, alias Karl Wiegand, vor vielen Jahren eine Gefängnisstrafe wegen Mordes abgesessen hatte und dass deshalb anzunehmen sei, dass er wieder ...?

Jeder von uns hatte schon Dingos gesehen, wie sie nächtens mit eingezogenem Schwanz ins Scheinwerferlicht starrten. Sie wirkten eher feig und verschlagen als aggressiv. Wenn das stimmte, was Sally Krogfield dem Gericht glaubhaft machen wollte, dann musste unserer Meinung nach für den Überfall auf das Baby weniger ein einzelnes Tier als vielmehr eine Meute verantwortlich gewesen sein. Dessen waren wir sicher. Aber rätselhaft blieb für uns, warum rund um den Kinderwagen keinerlei Blut- oder andere Spuren gefunden worden waren.

Sally Krogfield ist alles andere als glaubwürdig. Ihre Kinder hat sie ziemlich verkommen lassen. Auf den Zeitungsfotos wirkt sie unsympathisch, und man glaubt dem Ankläger aufs Wort, wenn er berichtet, wie sich die Frau tagelang mit Aboriginals trinkend herumgetrieben hat. Wer sie aufgrund ihrer haltlosen und lasterhaften Vergangenheit nicht schon längst verurteilt hat, dem wird sie durch ihr Verhalten vor Gericht so richtig widerwärtig. Man kann ganz deutlich merken, dass Sally Krogfield seit Jahren jedes einigermaßen kultivierten gesellschaftlichen Umgangs entwöhnt ist. Sie akzeptiert keine Regeln. Sie tobt, fleht und weint. Sie attackiert und beleidigt alle Anwesenden, ihren eigenen Anwalt eingeschlossen. Sie droht sogar mit irgendwelchen Menschen, die mächtiger seien als alle Gerichte. Diese würden ihr zu Hilfe kommen. Eine Zeitung vergleicht sie daraufhin auch prompt mit der Sagenfigur Elsa von Brabant, die den Gralsritter Lohengrin zu ihrer Hilfe herbeirief. Als diese Zeitung dann eine Karikatur bringt, auf welcher sich ein offensichtlich betrunkener Aboriginal als Lohengrin Sally Krogfields von einem Dingo anstelle eines Schwans ziehen lässt, ist nach Meinung des australischen Presserates der Gipfel der Geschmacklosigkeit erreicht. Die Menschen lachen. Die Zeitung wird verurteilt.

Wir tranken sehr viel in jener Nacht in Alice Springs, meine Freunde und ich. Es war wirklich sehr, sehr viel. Vielleicht führte das bei mir zu einer Art temporärer Amnesie, vielleicht war es auch nur ein Missverständnis, ich traf Charly jedenfalls nicht mehr. Ich nehme heute an, dass er sich wegen der Diskussionen um seine Person einfach aus dem Staub gemacht hatte. Es gab von ihm jedenfalls keine Spur, als ich mit einem Packen Zeitungen unter dem Arm sämtliche Lokale hinter dem Casino abgraste. Stundenlang postierte ich mich an einer strategisch günstigen und uneinsehbaren Stelle hinter der Spielhalle und hielt Ausschau nach ihm, schließlich ließ ich es. Eine Zeit lang überlegte ich noch, Charlys Revier am Dingo-Zaun abzugehen, dann fuhr ich ab aus Alice.

Die Diskussion um den Dingo-Mordfall hielt den Kontinent noch lange in Atem, von einer Verhaftung Charlys wurde aber nichts bekannt. Alle Zeitungen, das Fernsehen, die meisten Menschen neigten später wieder verstärkt dazu, doch Sally Krogfield für schuldig zu halten. Aber in allen Stellungnahmen und Meldungen blieben Zweifel offen. Die Öffentlichkeit konnte sich kein endgültiges Urteil bilden. Die Geschichte, dass ein Wildhund ein Baby aus dem Kinderwagen raubt, war auch wirklich haarsträubend und von makabrer

Exotik. Das regte die Phantasien an, und man mochte Sally Krogfield zugestehen, dass ihre Verantwortung so grausig wie originell war. Im Fernsehen fanden Diskussionsorgien statt, Zoologen feierten eine Zeit lang ungeahnte Hochkonjunktur und gaben sich in sämtlichen Talkshows die Türklinken in die Hand. Wirkliche und selbsternannte Dingo-Experten sonderten ihre Meinungen ab. Ein recht inhomogener Meinungsbogen wurde regenbogengleich von Sachverständigen, Familienberatern, Psychologen, Naturheilern, Sozialhelfern, Ärzten, Politikern, Zeitungs-, Radio- und TV-Kommentatoren, Pfarrern und Vertretern aller möglichen Vereine und Vereinigungen über den ganzen Kontinent gespannt. Die Internetforen quollen über. Pro- und Contra-Initiativen überzogen den Erdteil.

Nicht das verschwundene Baby, nicht die Mutter, nicht der Vater standen im Mittelpunkt der Sendungen, Artikel und Statements. Alles drehte sich zunächst um den Dingo und um den Dingo-Zaun, dann griff die Diskussion auf das gesamte Outback über. Dessen weiße Bewohner und deren Lebensbedingungen wurden bald ebenso heftig diskutiert wie das Verhalten der offiziellen Stellen gegenüber den Aboriginals.

Die Meldung, dass im Outback, draußen, 100 Kilometer entfernt von Alice Springs, ein Mann namens Karl Wiegand nach einem Schlangenbiss zu Tode gekommen war, erschien zwei Jahre nach dem Dingo-Mordprozess in keiner Zeitung mehr. Ich, der ich längst wieder in Europa war, wurde von den australischen Behörden informiert und kurz befragt, weil sie in seinen Papieren meine vergilbte Visitenkarte gefunden hatten.

Im Grunde sind es immer die Begegnungen mit Menschen, die dem Leben seinen Sinn geben. – Wilhelm von Humboldt

9

Im Thayatal

Vom Nebelstein nach Retz,
Niederösterreich

I.

Ich nütze wunderschöne Herbsttage, um mit meiner Hündin Mai den Thayatalweg entlang der österreichisch-tschechischen Grenze zu wandern. An den Abenden der sechs Tagesetappen, die ich mir für die rund 180 Kilometer vom Nebelstein nach Retz vorgenommen habe, widme ich mich der Lektüre der Bücher *Genesis* und *Exodus* des Alten Testaments. Mai schmiegt sich an meine Füße. Auch bei Tag, auf den Feld- und Waldwegen, lässt sie mich nicht aus den Augen. Sie weiß, dass sie weit weg von ihrem vertrauten Zuhause ist, und hat Angst verlassen zu werden. Sie fürchtet sich sogar vor dem großen Wackelstein bei Amaliendorf. (Diesem kleinen Dorf begegne ich wenige Tage später auch literarisch, als ich über Empfehlung eines lieben Freundes *Fuchserde* lese. Der Waldviertler Thomas Sautner wählte Amaliendorf zum Hauptort seines großartigen Romans, in dem er sich mit dem Schicksal der Jenischen in der NS-Zeit auseinandersetzt, intensiver und anders, als ich es vor Jahren in meinem Roman *Denn sie müssen wandern* getan habe.)

Riesige Steine säumen unseren Weg zwischen Gmünd und Dobersberg, sie tragen so ausdrucksstarke Namen wie „Pilzstein" oder „Kas im Lab". Steine spielen auch bei der abendlichen Lektüre eine große Rolle. In der *Genesis* stehen sie für das Ewige und Endgültige, metaphorisch für den Handschlag vor und mit Gott. Jakob erhält Gottes Schutz zugesagt, während er auf einem Stein träumt, den er später mit Öl übergießen wird und zum Gotteshaus (Bet-El) macht. Und als er beim Brunnen in der Steppe seine spätere Frau Rahel kennenlernt, muss er einen Stein „aus dem Weg räumen".

Meine Begleiterin Mai lässt kein Wasser aus, um zu trinken, vor allem aber, um darin zu baden. Immer vergewissert sie sich meiner Anwesenheit, es kommt kaum vor, dass sie mehr als 20 Meter Distanz zwischen uns zulässt. Jeden Morgen beobachte ich amüsiert, wie sie kämpft, um auf die Beine zu kommen. Nach wenigen Sekunden bewegt sie sich allerdings wieder kreuzfidel. Die ersten vier Stunden läuft sie immer in kraftraubendem Zickzackkurs vor mir her, dann bleibt sie einige Zeit an meiner Seite, ehe sie die letzten Stunden des Tagesmarsches hinter mir dem Ziel entgegentrollt. Ich liebe diese Mehrtageswanderungen, auf denen ich mich körperlich und geistig im Rhythmus meines Herzschlags bewege, konzentriert beobachte, meditiere, Gespräche mit zufällig Vorbeikommenden suche, ehe ich mich abends in meine Lektüre versenke – das ist schön.

In Schuppertholz schreckt vor mir ein großer schwarzer Vogel auf. Seine beiden Flügelspitzen sind weiß, und sein hektischer Flügelschlag vermittelt mir den Eindruck, als würde sich ein großer Propeller drehen. An der Autobushaltestelle in Waidhofen erzählt ein leicht angetrunkener junger Mann einer Gruppe von drei Mädchen, dass ihn seine Freundin verlassen habe. Er habe sein ganzes Geld in sie investiert, sagt er, aber er werde ihr trotzdem keine Steine nachwerfen: „Ich bin ein Sir“, protzt er, „aber meine Sachen muss sie mir wieder geben!“

II.

Die Dörfer sind ausgestorben. Einmal, in einem kleinen Dorf vor Raabs, fällt mir eine Frau auf. Sie steht vor ihrer Haustür und beobachtet uns die ganze Zeit, während wir die Hauptstraße entlang auf sie zugehen. Als wir ganz nahe sind, frage ich die Frau etwas schnippisch, ob wir denn eine solche Attraktion seien, dass sie uns so intensiv in Augenschein nehme. Nein, meint sie trocken, ich sei keine Attraktion, aber mein Hund sei wunderschön. Sie sei auch Hundebesitzerin, merke aber schon, dass meine Begleiterin viel besser erzogen sei. Die Frau ist sehr hübsch. Sie hat darauf gewartet, mit jemandem reden zu können, und fragt mich nach einigem Hin und Her, ob sie und ihr Hund uns ein Stück des Weges begleiten dürften. Meinem langsamen Rhythmus angepasst, geht sie neben mir und erzählt, dass sie an einem „ganz seltenen Bauchdeckelkrebs" in sehr weit fortgeschrittenem Stadium leide. Vor einiger Zeit noch habe man ihr nur halbjährlich literweise Wasser absaugen müssen, vor einem Jahr sei daraus ein zweimonatlicher Rhythmus geworden. Jetzt müsse sie zum Abpumpen schon wöchentlich ins Krankenhaus. Sie sei jetzt 58 Jahre alt, alleinstehend und irgendwie froh, dass „die ganze Geschichte" nicht mehr lang dauern werde. Vor einem Jahr nämlich sei ihr 26-jähriger Sohn in Wien an Aids gestorben, da habe sie „jede Lebensfreude" verloren. Nach etwa zwei Kilometern verabschiedet sie sich. Bevor sie sich von mir abwendet, bittet sie mich, niemandem zu verraten, woran ihr Sohn gestorben sei.

III.

Gegen Ende meiner Wanderung komme ich in ein Dorf ganz hart an der tschechischen Grenze. Während der letzten Stunden hat leichter Nieselregen eingesetzt. Ich bin froh, in meiner Privatpension warm duschen und trockene Kleidung anziehen zu können. Es ist Freitagabend, die Pendler kommen heim. Zum Abendessen gehe ich in das einzige Gasthaus des Dorfes. Als ich eintrete, schießt mir, noch bevor ich zu einem Gruß ansetzen kann, der Wirt entgegen und bellt: „Kochen tu ich dir nix, weil meine Frau is vom Zwetschkenbaum gfalln!" Ich setze mich trotzdem und bestelle ein Bier. Einige Tische sind besetzt. Der Wirt hat eine gewaltige Alkoholfahne. Er verweist auf die besetzten Tische und sagt entschuldigend: „Normalerweis is bei uns nix los. I waß ah net, was heut los is!" Ich frage ihn, ob er auf meine Rechnung etwas trinken wolle. „Na nix", sagt er, „nur a Mischung!" Nach der dritten Mischung, die er sich von mir aufdrängen lässt, bringt er mir Linsen mit Knödeln und Selchfleisch. „Des muaßt owa zahln!", beugt er Missverständnissen vor. Ich merke, dass er ein blaues Auge hat, und will wissen, weshalb. Er fährt mich an: „Frag net so blöd!", und geht weg.

Am nächsten Tag erzählt mir mein Quartiergeber, dass die Frau des Wirts tatsächlich vom Zwetschkenbaum gefallen und im Spital sei. Das Gasthaus gehöre ihr. Sie habe vier Kinder und sei mit dem, den ich als Wirt kennengelernt habe, erst seit einigen Monaten zusammen. Ihr Mann, den sie hinausgeworfen habe, kümmere sich nicht um die Kinder. Seinem Nachfolger aber lauere er alle paar Tage auf und verprügle ihn.

IV.

Sind die Tiere deshalb nackt, weil sie unschuldig sind? Weil sie nicht vom Baum der Erkenntnis gegessen haben? Macht Erkenntnis schuldig? Bedeutet Wissen Scham? Oder: Ist nur unschuldig, wer dumm ist? Ich bin verblüfft, wie grausam und ungerecht der Gott des Alten Testaments ist. Ein archaisch schroffer Wind weht durch die *Genesis*. Warum schlägt er sich auf die Seite des Betrügers Jakob, der seinen rothaarigen Bruder Esau *für ein Linsengericht* hineinlegt?

Ich lese von Betrug, Lieblosigkeit, Kuppelei, Mord und Inzest und frage mich, im Rhythmus des Gehens sinnierend, wie groß der Minderwertigkeitskomplex eines Gottes sein muss, der einen Abraham zur Bereitschaft zwingt, ihm seinen leiblichen Sohn Isaak zu opfern. Die „Opfer-Absolution" in letzter Sekunde entspricht einer Foltermaßnahme in höchster Vollendung (und mag die alttestamentarische Wurzel für das „Waterboarding" der Amerikaner in Guantánamo sein, für das Scheinertränken von Delinquenten). Ich frage mich, ob dieser Minderwertigkeitskomplex nicht auch hinter der Forderung des neutestamentarischen Gottes steht, uns verbal vor ihm in den Staub zu werfen: *Oh Herr, ich bin nicht würdig, dass Du eingehst unter mein Dach* …

Oder: Als Sara zunächst keine Kinder bekommen kann, führt sie ihrem Mann Abraham die Magd Hagar zu. Nachdem diese Israel geboren hat, wird sie verstoßen … das erinnert mich an das Schicksal vieler Mägde auf Bauernhöfen, an deren Verdammnis von selbstgerechten Predigtstühlen herunter …

Dorfschmiede

V.

In einem Café in Heidenreichstein plaudere ich mit einer blendend aussehenden Frau, die mir sagt, sie sei 82 Jahre alt. Die Frau sieht um vieles jünger aus. 40 Jahre lang war sie Lehrerin in München, nach Heidenreichstein ist sie mit ihrem Mann gezogen, „damit wir uns das Leben in der Pension einigermaßen leisten können". Bei aller Schönheit der Landschaft sei sie unglücklich hier, als Großstädterin komme sie vor Langeweile fast um. „Die Leute fragen sich, warum ich täglich um elf Uhr ins Café gehe, aber das stört mich nicht …"

Beim Ortsausgang arbeitet eine ältere Frau im Garten. Ich frage sie, wo ich den Fußweg nach Dobersberg finden kann. „Um Gottes willen!", ruft sie zu einem offenen Fenster im ersten Stock ihres Hauses hinauf, „das wollen Sie wirklich zu Fuß gehen? Haben S' kein Geld zum Fahren?" Im Fenster erscheint eine andere ältere Frau: „Das dürfen S' auf keinen Fall gehen, das ist viel zu weit!" Ohne meine Antwort abzuwarten, zieht sie sich zurück und schließt das Fenster. Die andere Frau, die aus dem Garten, wundert sich, demonstrativ kopfschüttelnd, über meine vermeintliche Blödheit. Wortlos geht sie an mir vorbei ins Haus und schlägt die Tür hinter sich zu.

VI.

Als Mozart gefragt wurde, was das Geheimnis seiner Kompositionskunst sei, antwortete er: „Ich weiß nicht, ob ich so gut komponieren kann. Meine Kunst besteht eher darin, Töne zusammenzubringen, die einander mögen." Dem Gott des Alten Testaments ist gegenseitiges Mögen alles andere als wichtig. Es gibt keine Liebe in der *Genesis*. Unsere Urmütter, Sara, Rahel, Schua, Tamar, Asenat und die vielen anderen werden ausschließlich als Gebärmaschinen zur Erhaltung des Geschlechts gezeichnet, wie würdeloses Vieh werden sie be- und gehandelt. Als „göttliche Wesen“ erscheinen lediglich Männer. Isaaks Brautsuche ist das einzige Kapitel im Buch *Genesis*, in dem eine Frau als Person erscheint. Als Kriterium, nach welchem der Knecht Abrahams eine Frau für Isaak auswählt, gilt ausschließlich die Tugend der Warmherzigkeit. Am Brunnen von Aram Naharajim besteht Rebecca die „menschliche“ Prüfung. Sie reicht nicht nur dem dürstenden Knecht Wasser. Als sie unaufgefordert auch dessen Kamele versorgt, „qualifiziert“ sie sich zur Ehefrau Isaaks.

In der Literatur erscheinen Wasser, Quellen, Brunnen häufig als Metaphern für den Beginn einer Liebe. Beim Gehen prüfe ich mich, wie viele Brunnen-Zitate ich kenne. Und ich frage mich: Hat Paolo Coelho diese Szene zum Ausgangspunkt für seinen *Alchimisten* genommen? Oder Heinrich Heine für das prachtvolle Liebesgedicht *Der Asra?*

Das Leben ist eine Brücke. Gehe über sie hinweg,
aber baue kein Haus darauf. – Indisches Sprichwort

10

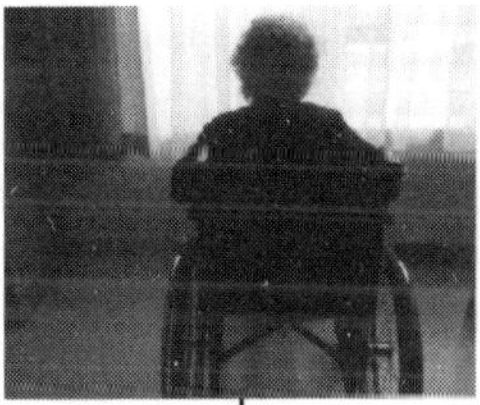

Bis der Tag anbricht

Montevideo, Uruguay

Im Café *Bacacay* gegenüber dem Theater Solis erwartete ich den Doktor. Er gehe oft hierher, hatte er mir am Telefon gesagt, weil das *Bacacay* ein Künstler- und Intellektuellentreffpunkt sei. Es entspreche am ehesten seinem ehemaligen Wiener Lieblingscafé. Der Sänger Jaime Roos sei oft da, der habe da ebenso seinen Stammplatz wie die Schriftsteller Mario Benedetti und Eduardo Galeano, sagte der Doktor auf meine Bitte, mir den Kontakt zu einer „repräsentativen Stimme Uruguays" zu vermitteln. Ich kannte keinen dieser Namen, aber er setzte ganz offensichtlich voraus, dass mir die Namen dieser Herren etwas sagten.

Wiener Freunde hatten mir den Doktor als intimen Kenner alles Südamerikanischen genannt. Ich müsse ihn unbedingt aufsuchen, sagten sie, für eine kleinere Summe würde er mir bestimmt die eine oder andere Tür öffnen. Jetzt war es so weit. In Buenos Aires unterbrach ich die Dreharbeiten für meine TV-Dokumentation über südamerikanische Persönlichkeiten für einen Tag und flog über den braunen Rio de la Plata nach Montevideo. Ich kannte die Stadt. Vor Jahren, als Carlos Gardel noch seine dunklen Tangos in der Bar *Fun Fun* gesungen hatte, war ich schon einmal hier gewesen. Montevideo hatte sich wenig verändert. Auf dem Weg zum Café *Bacacay* umfing mich sofort wieder die herbe Melancholie der Stadt. Ich ging die Sarandi hinunter zur Ramblas und trank in Doña Selvas Schuppen ein Glas Weißwein, irgendwie, um der Stadt meine Wiedersehensfreude auszudrücken. Aus demselben Grund genehmigte ich mir dann, weil noch Zeit war, am Markt von Tristan Narvaja eine Grappamiel.

Vielleicht hatte der Doktor das *Bacacay* auch deshalb gewählt, weil es einer zugewanderten Deutschen gehörte, „einer ehemaligen Krankenschwester aus dem Badischen, die die Liebe vor Jahren hier sesshaft werden ließ". Das las ich auf einer der kleinen Visitenkarten, die überall herumlagen. Egal, es war jetzt zwölf Uhr mittags, ich saß an einem der schönen alten Holztische und notierte, dass der Mann, der bei der Tür herein- und auf mich zukam, nobel aussah.

„Ich bin glücklich, einen Österreicher zu treffen", sagte er und hielt meine Hand so lang fest, dass ich mich mit sanfter Gewalt lösen musste. Zart und gebrechlich war er. Und mindestens 70 Jahre alt. Auf den ersten Blick und von Weitem wirkte er, wie schon gesagt, nobel. Aus der unbarmherzigen Nähe merkte ich schnell, dass er eine Ruine war, das Mauerwerk löchrig und instabil. Und es hatte etwas Rührendes, wie er seinen Zustand überspielte. Aber sein dunkler Anzug, das Gilet und das Hemd darunter waren abgetragen und verbraucht. Das verblichene Grün der fast zur Schnur zernudelten Krawatte betonte den ausgefransten Hemdkragen mehr, als es ihn verbarg. Die Sakkoärmel spiegelten an den Ellbogen, die schwarzen Schuhe waren uralt, aber blank geputzt. Der Doktor war wie seine Stadt, nobel, arm, aber von eitlem Stolz.

„Wissen Sie", sagte er eine Stunde später, als wir im obersten Stock des *Plaza Fuerte* zum Essen saßen, „wissen Sie, ich habe alle meine Chancen verpasst!" Über die Literatur waren wir uns schnell nahegekommen, als wir entdeckten, dass wir die Liebe zu den jüdischen Dichtern Galiziens teilten. Wir redeten über Roth, Franzos und Celan, besonders aber über Soma Morgenstern, den er auswendig zitierte.

Nach einigen Gläsern Wein begann der Doktor von seinem Leben zu erzählen. 1939 war er als Jude vor den Nazis aus

Wien geflüchtet. Ein halbes Jahr später erhielt er in La Paz, wohin es ihn verschlagen hatte, die Nachricht vom Freitod seiner verzweifelten Frau, die er hatte zurücklassen müssen. Befreundete Emigranten, Österreicher wie er, retteten ihn damals, als sie ihn mit aufgeschnittenen Pulsadern fanden.

Wie das offene Meer lag der braune Rio unter uns, kein Ufer war auf der anderen Seite zu sehen. In mir schärfte sich das verblichene Bild eines Mannes, der mit einem kleinen Koffer auf einem Bahnsteig steht. Eine Haarsträhne hängt in seine Stirn, der Mantelkragen ist aufgestellt. Der Mann trägt keine Handschuhe, er friert, es muss sehr kalt sein, das erkenne ich an den nackten Bäumen hinter seinem stoppelbärtigen Gesicht, welches nervös auf den Zug zu warten scheint. Und ich sehe dieses Gesicht wieder, um Jahrzehnte gealtert, als der Doktor von jenen Jahren in Bolivien erzählt, wo er seine zweite, jetzige Frau kennenlernte. Sie war Österreicherin, und er war stolz darauf, dass sie beide heute noch die österreichische Staatsbürgerschaft hatten, waren sie jetzt doch schon mehr als 40 Jahre in Südamerika: „Wir haben damals in La Paz eine Vereinigung gehabt, die bei den bolivianischen Behörden durchgesetzt hatte, dass wir trotz des Anschlusses als Österreicher und nicht als Deutsche anerkannt wurden.“

Weil seine zweite Frau Schauspielerin war, begannen sie nach dem Krieg, noch in Bolivien, im Rahmen ihrer Vereinigung Theateraufführungen zu gestalten. „Es gab genug deutschsprachiges Publikum, und mit dem verdienten Geld kauften wir Milchpulver, das wir den Kindern in Österreich schickten. Wir wollten auf schnellstem Weg zurück in die Heimat. Ich hatte sogar lukrative Arbeitsangebote aus Österreich, aber immer wenn es so weit war, bestürmten mich die Mitglieder unserer Vereinigung, deren Präsident ich mittlerweile geworden war, zu bleiben. Da bin ich halt geblieben. Und das meine ich, wenn ich sage, ich habe alle Chancen verpasst."

In unseren Gläsern tänzelten die Kohlensäureperlen die Sonne hoch. Mich schmerzte das linke Knie. Gestern war ich bei einer Moderation, die ich als lockerer Plauderer im Schlendern gestalten wollte, in eine Bodenrinne gestolpert.

„1977 ist es dann passiert ..." Der Doktor sagte den Satz in sich hinein, rätselhaft für mich, aber ich wagte es nicht, die entstandene lange Pause durch eine Frage zu stören. „Wissen Sie, Uruguay ist schön, und ich habe den Menschen hier sehr viel zu verdanken. Aber seit Jahrzehnten haben wir, meine Frau und ich, sagen wir es ganz schlicht: schreckliches Heimweh. Heimweh nach Österreich. Heimweh nach Wien. Ich liebe meine Frau sehr, müssen Sie wissen, wir beide sind ein Mensch. Sie sehnt sich nach Österreich noch viel mehr als ich. Sie wünscht sich, dort zu sterben. Und ich lasse sie in dem Glauben, dass dies so sein wird, nicht nur das, ich bestärke sie darin, ja, ich verspreche es ihr, beinahe täglich ..." Wieder eine lange Pause. Der Doktor trank ein Glas nach dem anderen. Schließlich fragte ich doch: „Warum gehen Sie dann nicht nach Österreich?" Er ignorierte mich. Ich war nicht wichtig für ihn. Eigentlich war ich längst nicht mehr da. Er hatte sich abgesetzt.

Der Zug der Erinnerung fährt ein, der Mann mit dem Koffer steigt in den ersten Waggon und bringt sich in Sicherheit. Er zieht sich zurück. Vor der Herausforderung der Gegenwart, vor der Zukunft. Im Leben meines Gegenübers hatten längst schon die Neins die Ober-

hand gegenüber den Jas gewonnen. Ich war mir mittlerweile sicher, dass er ein Alkoholproblem hatte.

An einem Nebentisch kramte ein Mann in seinem Aktenkoffer, um das läutende Handy zu finden.

„Hier, in Montevideo, sind Sie ein geachteter Mann“, fuhr ich, erneut das Gespräch suchend, fort, „hier geht es Ihnen gut. Und Österreich hat sich möglicherweise so sehr verändert, dass Sie sich gar nicht mehr wohl fühlen würden …“

„Sie mögen durchaus recht haben, mein Herr! Und es kann auch sein, dass wir, meine Frau und ich, nur in unser Heimweh verliebt sind, das mag durchaus sein … jedenfalls sind wir damals von Bolivien nicht weggekommen … und 1977 passierte es dann, im September. Wir lebten schon hier in Montevideo und hatten uns aufgerafft. Alles war vorbereitet. Der Tag war angebrochen. Das Haus war bestellt. Die Tickets waren gekauft. Da erlitt meine Frau ganz plötzlich einen Schlaganfall. Seit diesem Zeitpunkt ist sie total gelähmt. Dank intensiver Behandlung kann sie heute wieder sprechen und ihre rechte Seite bewegen. Sie können sich nicht vorstellen, was mich das gekostet hat und kostet. Ein Mädchen für den Vormittag, eins für den Nachmittag und Abend, eins für die Nacht. Würden wir nach Österreich gehen, könnten wir uns das alles, die Behandlung und die Mädchen, nicht leisten. Meine Frau müsste in eine Anstalt, und ich weiß, dass sie sterben würde ohne mich. Ich wüsste auch nicht, wie ich leben sollte ohne sie … wir sind ein Mensch … hab ich das schon gesagt?“

Der Mann sieht zum Zugfenster hinaus. Er hat den Mantel anbehalten. Den Koffer hat er auf den Boden vor sich gestellt, zwischen

seine Beine. Mit beiden Händen hält er den Griff. Die vorbeiziehenden Felder beginnen ineinander zu verschwimmen. Es wird nicht dunkler, aber es gibt keine Farben mehr. Mit den Farben ist die Wärme fortgezogen. Es fröstelt den Mann, der seinen Blick immer fester an das helle Grau hinter dem Fenster klebt. Er weiß, es kann nicht mehr lange dauern. Wenn seine Ahnungen die ersten Konturen zeigen, muss er aussteigen. Dann ist er zwar nicht am Ziel, aber er ist angekommen.

Der Ober brachte Zigaretten. Ich rauchte mir sofort eine an, um mir ein wenig das Gefühl von Freiheit zurückzuholen. Ich fühlte mich nicht wohl und dachte, dass ich gar nicht wissen wollte, wie lang der Doktor auf ein solches Gespräch gewartet hatte. Ich fühlte mich umklammert, besetzt und geknebelt.

„Meine Frau ist sehr gläubig, müssen Sie wissen", erzählte der Doktor dann weiter, ohne mich anzublicken. Er starrte hinunter auf den braunen Rio. „Jeden Sonntag bringe ich sie, wenn das Wetter es erlaubt, zur Messe nach Isidoro. Sie nimmt ihre Krankheit wie eine Prüfung. Sie betet sehr viel, sie schreibt und sie liest. Wenn es ihr einigermaßen gut geht, führe ich sie auf den Golfplatz, das war früher ihr Lieblingsort. Da sitzt sie dann im leichten Wind, und ich lese ihr vor … wir lesen viele Bücher … gemeinsam … das, was sie stark macht, ist ihr Glaube an Gott … und der Glaube an die Heimkehr nach Österreich … ich kann ihr den nicht zerstören!"

Sollte ich das verstehen? Musste ich das verstehen, dachte ich später im Taxi. Kein einziges Wort hatten wir über den eigentlichen Zweck unseres Treffens geredet. Ich war hierher geflogen, um Adressen und Kontakte für meine Dokumentation zu bekommen. Nichts davon hatte ich in der Tasche, dennoch fuhr ich schwer beladen weg. Es war früher Abend geworden. In den Straßencafés der Avenida Brasil saßen viele Menschen. Ich beneidete sie ob ihrer unbelasteten Fröhlichkeit. Der Taxifahrer war vom wahnwitzigen Verkehr vollkommen in Anspruch genommen. Neben mir saß der Doktor. Seit er mich gebeten hatte, ihn nach Hause zu begleiten, schwieg er. Er wollte mich seiner Frau vorstellen, die sicher schon ungeduldig auf ihn wartete, da sie beide noch irgendwo eingeladen waren.

Aus einer Tasche meines Parkas zog ich einen Amethyst, den ich zwei Tage zuvor in Buenos Aires gekauft und inzwischen vergessen hatte. Den Stein schenkte ich der Frau mit der Lüge, er sei aus Österreich. Sie bedankte sich mit der notwendigen Höflichkeit, danach aber wandte sie sich sofort wieder ihrem Mann zu. Er sagte zu ihr „mein Herz", sie strahlte ihn an. Sie hatte sich hübsch gemacht. Beide beachteten mich nicht mehr. Gemeinsam mit der anwesenden Betreuerin brachte er sie, die sichtlich große Mühe hatte, aufrecht im Rollstuhl zu sitzen, zum Lift. Als er die Wohnungstür abschloss, fragte sie ihn, ob sie eine andere Kette nehmen sollte. Das sei nicht notwendig, sagte er, sie sei auch so wunderschön. Daraufhin lächelte sie ihn an und sagte auf eine sehr schelmische Art, dass sie heute frisch bleiben wolle, so wie früher. Ob er sich wohl noch daran erinnere? Sie wolle für ihn schön sein, bis der neue Tag anbreche, sagte sie. Ihr Hinterkopf lag fast auf ihrem Rücken, so sehr musste sie, die im Rollstuhl Sitzende, ihr Kinn heben, um ihm, dem Stehenden, ins Gesicht sehen zu können. An der Lifttür zog sie ihn kurz am Ärmel, und er musste ihr versprechen, in Wien eine Wohnung im Parterre zu nehmen, damit er sich nicht mehr so abmühen müsse mit ihr.

Mich spornte die vage Sehnsucht an, von einem langweiligen Alltagsleben in eine wunderbare Welt versetzt zu werden. – Alexander von Humboldt

11

Die Uhr

Abu Dhabi,
Vereinigte Arabische Emirate
Wien, Österreich

Als Kurt Waldheim österreichischer Bundespräsident war, durfte ich ihn als Berichterstatter für den ORF auf einen Staatsbesuch in die Emirate und im Anschluss daran nach Zypern begleiten. Ich erinnere mich noch gut, in welch hohem Ansehen Waldheim bei den Arabern stand. In Abu Dhabi beispielsweise war an der kilometerlangen Autobahn vom Flughafen in die Stadt alle 50 Meter ein riesiges Bild des österreichischen Bundespräsidenten affichiert. Überhaupt entsprach dieser Staatsbesuch sämtlichen Klischees. Überall blitzte das Gold. Es strahlte an den Hotelfassaden, in den Zimmern, auf Bilderrahmen, Bestecken, Armaturen und Türklinken. Der Präsident wurde auf Händen getragen und verwöhnt – und wir, die etwa zehn Journalisten in seinem Gefolge, natürlich auch.

Ich war sehr konzentriert am Arbeiten. Täglich begleitete ich mit meinem Kameramann und Tonmeister das Programm. Wir filmten, interviewten, notierten und recherchierten. Jeweils am späteren Nachmittag musste ich den Tross allerdings verlassen. Ich musste in den angemieteten Schneideraum, um meinen täglichen Bericht zusammenzustellen. Ungefähr zwei Stunden blieben mir, da musste ich schneiden, texten und besprechen, damit der Filmbericht rechtzeitig für die abendliche *Zeit im Bild* nach Österreich überspielt werden konnte. Ich erinnere mich noch daran, dass die Cutter und Techniker des arabischen Fernsehens ausschließlich Palästinenser waren. „Sonst macht das keiner hier", sagten mir alle, „die müssen nicht arbeiten."

Während eines dieser Arbeitsaufenthalte im Schneideraum muss irgendein besonderer Akt des Staatsbesuchs stattgefunden haben, ein Ereignis, bei dem die Mitglieder der österreichischen Delegation eine Uhr als Gastgeschenk erhielten. Ich war jedenfalls nicht dabei, aber die Gastgeber hatten mich nicht vergessen. Als ich wieder zurück in Österreich war, wurde mir von einem Boten der arabischen Botschaft in mein Büro auf dem Küniglberg eine Uhr überbracht. In einem Begleitschreiben bedankte sich irgendein Scheich für meinen Besuch und erklärte sich glücklich, mir diese Uhr als Erinnerungsgeschenk geben zu dürfen. Die Uhr war ebenso hässlich wie kostbar. Sie übertraf bei Weitem das, was innerhalb einer erlaubten Geschenkannahme durchging. In einer Internen Mitteilung fragte ich bei meinen Chefs daher an, was mit der Uhr zu tun sei. Es dauerte Wochen, bis eine Antwort kam. Ich hatte die Uhr fast vergessen. Aber die Antwort kam, und sie war nichts anderes als meine ursprünglich abgesendete Interne Mitteilung. Und wie sah sie aus! Der bürokratische Hürdenlauf hatte ihr arg zugesetzt. Nicht weniger als fünf Mitglieder unserer Führungsetage hatten sich mit meiner Anfrage auseinandergesetzt und meine arme Interne Mitteilung mit ihren dazu gekritzelten Ratschlägen und Kommentaren schwerstens „verletzt". *Er kann die Uhr dem Scheich nicht gut zurückgeben,* stand da. *Soll sie einem Kinderdorf schenken,* hatte ein anderer vermerkt. Ein Dritter schrieb: *Soll sie behalten, mit Waldheim nach Arabien verdient sowieso eine Schmerzenszulage.* Und einer schrieb überhaupt nur: *Scheiß-Uhr!*

Das alles stand auf meiner Internen Mitteilung. Die Kommentare und Ansichten meiner obersten Chefs waren für mich zwar sehr interessant, weil ich lernte, wie locker sie mit den großen Problemen der Zeit umgingen. Ich war aber weiterhin ratlos. Den Anmerkungen war keine klare Order zu entnehmen. Ich ging daher ins Nebenzimmer zu meinem unmittelbaren Vorgesetzten, dem Chefredakteur, der einige Stufen unter den Oberchefs rangierte und, wie gewohnt, hinter Bergen von Presseaussendungen kaum sichtbar war. Ich weiß daher nicht, wie konzentriert er sich meine Uhren-Anfrage angehört hatte, aber er wies mir schreiend den Weg: „Geh mir nicht auf den Wecker und behalt die Scheiß-Uhr!“

Jetzt wusste ich: Ich durfte die Uhr behalten, die ich mittlerweile hasste und eigentlich gar nicht wollte. Zum Ersten hatte ich schon eine Uhr, zum Zweiten wäre mir nie im Traum eingefallen, eine so hässliche Uhr zu tragen. Da ich keine Praterstrizzis kannte, denen diese Uhr Freude gemacht hätte, ging ich in die Innenstadt. Auf dem Weg zu einem bekannten Juwelier, von dem ich hoffte, dass er mir die Uhr abkaufen würde, traf ich den Staatssekretär S., der auch mit in Abu Dhabi gewesen war. Ich erzählte ihm von der Uhr, ich zeigte sie ihm und teilte ihm meine Absicht mit, den uns beiden bekannten Juwelier zum Kauf der Uhr zu überreden. Der Staatssekretär gab sich pessimistisch. Er schüttelte den Kopf. Er glaube nicht, dass mir der Juwelier diese Uhr abkaufen würde, sagte er, in Österreich fiele ihm kein Zielpublikum für diese Uhr ein. So gingen wir auseinander.

Als ich dem Juwelier wenig später die Uhr zeigte, sagte er nur: „Oh! Waren Sie auch mit dem Waldheim in Abu Dhabi? Da waren schon einige bei mir! G’rad früher noch der Staatssekretär S. Der wollt seine auch anbringen …“

Die Seele ist der müdeste Teil des Körpers. – Paul Bowles

12

Mutmaßungen über einen Fremden

Triest, Italien
Piran, Slowenien

Einem Besucher meines Hauses fielen die zahlreichen „Lese-Nischen" gar nicht auf, hätte ich nicht überall Messingschilder mit den Logos meiner Lieblingskaffeehäuser an den Wänden angebracht. Ich liebe Kaffeehäuser, wenn sie mit viel Plüsch, Holz, Spiegeln, Leuchten, Zeitungen und Marmortischchen ausgestattet sind, von denen mir wiederum die runden am liebsten sind. Der Duft früherer Zeiten entrückt mich, wenn es nach Menschen riecht, die sich Zeit nahmen, die im Kaffeehaus „wohnten", die Welt täglich kommentierten und aus den Angeln hoben – sehr theoretisch, anhand von Zeitungsschlagzeilen, gedopt mit Melange und Kipferln.

Ganz vorn auf meiner Hitliste stehen die Kaffeehäuser Wiens: Das *Sperl,* das *Griensteidl,* das *Landtmann*, das *Jelinek*, das *Prückel*, das *Dommayer*, das *Frauenhuber* – wie viele habe ich da wohl vergessen! Den *Tirolerhof,* das *Eiles,* das *Schwarzenberg* und, und, und … Ich rotiere ständig, gehe einige Male dahin und einige Male dorthin, je nach Laune, Stimmung und Tageszeit. Jedes lockt ja mit einem ganz eigenen Flair und mit ganz spezifischer Kaffeequalität. Jeder Kaffeehausbesuch ist mir ein Hochamt für Seele und Geist. Er muss gut geplant sein und stellt mich vor schwierigste Entscheidungen: Will ich Leute treffen? Will ich allein sein? Nur nachdenken? Lesen? Wenn lesen, dann die Frage: Buch oder Zeitungen? Oder gar Arbeitsmanuskripte?

Aber eigentlich lese ich in Cafés nur ganz wenig. Ich beginne zwar, aber spätestens nach ein, zwei Seiten ist die Konzentration weg. Ich lege Zeitung oder Buch beiseite, denn es sind die Kaffeehausbesucher, die mich interessieren, ob Einzelgänger, ob Paare, ob Gruppen oder „Kränzchen", ob Leser, Plauderer, Beobachter und Grübler, ob Schach-, Billard- und Kartenspieler, ob Wichtigtuer, Arrogante, Blender und ihre Spiegel oder die, die das Leben vorbeiziehen lassen und einfach ihre Zeit absitzen. Ich belausche, ich beäuge sie. Im Melodiengemisch aus Gesprächen, Lachen, Räuspern, Löffelschlagen, Tellerklimpern und dem gedämpften Seufzen der Kaffeemaschinen offenbart sich der Rhythmus der Zeit.

Vor Kurzem habe ich mit viel Freude festgestellt, dass ich ganz zufällig der erste Gast des wieder eröffneten wunderschönen Cafés *Marica* im kroatischen Varaždin war. Das *Marica* bildet für einen „Kaffeehaus-Menschen“ wie mich eine schöne Ausnahme vom Regelfall der Schließung von Kaffeehäusern. Mit Stolz möchte ich sie aufzählen, die schönsten Jugendstiltempel dieser Welt, in denen ich schon meinen Kaffee geschlürft habe: Die Straßencafés von Paris (*Le Fénelon, Deux Magot* und *Flore*), das *Kranzler* in Berlin, das *Grand Café Odeon* in Zürich, die Operncafés von Amsterdam und Barcelona, das *Falstaff* in Brüssel, das *Nouveau* im ehemaligen Prager Rathaus (neben dem Pulverturm), das *Gerbeaud* am Vörösmarty-Platz in Budapest, das *Nicola* in Lissabon, das *Florian* in Venedig, das *Tortoni* in Buenos Aires, das *Geiger* in New York und die *Confeitaria Colombo* im Zentrum Rios, unweit des Largo da Carioca.

Den Hinweis auf die großen literarischen Werke, auf die weltverändernden Ideen, die ihren Ursprung in Cafés haben, kann ich mir ebenso sparen wie die Klage über das Sterben vieler dieser schönen Plüschtempel. Jeder weiß davon, genug ist darüber geschrieben worden. Bedauern genügt – und die Beschwörung eines weiteren Kaffeehauses, des noblen *Caffè degli Specchi* in Triest. Ich bin davon überzeugt: Der Architekt hat die glitzernde Zauberwelt dieses Cafés ganz bewusst als Brücke zwischen den Welten gestaltet, als Einladung an den

Besucher, für einige Zeit aus der Wirklichkeit auszutreten und sich verträumten Luftschlössern hinzugeben. Damit hat er den Wesenskern aller Cafés dieser Welt getroffen. Im *Caffè degli Specchi*, dem *Spiegelcafé*, beginnt diese Geschichte.

Einige Wochen schon hielt ich mich in Triest auf. Während meiner Recherchen für ein Buch über die Karsthöhlen war es mir zur Gewohnheit geworden, täglich zweimal das *Caffè degli Specchi* zu besuchen, am späteren Vormittag und gegen Abend. Das Café liegt direkt an der Piazza Unitá, und wenn man das Glück hat, einen der begehrten Fensterplätze zu ergattern, kann man das Treiben auf dem weiten Platz beobachten, der von wunderschönen Palais gesäumt ist. Man hat den Brunnen der Kontinente vor sich und sieht jenseits der Mandracchio-Promenade sogar das Meer blitzen. Zu manchen Zeiten schafft ein weichzeichnender Lichteinfall nicht zuletzt wegen der vielen Spiegelreflexionen eine fast impressionistische, jedenfalls überaus stimmungsvolle Atmosphäre. Das Licht ist der Grund, warum ich dieses den zwei anderen berühmten Cafés von Triest, dem *Tommaseo* oder dem *San Marco* in der Via Battisti, vorziehe.

Meine Geschichte spielt im Spätsommer. Ende August ist es, und an manchen Tagen sehe ich auf meinen Wanderungen des Morgens schon die ersten Nebel über den Karsttälern liegen, vor allem weiter oben, auf der slowenischen Seite um Sežana. Seit Tagen sitze ich also täglich zweimal im Spiegelcafé, und jeden Nachmittag kommt, pünktlich um 18 Uhr, ein etwa 60-jähriger Mann ins Café. Er grüßt niemanden, auch nicht den Ober, und setzt sich stets sehr bestimmt an immer denselben, für ihn reservierten Tisch. Nur zwei Tische von mir entfernt sitzt er am Fenster. Ich bin immer schon da,

wenn der Mann hereinkommt und zunächst zum Garderobenständer geht, um seine weite Jacke aufzuhängen. Seine Blicke durchstreifen nie den Raum, er ist ausschließlich auf sich selbst und sein Tun fixiert. Immer setzt er sich mit dem Rücken zum Lokal und blickt die folgende Stunde fast pausenlos hinaus auf die Piazza. Der Mann macht einen wohlhabenden Eindruck auf mich. Er wirkt souverän. Auffallend an ihm ist der Fotoapparat mit dem riesigen Zoom, den er immer vor sich auf den Tisch legt. Manchmal, eher selten, unterbricht er sein Hinausstarren. Dann zieht er ein kleines Büchlein aus seiner Sakko-Innentasche und liest darin, oder er macht sich auf einem Zettel Notizen. Bei genauerem Hinschauen sieht es so aus, als ob er zeichnete. Ja, er zeichnet, ganz eindeutig. Einmal hat er einen Packen Fotos mitgebracht, die er mit Hingabe studiert. Mich, der ich jetzt schon tagelang quasi neben ihm sitze und ihm ein mittlerweile bekanntes Gesicht sein muss, ignoriert der Mann. Das stört mich irgendwie. Nach Tagen, so finde ich, könnte er durch ein Nicken in meine Richtung die wortlose Vertrautheit unserer Zweisamkeit im Café honorieren. Aber er tut nichts dergleichen. Ich bin Luft für ihn. Als ich ihm einmal bei seinem Eintreten zunicke, missachtet er das. Er zeigt keine Reaktion.

Jeder Mensch spürt, wenn er angestarrt wird. Früher oder später wendet er sich dem Beobachter zu, auch wenn dieser in seinen Nacken gestarrt hat. „Mein" Mann muss meine Blicke auch spüren. Trotzdem schaut er nie zu mir, auch nicht, wenn er das Café verlässt. Ich sitze, wie gesagt, fast neben ihm, ich kann seine Hände und sein Gesicht ziemlich genau beobachten, über einige Spiegel um uns sogar aus mehreren Perspektiven. Ich bin überzeugt davon, dass er mich bewusst ignoriert. Er will fremd sein und fremd bleiben.

Der Mann ist nicht aus Triest. Das war mir schon klar, bevor ich ihn auf Deutsch „Einen Latte macchiato!" bestellen hörte. Er sagte nicht „bitte" und er sagte nicht „danke". Nach zwei Tagen sagt er gar nichts mehr. Der Ober serviert den Latte macchiato automatisch. Der Mann wechselt seine Oberbekleidung nie. Mit seiner braunen Cordhose und dem handgestrickten ockergelben Pullover sticht er unter den Männern, die zumeist Sakkos tragen, hervor. Die weite olivgrüne Jacke, die festen Wanderstiefel und das wettergebräunte Gesicht lassen den Schluss zu, dass der sehr schlanke Mann viel im Freien unterwegs ist. Das Auffälligste an seinem Äußeren ist aber das lange schlohweiße Haar. Es ist scheitellos nach hinten gekämmt und gibt ihm ein aristokratisches Aussehen. Alles in allem wirkt er wie einer, der sehr viel Bedacht auf ein gepflegtes Erscheinungsbild legt. Ganz eindeutig ist er ein Kopfarbeiter aus irgendeiner höheren Etage, eine Führungskraft. Möglicherweise im Ruhestand. Und: Er sieht müde aus, irgendwie resignativ, unglücklich. Ja: unglücklich und arrogant. Ich musste, als mir das nach Tagen klar wurde, sofort an das abgegriffene Bild einer verwundeten Raubkatze denken. So kam er mir vor. Und das ist es auch, was mich immer neugieriger machte.

Da liegt wieder einmal so eine Geschichte vor mir, die erzählt werden will. Wie eine ungeschälte Zwiebel liegt sie da. Wie eine pochende Blase kurz vor dem Platzen. Die Geschichte fordert erzählt zu werden, weil eine Imagination mich vehement bedrängt … ich wende mein Gesicht um einige Grade und sehe den Kopf des Mannes in einem der vielen Spiegel, und das hilft mir, einem Filmer gleich, die Wirklichkeit mit meiner Vorstellung zu überblenden …

... einen Tag nach seiner Frühpensionierung fuhr er ans Meer, nach Triest. Er wollte in eine andere Stadt. Triest war kleiner als die Stadt, in der er sein bisheriges Leben abgespult hatte, aber es lag am Meer. Außerdem faszinierte ihn der Klang des Namens. Triest klang für ihn so exotisch wie etwa Pardubitz, Kingston Town oder Surabaya – alles Orte, in denen er noch nie gewesen war, deren Namen für ihn aber seit seiner Kindheit mit poetischem Fernweh erfüllt waren. Immer auch war er vom Wunsch beseelt gewesen, an einem großen Wasser zu leben. Wenn er ein Gewässer spürte, erblickte oder roch, fühlte er sich frei, egal, ob es das Meer, ein See oder ein Fluss war. Sein ganzes Leben hatte er in Abhängigkeiten verbracht. Die stete Angst vor diesem Netz, aber auch die Sorge, aus diesem Netz zu fallen, hatte sein Leben schon früh auf Moll gestimmt. Deshalb hatte er, als er noch über einen „Apparat" verfügte, seinem Assistenten den Auftrag erteilt, eine kleine Wohnung zu suchen und zu mieten, wichtigste Bedingung: freier Blick auf das Meer. Die Zwei-Zimmer-Wohnung, in der er jetzt seit einem halben Jahr lebte, lag direkt am Hafen von Muggia. Dort war die Miete bedeutend billiger, und man war doch nur wenige Minuten vom Zentrum Triests entfernt.

Er wollte weg. Er wollte den Neubeginn. Alle Koordinaten seines gewohnten Lebens löschte er bei seinem Aufbruch – nichts und niemand sollte ihn jemals wieder zu Wegen und Umwegen zwingen, die er nicht gehen wollte. Niemand sollte jemals wieder Herrschaft über seinen Lebensweg gewinnen. Das Netzwerk seiner Beziehungen hatte er in den letzten Jahren ohnedies rissig werden lassen. Die restliche Zeit wollte er nur sich selbst schenken, zumal er ohnedies allein angekommen war. Seine Frau hatte ihn schon vor langer Zeit verlassen. In der damaligen Besessenheit von seiner Arbeit war ihm das gar nicht so richtig bewusst geworden. Und heute fehlte sie ihm auch nicht mehr. Er dachte kaum mehr an sie, und die vielen, ausschließlich erotischen Affären, für die er bekannt war, tangierten ihn überhaupt nicht. Nicht ein einziges Mal drehte er sich um, als er von dem Haus wegfuhr, in dem er 25 Jahre lang gewohnt hatte. Von niemandem hatte er sich verabschiedet. Er wusste, dass er niemandem fehlen würde. In ihm regte sich wenig. Es gab keinen Abschiedsschmerz, keine Wehmut, keinen Gedanken an die Vergangenheit. Eher spürte er Neugier auf das Kommende. Aber eigentlich nicht einmal das: Er war leer. So fuhr er in der Abenddämmerung dahin.

An einer Tankstelle im Karstgebiet, wenige Kilometer vor Postojna, machte er einen Stopp. Nachdem er aufgetankt und bezahlt hatte, blieb er eine Zeit lang im Wagen sitzen und beobachtete das Treiben. Das Hupsignal eines Autos hinter ihm schreckte ihn schließlich hoch. Er fuhr auf den Parkplatz, versperrte sein Auto und setzte sich einige hundert Meter entfernt auf eine Bank. Eines wurde ihm klar: Wann immer in seinem Leben er sich nach Glück gesehnt hatte, war dieses Glück gleichbedeutend gewesen mit Wegfahren. Er hatte ausgesorgt, einiges Geld lag auf seinem Sparbuch, und seine monatliche Pension war so hoch, dass er sich einen bequemen Lebensabend leisten konnte. Der Kummer über die Frühpensionierung würde vergehen. Er war jetzt allein auf sich gestellt, aber er war frei. Alle Rücksichtnahmen, Kriechereien und Schmeicheleien, alle Querelen und Irritationen mit den Menschen seiner Umgebung waren weit weg, und das war gut. Fast kam so etwas wie Wohlbefinden auf.

Auf dieser Bank hier war er ein klein wenig glücklich – und doch wäre er im Grunde auch in diesem Moment wiederum lieber irgendwo weit weg an einem Tresen gesessen und hätte wollüstig mit seiner Einsamkeit kokettiert. Das war immer so. Er war sentimental und ein Großmeister des Selbstmitleids, ein Rastloser, der nie dort sein wollte, wo er gerade war. Gut kam er sich vor, wenn er sich in seiner Melancholie spiegeln konnte. So kreiste er ständig um sich. Der Generaldirektor hatte ihn bei seiner Verabschiedung ziemlich unverblümt als den „Hohen Priester des Widerspruchs" bezeichnet, „der seine Umgebung das eine und andere Mal mit seinen Finten und Sprüngen doch verblüffte". Derselbe Generaldirektor sagte das, dem er nie widersprochen hatte, dem er jeden Wunsch schon von den Augen abzulesen und zu erfüllen versucht hatte, selbst wenn er gegen seine Überzeugungen oder gar gegen Mitarbeiter seiner eigenen Abteilung vorgehen musste.

Er holte seinen Fotoapparat aus dem Auto. Die Föhrenspitzen vor dem roten Himmel im Westen vermittelten ein Bild, das seiner Stimmung entsprach. Die vorbeirasenden Autos hatten die Scheinwerfer bereits eingeschaltet. Im Osten war der Himmel schon ganz schwarz, im Westen lag noch der halbe Sonnenball am Horizont. Die Luft begann frischer zu werden. Er stieg in den Wagen und fuhr weiter. Seinen gesamten Besitz hatte er zurückgelassen. Nimm nur mit, was du tragen kannst – diesen Satz, den er irgendwo gelesen hatte, wollte er ab sofort leben. Immer hatte er viel zu viel mit sich herumgeschleppt. Nur zwei Koffer mit Kleidungsstücken führte er jetzt mit sich, dazu den Aktenkoffer mit den notwendigsten Papieren und seinen Fotoapparat. Nichts sonst. Würde er etwas dringend benötigen, so könnte er es kaufen. Und er würde versuchen, mit den Menschen seiner neuen Umgebung so wenig Kontakt wie möglich zu haben. Er brauchte niemanden. In seiner Position als Abteilungsleiter war er stets zu Kontakten nach vielen Seiten hin verpflichtet gewesen. Sein Arbeitsleben hatte sich in der Öffentlichkeit abgespielt, weil sein Unternehmen im Besitz des Staates war und Straßen baute. Als Leiter der Presseabteilung war er oft im Rampenlicht gestanden. In den letzten Jahren hatte seine Arbeit vor allem im Ausfechten von Konflikten mit Bürgerinitiativen bestanden. Früher hatte er darauf achten müssen, dass die Verkehrspolitiker seiner Partei, die ihm den Job als Abteilungsleiter verschafft hatten, einen guten Eindruck auf das Wahlvolk machten. Zuletzt, als eine andere Partei und mit ihr

ein neuer Generaldirektor ans Ruder gekommen waren, musste er um sein Überleben kämpfen. Diesen Kampf hatte er nicht lange durchgehalten. Wie auch immer, er hatte stets viel Fingerspitzengefühl gebraucht. Wenn es einen Sonnenbrand gab, so dachte er jetzt im Auto, dann konnte es genauso gut einen Rampenlicht-Brand geben, der ihn so schmerzte, dass er allergisch gegen die Menschen geworden war. Er mochte sie nicht.

Er war nie ein großer Kämpfer gewesen. Das passte den Politikern, da sie nur Menschen einstellten, die kalkulierbar waren. Weder hatte er gegen das ungeschriebene Gesetz des vorauseilenden Gehorsams verstoßen, noch war er durch ungezügelte Kreativität aufgefallen. Er hatte sich stets dankbar gezeigt und nie versucht, durch zu viel eigene Meinung den jeweiligen Mainstream zu konterkarieren, den die Politikerkaste vorgab. Von Anfang an hatte er keine Probleme mit nichtssagenden Phrasen, die alles in Schwebe und somit auch alle Möglichkeiten offen ließen. Immer hatte er das Ziel des Wohlgefallens bei den Wählern im Auge behalten. Er pflegte alle gängigen Rituale und Stereotypen. Er galt als verträglicher Mensch, als Profi, dem das „Machtklavier" bekannt war: Die schwarzen Tasten dienten der Machtstörung und die weißen der Machterhaltung. In seiner Abteilung spielte er ziemlich gut auf diesem Klavier und kannte kein Pardon, wenn er „Krieg" führte.

Im Kern galt er aber, wie gesagt, als verträglicher Mensch. Das Argument, dass er „mit allen konnte", war für alle seine Beförderungen wichtiger gewesen als die Frage, „was er konnte". Aber so war es überall. Da war er nicht die Ausnahme. „Kriege" führte er nur, wenn er überzeugt war, gewinnen zu können. Daraus ergab sich, dass er nur nach unten, also gegen Untergebene kämpfte. Da hatte er noch kürzlich seine Qualitäten gezeigt: Monatelang recherchierte er gegen einen Mitarbeiter, der ihm zu stark geworden war, um dann überraschend zuzuschlagen. Er hatte sich des Einverständnisses seiner Vorgesetzten versichert und unter Hinweis auf Abhängigkeiten und offene Rechnungen Kollegen zu schriftlichen Denunzierungen veranlasst. Die Diffamierungen kamen dann auch in großer Zahl. Das wiederholte sich in allen „Kriegen", weil das Unternehmen dadurch, dass fast nur Politikergünstlinge eingestellt wurden, ein Musterbiotop für Falschheit, Neid und Inkompetenz geworden war, in dem Individualismus allein schon als strafbarer Tatbestand galt. Er fand jedenfalls auch diesmal genug Duckmäuser, die bereit gewesen waren, dem Kollegen sozusagen „das Messer in den Rücken zu stoßen", um sich Liebkind zu machen, sodass er daraus eine fundierte Anklageschrift für das Personalbüro anfertigen konnte. Die Zielscheibe seiner Attacke, der ungeliebte Mitarbeiter, war ein alter Hase und verließ das Unternehmen in Kenntnis der Usancen freiwillig. Das war allerdings ein Pyrrhussieg gewesen, denn kurz darauf kam es zu Neuwahlen. Zu seinem Pech verlor seine Partei.

Die neuen Machthaber setzten sofort ihn auf die Abschussliste. Den Journalisten, mit denen er so viel verkehrt hatte, war er nicht einmal eine Notiz wert. Sein Nachfolger, ein Strahlemann, den er gut kannte, kam von der regierenden Partei. Ihm sagte man nach, dass er zwar große soziale Kompetenz gezeigt und „mit allen gekonnt" habe, ansonsten aber doch ziemlich inkompetent gewesen sei. Und um dieses Argument zu stützen, berief man sich auf viele Aussagen jener Mitarbeiter, die vor Kurzem noch seine Anklageschriften gestützt hatten. Alle jene, denen er immer alles recht gemacht hatte, mit denen er auf Du und Du verkehrt, gearbeitet und gefeiert hatte, waren auf einmal nicht mehr zu sprechen. Als einzigen Trost empfand er, dass auch der alte Generaldirektor auf die Abschussliste gekommen war. Um der Schmach zu entgehen, in irgendeinem Abstell-Büro mit irgendeiner Alibitätigkeit abgespeist zu werden, akzeptierte er, dem Prestige immer sehr wichtig war, die Frühpensionierung. Er fühlte sich als nützlicher Idiot missbraucht und hasste sich dafür, dass er immer mitgespielt hatte. Er war verzweifelt und beschimpfte die ganze Welt, weil sie so ungerecht war. Alle Menschen waren falsch und Opportunisten. Deshalb hatte er nie geliebt oder sich lieben lassen. Aber jetzt wollte er sein Leben wieder finden und sich jenen schönen Dingen des Lebens zuwenden, die es abseits der Menschen gab. Mit erhobenem Haupt würde er seine Außenseiterrolle annehmen und sich dem Lesen, dem Gehen und dem Fotografieren widmen. Und wenn das nicht klappte, bliebe immer noch die Möglichkeit, sich umzubringen, dachte er und lächelte bitter, während er die Straße hinunter nach Triest fuhr …

… und jetzt sitzt der Mann schon den x-ten Tag neben mir im *Caffè degli Specchi* … ich blende zurück in die Wirklichkeit und frage mich, ob irgendwas an dieser erfundenen Geschichte stimmen könnte. Schon als Kind animierten mich Gesichter zu Geschichten, und nicht selten kam ich drauf, dass die Geschichten stimmig waren. Jedenfalls beschäftigt mich der Mann von Tag zu Tag mehr.

Wenn es mich packt, dann springe ich trotz Verletzungsgefahr über hohe Hürden. So auch diesmal. Ich stehe auf und gehe an seinen Tisch. Er kennt ja meine Phantasien über ihn nicht und hat keine Ahnung, wie nah er mir inzwischen geworden ist. Ich frage ihn nach seiner Kamera, um ins Gespräch zu kommen. Er lässt mich, der ich mich als leidenschaftlicher Fotograf vorstelle, schaurig abstürzen. Barsch und mit abgewandtem Gesicht bittet er mich, ihn nicht zu stören, er wolle nicht reden. Dann steht er abrupt auf, geht an mir vorbei und verlässt das Café. Dieser Vorfall ist mir peinlich, aber er passt zu meinem Bild von ihm. Ich weiß nicht, ob ich ihm das Spiegelcafé für immer vergällt habe, ich werde jedenfalls nicht mehr hierher kommen. Ich ziehe einige Häuser weiter und verlege meine täglichen Kaffeepausen ins *Tommaseo*.

Nur wenige Tage später, an einem Sonntag, sehe ich „meinen" Mann wieder. Und das Ganze sollte sich noch peinlicher gestalten. Ich fahre nach dem Mittagessen ins Slowenische, nach Piran. Dieser Ort ist mir seit Jahrzehnten von vielen Aufenthalten vertraut. Wir, meine Freunde und ich, lieben dieses venezianisch geprägte Städtchen, in dessen engen Gassen der salzige Duft des Fernwehs weht. In den letzten Jahren allerdings habe ich den Ort gemieden, weil er zu einer kulturlosen Ansichtskarte verkommen ist. Massenpublikum hat mittlerweile die Stadt besetzt. Allabendlich strolchen heute die Müllers und Maiers aus der österreichischen, italienischen und slowenischen Provinz über die Einheitspromenade, um sich danach in Einheitslokalen auf Einheitsplastikstühlen und -tischen auf der Einheitsspeisenkarte Ćevapčići, Ražnjići, eine Pleskavica, Spaghetti oder Knoblauch mit irgendeinem aus der Nordsee importierten Fisch auszuwählen. Danach betrinken sie sich, um die Nacht zu überstehen, wenn aus vielen einfallslosen Kaschemmen die Bassrhythmen dröhnen. Das Meer ist mir hier außerdem inzwischen zum Baden zu dreckig geworden. Am meisten stört mich jedoch die allzu kurzsichtige Philosophie der „Piranesen", mit möglichst geringem Aufwand möglichst schnell möglichst viel Geld zu verdienen.

Ich will mir Piran also wieder einmal ansehen und spaziere den Stadtberg hoch, um gleich nach der Kirche in einen schönen Weg einzubiegen, der hoch über dem Meer in die Bucht von Fiesa führt, die zwischen Piran und Strunjan liegt. Diesen Weg habe ich im Frühjahr immer besonders gemocht, wenn sich der Duft des rundum blühenden Ginsters mit jenem des tief darunter liegenden Meeres vermischt (von allem Anfang an war mir der Pfad die Manifestation der *Hochzeit des Lichts*, meines Lieblingstextes von Camus: *Im Frühling wohnen in Tipasa die Götter …).* Ich gehe also den Weg nach Fiesa, der Ginster ist längst abgeblüht, aber das Meer zeichnet im geduldigen Rhythmus der ans Ufer schlagenden Wellen die Zeitlosigkeit in die Luft. Die Sonne scheint. Einige weiße Daunenwolken ziehen über den blauen Himmel. Es ist kurz nach Mittag und warm. Einige Leute baden im Meer.

In Fiesa angekommen, setze ich mich auf die Terrasse des dortigen Strandhotels, um ein Glas von dem schwarzen Terrano zu trinken, in dem ich den Karst schmecken kann. Auf der Volleyball-Anlage inmitten der großen Wiese, welche die Bucht beherrscht, spielen einige Kinder in Badekleidung. Es ist eine gemischte Gruppe, die Buben und Mädchen dürften so um die zehn, zwölf Jahre alt sein. Bis hierher zu meinem Platz auf der etwa 100 Meter entfernten Hotelterrasse höre ich sie, sie sprechen deutsch. Sie gehören offensichtlich zu einem österreichischen Ferienkursus, und der Mann, der das Spiel als Schiedsrichter leitet, muss der Erzieher sein. Mir gefällt das Bild, die Lebensfreude der ausgelassenen Kinder, die Sonne wärmt mein Gesicht. Mit der rechten Hand bilde ich mir ein Sonnendach vor den Augen, um besser sehen zu können. Als ich meinen Gesichtskreis erweitere und mich ein wenig nach rechts drehe, entdecke ich plötzlich „meinen" Mann. Ich erkenne ihn sofort, obwohl er um einiges weiter weit weg ist als die Kinder. Die schlanke Figur, die olivgrüne Jacke, die braune Cordhose, vor allem aber das leuchtend weiße Haar. Hinter einem Gebüsch steht er, sodass ihn die etwa 150 Meter von ihm entfernten Kinder nicht sehen. Einen Klappstuhl hat er mitgebracht, der neben ihm steht. Den Fotoapparat mit dem Riesenobjektiv hält er sich vor das Gesicht. Unbemerkt fotografiert er die Kinder, denke ich mir, ganz schnell aber wird mir klar, dass er nicht nur fotografiert. Er setzt den Apparat nie ab. Das macht man nur, wenn man das Zoom als Fernrohr benutzt. Der Mann beobachtet die Kinder überaus konzentriert und unentwegt, zuerst im Stehen, dann sitzend, nach einiger Zeit wieder stehend. Die ganze halbe Stunde, während der ich auf der Hotelterrasse sitze, dauert das, und auch als ich weggehe, bleibt der Mann in seiner Position. Ich entferne mich weiter von Piran und gehe den Berg hinauf Richtung Strunjan. Ganz oben gibt es einen Punkt, von dem aus man einen herrlichen Blick auf die Bucht darunter hat. Als ich nach rund 30 Minuten dort ankomme und hinunterschaue, sehe ich die Kinder mit ihrem Lehrer weggehen. Jedes Kind trägt sein Badezeug in ein Handtuch eingerollt, die wenigsten haben Taschen. Sie gehen in lockeren Zweierreihen den Pfad nach Piran zurück, den ich gekommen bin. Und mit Verwunderung bemerke ich „meinen" Mann, wie er ihnen in einiger Entfernung folgt. In der linken Hand trägt er den zusammengeklappten Stuhl, den Fotoapparat hat er umgehängt. Ich fahre zurück nach Triest und gehe am späteren Nachmittag, ganz gegen meinen Vorsatz, ins *Caffè degli Specchi*. Lange sitze ich dort, aber „mein" Mann taucht nicht auf.

Zwei Tage später regnet es. Ich muss nach Slowenien hinüber, weil ich in der Distriktsverwaltung von Lucija Aufzeichnungen ausheben will, die mir Aufschluss über die Funktion einiger Karsthöhlen im Zweiten Weltkrieg geben sollen. Auf der Rückfahrt besuche ich wieder Piran. Da man mit dem Auto nicht in die Stadt darf, parke ich meinen Wagen über der Stadt, ganz oben, neben dem Sportplatz. Und als ich die

Straße hinuntergehe, sehe ich „meinen“ Mann ganz plötzlich wieder, die Situation ist noch rätselhafter als in Fiesa. Er steht mit dem Rücken zur Straße hinter einem Baum und starrt durch das große Eingangstor des ehemaligen Franziskanerklosters. Im asphaltierten Innenhof spielen Kinder trotz des leichten Regens mit Schlägern eine Art Landhockey. Es sind die Kinder von Fiesa. Jetzt wird mir etwas mulmig. Als einmal der Spielball auf die Straße hinausrollt, verlässt der Mann seine Deckung. Er hebt den Ball auf und gibt ihn dem Buben, der herausgelaufen ist. Nicht sogleich rückt er jedoch den Ball heraus. Er wechselt einige Worte mit dem Kleinen, der offensichtlich ungeduldig zurück zum unterbrochenen Spiel in den Hof drängt. Ich kann nichts verstehen, aber ich kann Verblüffendes beobachten: Als der Mann dem Kind den Ball gibt, streicht er ihm mit der Hand übers Haar. Jetzt schrillen bei mir die Alarmglocken. Der schreckliche Verdacht steigt in mir hoch: Dieser Mann ist krank! Dieser Mann ist gefährlich! Dieser nobel wirkende Mann ist pädophil!

Ich fahre zurück nach Triest. Meine Gedanken kreisen ständig um diese Episode. In der folgenden Nacht schlafe ich keine Minute. Am Morgen wird mir klar, ich darf nicht wegschauen. Ich muss handeln. Aber was ist zu tun? Zur Polizei gehen? Einfach so, ohne irgendwas in der Hand zu haben? Können meine Beobachtungen nicht auch ganz anders interpretiert werden? Niemand ist bei mir, mit dem ich mich beraten könnte. Ich beginne, mich schuldig zu fühlen.

Die Entscheidung wird mir rascher als gedacht abgenommen. Ich werde zum Handeln „gezwungen“: In der Hoffnung, dass sich irgendetwas ergeben würde, fahre ich am darauf folgenden Tag wieder nach Piran und lenke meinen Wagen geradewegs in die Bucht von Fiesa. Und da sind die Kinder wieder. Es ist warm. Sie baden und tollen in der Wiese herum. Und der Mann ist ihnen näher gekommen. Nur wenige Meter entfernt sitzt er seelenruhig in seinem Klappstuhl und beobachtet sie.

Ich steige gar nicht aus meinem Wagen. Sofort fahre, rase ich zur Polizeiwachstube ins benachbarte Portorož. Die beiden sehr höflichen Polizisten, denen ich meine Beobachtungen ziemlich aufgeregt ins Stenogramm schildere, danken mir für meine Aufmerksamkeit. Sie verlieren keine Zeit und bitten mich, sie sogleich nach Fiesa zu begleiten. Ich würde keinerlei Umstände haben, versichern sie mir, es gäbe immer wieder solche Fälle, auch hier im Urlaubsort am Meer. Sowie ich ihnen den Mann gezeigt habe, könne ich verschwinden. Es würde zu keinen Peinlichkeiten kommen, mit einer Zeugenaussage in einem möglichen späteren Prozess müsse ich allerdings rechnen.

In Fiesa erwischen wir den Mann sozusagen in flagranti. Die Polizisten stellen ihn, wie er mit einigen Kindern spricht, während der ahnungslose Lehrer im Meer schwimmt. Er hat seinen Klappstuhl verlassen und zeigt den Kindern seinen Fotoapparat. Aus meinem Wagenfenster sehe ich, wie die beiden Polizisten mit dem Mann reden, und es beruhigt mich, dass der Verdächtige nach einem kurzen Gespräch seinen Sessel zusammenklappt und zu den Polizisten ins Auto steigt.

Ich fahre zurück nach Triest und gehe in den nächsten Wochen weiter meiner Arbeit nach. Auch das *Caffè degli Specchi* besuche ich wieder und reime mir meine Geschichten zu den Gesichtern der Leute. Die Polizei von Portorož meldet sich nicht. Nach einigen Wochen fahre ich zurück nach Österreich.

Ein halbes Jahr später, am Heiligen Abend, bin ich zufällig wieder in Istrien. „Mein“ Mann spukt mir immer noch im Kopf herum, und es wundert mich, dass ich nirgendwo eine Zeitungsnotiz über sein Schicksal gefunden habe. Wahrscheinlich, so denke ich mir, ist es ihm gelungen, sich aus der Geschichte herauszuwinden, irgendwie, zumal es ja keinen wirklichen „Beweis“ seines pädophilen Treibens gegeben hat. Ich besuche die Polizeistube von Portorož und habe Glück, weil einer der beiden freundlichen Polizisten von damals Dienst hat. Er erkennt mich sofort und klärt mich auf.

„Wir verhafteten den Mann damals sofort und überstellten ihn trotz seines Leugnens in das Gefängnis nach Koper. Der Mann konnte sich ausweisen, er war ein gefragter Porzellanmaler aus Wien. Seine Verantwortung aber schien uns doch mysteriös und irgendwie an den Haaren herbeigezogen. Er sagte uns nämlich, dass er seit drei Jahren schon immer um dieselbe Zeit, also Ende August, hier urlaube. Der Grund dafür liege darin, dass dies die einzige Zeit sei, in der er seinen Enkel erleben dürfe. Sein Sohn, der sich völlig von ihm abgewandt habe und ihm seit zwei Jahrzehnten nicht mehr antworte, habe ihm jeden Kontakt mit seinem Enkel untersagt, ja er habe sogar Weihnachtsgeschenke weggesperrt, die er dem Kind geschickt habe. Als er mit Hilfe von Verwandten herausgefunden habe, dass sein Enkel immer hierher nach Piran zum Ferienaufenthalt geschickt würde, habe er, der alleinstehend sei, sich dazu entschlossen, seinen Urlaub ebenfalls hier zu verbringen. Das sei immer sehr schön gewesen, er habe den Enkel beobachtet, habe Fotos von ihm gemacht und einige Male sogar mit ihm sprechen können. Und um ihn nicht zu beunruhigen, habe er sich dem Kind nie zu erkennen gegeben."

Das erzählt mir der Polizist von Portorož. Man glaubte dem ziemlich verstörten Mann schon bald, die zuständige Untersuchungsrichterin erachtete es aber, um sicherzugehen, dennoch für notwendig, den Sohn des Mannes zu einer Gegenüberstellung nach Koper zu bitten. „Und das war schlimm", erzählt der Polizist weiter, „der Sohn dieses Mannes benahm sich unverschämt arrogant. Er sprach mit der Richterin und mit uns Polizisten in einem Ton, wie wir ihn bis dahin nicht kannten. Er drohte uns mit allen möglichen Interventionen, tat so, als wäre er eine der wichtigsten Persönlichkeiten Österreichs und als warteten die zuständigen Stellen nur auf ein Fingerschnalzen seinerseits, um gegen uns – aus welchen Gründen immer – einzuschreiten. Die Richterin nahm das zunächst hin. Als aber der Sohn bei der Gegenüberstellung gegen seinen Vater fast hysterisch zu schreien begann und atemlos schlimmste Vorwürfe erhob, musste die Richterin eingreifen. Der Sohn wurde zu einer Ordnungsstrafe verurteilt. Er zahlte sofort und fuhr unter Androhung ärgster Konsequenzen für uns weg. Obwohl sie ihn hätte verhaften lassen müssen, hielt ihn die Richterin nicht zurück. Ich konnte sehen, dass er weinte, als er bei der Tür hinausging. Das wunderte mich, deshalb erinnere ich mich daran. Der Vater, der Porzellanmaler, wurde natürlich sofort freigelassen. Er wirkte völlig niedergeschlagen, sodass wir ihn nicht allein im Auto nach Wien zurückfahren lassen konnten. Die Richterin, eine außergewöhnlich einfühlsame Frau, brachte ihn in einem Hotel in Koper unter, wo er in der Nacht einen Herzinfarkt erlitt. Sie kümmerte sich weiter sehr hilfsbereit und abseits aller Dienstvorschriften um den Mann, der sich im

Spital von Izola rasch erholte und nach Wien zurückkehren konnte. Vor wenigen Tagen war die Richterin hier bei uns und zeigte uns ein Porzellanbild, das er ihr zum Dank für ihre Zuwendung geschickt hatte. Es zeigt eine Vase mit vielen blühenden Blumen. Sie freute sich sehr über das Bild, besonders, als wir sie mit einem Scherz darauf aufmerksam machten, dass die Blumen darauf, Rosen, Narzissen, Tulpen, Astern, Lilien und Margeriten, nur im Kopf des Malers gleichzeitig blühen."

Wer nie weggegangen ist, versteht die Heimkehrenden nicht. – Walter Ludin

13

Der Duft des Heimkommens

Kitzeck, Steiermark
Manaus, Amazonien
München, Bayern
Suva, Fidschi, u. a.

Heute ist wieder so ein schöner Nachmittag. Im Backofen liegen vier Laibe Brot, ich freue mich auf die ersten knusprigen Bissen. Beim Kneten habe ich viel Mühe aufgewandt, damit die Rinde möglichst rissig wird. Seit zwei Jahren backe ich mit großer Leidenschaft mein eigenes Brot. Das Rezept stammt von meiner Nachbarin Rosina, die anfangs sogar zu mir ins Haus gekommen ist, um mich das Brotbacken zu lehren. Auf die Würze, so hat mich Rosina wissen lassen, komme es vor allem an: „Das ist bei Ihrem Schreiben ja auch so", sagte sie, „ja, überall im Leben ist das so!" Ich lege großen Wert auf die richtige Mischung aus Fenchel, Anis, Salz und Kümmel. Und seit meinem Besuch des Camus-Grabes in Lourmarin füge ich meinem Brot auch Thymian, Rosmarin und sogar Lavendel bei. Das hat für mich Flair. 300 Grad hat es im Backofen. In den folgenden Stunden wird die Temperatur pro Stunde um zirka 40 Grad fallen, das heißt: Bis das Brot fertig ist, habe ich eine bis eineinhalb Stunden Zeit. Ich gehe in mein Arbeitszimmer.

Meine 29 Reisetagebücher stehen in dem Schrank, den ich als meine Schatztruhe bezeichne. Schön nebeneinander aufgereiht stehen sie da, selbstbewusst lehnen sie sich aneinander. Jedes dieser Tagebücher steht für eine besonders intensive Zeit meines Lebens. Persönlichkeiten mit Vergangenheit sind das, die Seiten innerhalb der steifen Buchdeckel sind eng beschrieben und doch nur abstrakter Abklatsch sehr konkreter Erlebnisse, die mit Planung und Improvisation, mit Überraschung und Bestätigung, mit Gefahr, Erlebnisfreude und auch Anstrengung zu tun haben. Landschaften, Städte, Erlebnisse und Menschen schlummern zwischen diesen Buchdeckeln. Sie warten darauf, von der Erinnerung wach geküsst und erzählt zu werden. Wie uns schon der große Goethe hat wissen lassen, ist die wichtigste Funktion des Reisens, dass man was zu erzählen hat. Und wenn ich in meinen Tagebüchern blättere, wenn ich die vielen Notizen sehe, kommt die Phantasie auf Touren. Die eine Szene überfliege ich noch, die nächste aber hält mich schon fest. So heizt sich die Erinnerung auf und wird durch das Feuer der Phantasie zum „Backofen“ für Geschichten …

… im Brasilien-Buch stoße ich auf die Notiz über jenen Buschauffeur in Manaus, der mit dem riesigen Autobus von seiner planmäßigen Route abbog, um mich vor das Haupttor des Amazonas Shopping Centers zu bringen. Unter dem Applaus der mich umgebenden, überwiegend weiblichen Fahrgäste, für die das Erreichen meines Ziels zum Anliegen geworden war, stieg ich aus. Viele Passanten, die an dieser Stelle noch nie einen Bus gesehen hatten, lächelten staunend, der Chauffeur winkte mir beim Weiterfahren ein letztes Mal zu. Als ich, nur wenige Minuten später und zwei Stockwerke höher, das Angelzeug für meinen Amazonas-Ausflug sondierte, beglückwünschte mich der Verkäufer bereits als den besonderen Mann, der mit dem Bus vor die Haustüre geführt worden war …

Oder aus einem anderen Buch: Vor vielen Jahren war ich mit A., einer großen Literaturliebhaberin, in München. Ich hatte bei meinem deutschen Verlag zu tun. Mitten im Hochsommer. Es war unerträglich heiß, und, was für uns beide noch schlimmer war, es gab für den Abend fast überhaupt kein Kulturangebot. München war leer. Die Münchner tummelten sich im Freien, die Theater waren geschlossen – bis auf eine kleine, uns völlig unbekannte Bühne in der Vorstadt. Und ausgerechnet dort spielten sie eines meiner Lieblingsstücke: *Warten auf Godot.* Wir fuhren am Abend hin, ziemlich früh, kauften die Karten und setzten uns an die behelfsmäßig errichtete kleine Bar, um ein Bier zu trinken. Der Impressario selbst bediente uns. Er sah aus wie Edward G. Robinson mit einer riesigen roten Alko-Nase. Da sich weit und breit keine weiteren Besucher zeigten, kam er ins Erzählen: Erstmals habe er gemeinsam mit seinem Freund und Lebenspartner für den Sommer dieses Theater gepachtet. In Erwartung einer lukrativen Spielzeit ohne Konkurrenz hätten sie mit *Warten auf Godot* ein Stück einstudiert, von dem sie überzeugt waren, einen Kassenschlager zu haben. Aber nichts davon sei eingetroffen, das ganze Vorhaben trotz einer kleinen Subvention durch das Kulturamt ein Riesenflop, den sie dadurch noch vergrößert hätten, dass sie beide mit Freunden, die regelmäßig und pünktlich zum Ende der Vorstellung aufzutauchen pflegten, die gesamte alkoholische Kommissionsware ihrer Theaterbar weggesoffen hätten. Jetzt säßen sie auf einem Berg von Schulden. An jenem Abend kam kein Besucher mehr. A. und ich tranken mit den beiden einige Gläser Bier und Wein. Wir teilten irgendwie ihre tragisch-komische Verzweiflung, und das beeindruckte sie so, dass sie darauf bestanden, nur für uns beide *Warten auf Godot* zu spielen …

Ich warte auf meine Brote. Die mittlerweile erdbraun gewordenen Laibe im Rohr schauen schon gut aus. Ich habe nachgesehen und die Glut ein wenig zurückgeschoben. Die Temperatur ist fast gleich geblieben. Beim Backen, beim Kochen, beim Grillen werden verschiedene Materialien zusammengefügt, um daraus eine möglichst wohlschmeckende Gesamtkomposition zu erzeugen. Es sind Schöpfungsakte. Absolut friedliche Tätigkeiten. Sie sind kreativ und konstruktiv, und das heißt viel in einer Welt des Kampfes, des atemlosen Wettbewerbs und der in vielen Bereichen herrschenden Destruktivität. Darin mag der Grund für die gegenwärtige Renaissance des Hobbys Kochen liegen …

… ich greife zu einem sehr alten Tagebuch, das ich schon lange nicht mehr in der Hand gehabt habe, und lese von der Ankunft meines Schiffes *QSS Arkadia*, auf dem ich als Steward arbeitete, in Suva, der Hauptstadt der Fidschi-Inseln. Ich erinnere mich genau: Es war Vormittag. Das Schiff hatte angelegt. Unsere Passagiere machten sich zum Landgang bereit. Wir sollten bis Mitternacht in Suva bleiben. Diejenigen von der Bar- und Speisesaalcrew, die wie ich nicht zum reduzierten Service an Bord eingeteilt waren, würden nach einigen Arbeiten das Schiff gegen Mittag zum Landgang verlassen dürfen. Ich war auf dem A-Deck zum Putzen eingeteilt und arbeitete backbords, als ich plötzlich von der Steuerbordseite Musik hörte. Ich traute meinen Ohren nicht: Eine 30-Mann-Kapelle war in farbenprächtiger, blumenreicher Südseetracht angetreten. Während unsere Passagiere von einem Mädchenkomitee nach Landessitte mit Blumenkränzen behängt wurden, sobald sie von der Gangway an Land stiegen, spielte die Kapelle den Radetzkymarsch. Wenig später erfuhr ich von einem unserer griechischen Offiziere, dass dieser urösterreichische Marsch in Suva schon seit Jahren als Willkommensgruß gespielt wurde. Der Kapellmeister war ein verkrachter Schweizer Jazzmusiker, den es vor Jahren hierher verschlagen hatte – auf der Flucht vor seiner Frau.

Schauplatzwechsel: Überfall in Arusha, nahe dem Kilimandscharo in Nordtansania. Wir, der Kameramann Alexander P., der Tonassistent Wilfried S. und ich, hatten die letzten Tage mit anstrengenden Dreharbeiten bei den Massai in der Serengeti und im Ngorongoro-Krater verbracht. Es war schwierig gewesen, Drehgenehmigungen zu bekommen, und wir wurden mehr zur Kontrolle als zur Unterstützung von einer vierköpfigen Militärpatrouille begleitet. Tansania stand damals unter seinem Präsidenten Nyerere nicht nur wirtschaftlich eng unter Chinas Kuratel. In Arusha wurden wir von der Militärbehörde in einer Lodge untergebracht, getrennt, aus welchen Gründen immer. Jeder von uns bekam eines der kleinen Einzimmer-Häuser, die rund um das Hauptgebäude verstreut waren. Vor jedem dieser Häuser war ein Soldat postiert, zu unserem Schutz, wie es hieß. Wir waren müde und gingen früh zu Bett. Als ich in der Nacht erwachte und im Halbdämmer die Augen öffnete, sah ich eine Gestalt in meinem Zimmer, die sich an meinen Kleidern zu schaffen machte. Ich schloss die Augen und wollte weiterschlafen – da durchschoss es mich plötzlich: Um Gottes willen, da ist ja jemand in meinem Zimmer! Was tun? Ich spannte meinen Körper einige Sekunden lang an. Dann ließ ich einen gewaltigen Schrei los und sprang aus dem Bett, auf die Gestalt zu, die aber zu schnell, als dass ich sie hätte fassen können, aus dem ebenerdigen, weit geöffneten Fenster stürzte. Der Hauptmann, der die Truppen in der Region Arusha befehligte, bat mich am nächsten Morgen zu sich und teilte mir zerknirscht mit, dass der Eindringling mein Bewacher gewesen war. So wie ich das tansanische Militär kennenlernte, will ich mir heute noch nicht vorstellen, was aus dem jungen Mann wurde …

Und so erinnere ich die Bilder, hinter denen die Geschichten hocken: Ich denke an den betrunkenen Indio, der auf dem Flug von Santiago zu den Osterinseln neben mir saß. Als er einmal seinen Aktenkoffer öffnete, war ich verblüfft, weil dessen Inhalt ausschließlich aus gebündelten Dollarpaketen

bestand. Ein herausfordernder Ansatz für eine weitere Geschichte. Oder ich denke an zwei wortkarge Männer, die bei über 40 Grad Celsius mitten im Death Valley joggten, bis einer von ihnen zusammenbrach. Dann fällt mir der Schwule ein, der mir im südlichsten Zug der Welt, im Kingston Flyer in Neuseeland, erzählte, dass er reisen müsse, weil sich sein Partner in San Francisco in einen anderen verliebt habe. Ich denke an die keineswegs verrückte Studentin aus Nowosibirsk, die am Moskauer Kasaner Bahnhof nach intensiver Diskussion plötzlich aufstand und mir und der gesamten Umgebung feierlich schwor, dass Putin von ihr hören würde, weil sie etwas so Großes schaffen werde, dass darin alles Kleine aufgehen und sich relativieren werde. Ich erinnere ebenfalls meinen Gastgeber im *Raffles* Hotel in Singapur, der alle um sich tot redete und Wissensdurst und Kultur als die grundlegenden Missverständnisse menschlichen Seins bezeichnete, während seine Frau sich demonstrativ und ungeniert am Tisch die Nägel feilte. Ich denke auch an jenen Moldawier, dem wir immer wieder gestempelte deutsche Briefmarken zukommen ließen. Die klebte er auf die gefälschten Briefe, die er seiner alten Nachbarin als Lebens- und Liebeszeichen von deren untergetauchter Tochter schrieb, mit fingiertem deutschem Absenderort. Das sind Erlebnisse, die darauf warten, zu Erzählungen „gebacken" zu werden …

Kurz gehe ich zum Backofen. Alles ist okay. Ich besprenge die Brotlaibe mit ein wenig Wasser. Sie sind schon so fest geworden, dass ich sie ein bisschen verschieben kann. Mit einem Werkzeug, das einem Spargelschäler ähnelt, füge ich der Rinde einige Risse zu. Dann gehe ich zurück ins Arbeitszimmer und stelle mit großem Wohlbehagen fest, dass das Brot bereits zu duften beginnt …

… rund um uns duftete der Lavendel. An einem heißen Augusttag stand ich mit meinem Freund Christian J. in Lourmarin vor dem Grab von Albert Camus. Christian ist ein begnadeter Fotograf. Jedes Jahr verreisen wir beide in eine europäische Landschaft und saugen auf stundenlangen Fotopirschgängen Menschen und Landschaft auf. Ich bin dankbar für die Tricks, die er mir zeigt. Rund um Lourmarin blühten die Lavendelfelder in gleichmäßigen geometrischen Wellen. Lavendel, Thymian und Rosmarin auch auf dem Grab von Camus und auf den Gräbern daneben: Im linken ruhte Madame Camus, im rechten ein ehemaliger Colonel der Légion étrangère, der Fremdenlegion. Das Fremdsein ist das große Thema von Camus. Und hier um das Grab war alles karg. Und fremd. Weder Christian noch ich hatten den Besuch des Grabes von Camus geplant. War es ein Zufall, dass ich als Reiselektüre Marlene Haushofers *Die Wand* und *Der fremde Freund/Drachenblut* des unvergleichlichen Christoph Hein mitgenommen hatte? War es Zufall, dass ich wenige Monate später Hein in Berlin persönlich kennenlernte? Ist es ein Zufall, dass ich plötzlich hier in meinem Arbeitszimmer den Lavendel rieche? Gerüche lösen nicht selten Erinnerungen aus. Die Erinnerung selbst aber ist geruchlos.

In meinem Arbeitszimmer verbreitet sich der Duft meines Brotes, obwohl mein Backofen im Freien steht, wenige Meter neben dem Haus. Die Temperatur ist mittlerweile auf 270 Grad gesunken. Der harmonische Wohlgeruch des Brotes zieht durch das ganze Haus. Das Mehl vor allem, aber auch der Fenchel und die anderen Kräuter, dominieren diesen Duft, der ein Märchen ist. Ein Märchen, das mit meinen Reisetagebüchern zu tun hat, weil es vom Ankommen handelt. So riecht das Heimkommen. Wie frisches Brot.

*Die gefährlichste aller Weltanschauungen
ist die Weltanschauung der Leute, welche die Welt
nicht angeschaut haben.* – ALEXANDER VON HUMBOLDT

14

Scheingefechte

Furingiri, Uganda
Senqu-Fluss, Lesotho

Ende August. Der sechste Tag unserer Tour durch Uganda. Kurz nach Mittag: Reifenpanne! Es half nicht, dass Frederic an jeder Kirche, die wir passierten, ein Kreuzzeichen machte. Andererseits: Nach mehr als 1000 Kilometern auf holprigsten Pisten war das fällig. Dumm war nur, dass sie uns in Masaka den Reservereifen samt Wagenheber und Werkzeugkiste gestohlen hatten. Wir waren nicht wirklich überrascht, aber ein wenig ratlos. Musste ja so kommen. Unser Fatalismus erwies sich als Bumerang. Weit und breit keine Werkstatt.

Vor vielen Tagen verließen wir Kampala, meine Begleiterin G., Frederic, der Chauffeur, den unsere Freunde aufgetrieben hatten, und ich. Bald nach Kampala überquerten wir den Äquator. In Mpigi bogen wir ostwärts ab, dann ging es den Victoriasee entlang südwärts nach Masaka und Mbarara, nach drei Tagen erreichten wir Kabale, ganz unten im Süden an der Grenze zu Ruanda. In Kabale fand ich Gelegenheit, meine ersten Berichte abzuschicken. Wir blieben eine Zeit lang dort, dann wandten wir uns westwärts und fuhren in das wunderschöne Kisoro-Gebiet, bergauf und bergab und bergauf, auf kantigen und schlaglochreichen Pisten. Aber die Landschaft um uns entgalt für vieles: Tee- und Kaffeeplantagen, terrassenartig und symmetrisch in die grünen Hügel gepflanzt, dazwischen Süßkartoffelfelder, Elefantengrasmatten, blühende Eisenholzbäume, Parinari und Schraubenpalmen, in deren Schatten die strohgedeckten Dorfhütten standen. In den Lodges, in denen wir nächtigten, führten die Wächter Mungos an den Leinen. Wir sahen sehr viele Schlangen, die sich auf den Pisten sonnten.

Und jetzt die Panne. Frederic meint, dass der Reifen wahrscheinlich irreparabel ist. Aber er zeigt sich überzeugt, rasch einen neuen Reifen auftreiben zu können, denn Landrover sind in Uganda sehr gebräuchlich, vor allem solch alte Modelle wie unseres. Die drei Männer, die im Schatten einer Schirmakazie Malaka essen, sagen, dass es ungefähr zehn Meilen nach Furingiri seien. Demnach wären wir verdammt knapp an der Grenze zur kriegsgebeutelten Republik Kongo. Die Männer wirken furchtsam und reden eher widerwillig mit Frederic, wahrscheinlich in Swahili. Das Misstrauen sei die Eigenheit der Menschen hier, sagt Frederic, sie gehörten dem Bakiga-Stamm an. Frederic, er ist ein Buganda, geht los, um Hilfe zu holen. G. und ich setzen uns ins Auto, das mitten auf der Piste steht, ungeschützt, in der prallen Sonne, die jetzt um die Mittagszeit genau über uns steht. Ich starte den Wagen und lenke ihn vorsichtig und langsam unter die Akazie. Die Männer laufen weg. Wegen der Klimaanlage lasse ich den Motor laufen.

Seit Frederic weg ist, hat sich die Szene schlagartig verändert. Die Männer reden nicht mehr miteinander. Sie beobachten uns. Ich möchte die Situation entspannen, nehme die Polaroid Kamera und steige aus dem Wagen. Aus unserer Geschenke-Schatztruhe nehme ich einige Kaugummis, Malstifte und Kugelschreiber. Damit versuche ich mich den Männern zu nähern, die etwa 30 Meter weit weg stehen. Schon bei meinen ersten Schritten weichen sie, brüllend und hysterisch mit den Armen fuchtelnd, zurück. Ich bleibe stehen. Der Abstand zwischen uns ist aber kleiner geworden. Irgendwie spüre ich, auch auf die Entfernung, dass die Männer betrunken sind. Als alle weiteren Versuche der Kontaktaufnahme scheitern, setze ich mich wieder in das laufende Auto und beruhige G. Sie ist zum ersten Mal in Afrika und hat Angst.

Was tun? Abwarten, sage ich. Abwarten, Auto laufen lassen und wachsam sein. Frederic kann höchstens drei, vier Stunden wegbleiben. Er ist clever, das habe ich in den Tagen unseres Unterwegs-Seins schnell gemerkt. Er ist sensibel, findet den richtigen Ton und kennt die Menschen hier. Er geht auf sie zu und wird als Einheimischer akzeptiert, auch wenn er aufgrund seines städtischen Äußeren nicht ganz auf Augenhöhe agieren kann. Wir drehen die Lehnen der Vordersitze zurück und versuchen, bei laufendem Motor zu schlafen. Das Auto habe ich von innen verriegelt. G. zittert leicht, das merke ich, weil sie ihren Arm um meine Taille legt. Das gibt Sicherheit. Sie schläft bald ein.

Ich weiß es nicht genau, aber auch ich dürfte eingenickt sein. Es ist mittlerweile schon 16 Uhr geworden. Und von Frederic noch keine Spur. Als ich mich aus G.'s Umklammerung löse und meinen Kopf hebe, um hinauszuschauen, treten mir trotz der angenehmen Temperatur im Wagen sofort Schweißperlen auf die Stirn: In kürzester Zeit haben sich die Männer vermehrt, an die 20 sind es geworden. In etwa zehn, fünfzehn Metern Entfernung stehen sie in einem Haufen beisammen und tuscheln miteinander.

Was tun? Ich setze mich auf und greife instinktiv nach dem Pfefferspray im Handschuhfach. Und ich vergewissere mich, dass das Auto nach wie vor verschlossen ist. G. schläft Gott sei Dank fest. Unser bisheriger Trip durch Uganda hat sie offensichtlich einigermaßen angestrengt. Fast alle Männer tragen kurze Hosen und T-Shirts in dunklen schmutzigen Farben, einige wenige haben allerdings nur fetzenartige Umhänge, die gleich einer Toga über einer Schulter zusammengeknüpft sind. Keiner hat eine Uhr am Arm, aber viele halten Stöcke in der Hand. Die älteren tragen Bärte. Alle sind barfuß. Es muss sich um die gesamte männliche Einwohnerschaft irgendeines nahen Dorfes handeln. Bei Afrikanern ist es schwierig, das Alter zu schätzen, alle Jahrgänge sind vertreten, aber die große Mehrzahl sieht eher jugendlich aus, so um die 20, würde ich sagen. Und mit plötzlichem Erschaudern notiere ich, dass die Gruppe näher kommt. Zögerlich zwar, abwartend, irgendwie furchtsam.

Und dann beginnt ein Schauspiel, das furchterregend wirkt, mir aber die Angst nimmt, weil es mich sofort an eine Szene erinnert, die ich vor zwei Jahren erlebt habe, tausende Kilometer weiter südlich, in Lesotho, beim Fliegenfischen im Quellbereich des Senqu-Flusses. Mit Affen.

Mein Guide und ich flüchteten damals in die Mitte des Flusses, als sich eine Herde von etwa 20 aggressiven Gibbons näherte. Affen fürchten nichts mehr als das Wasser. Einige Stunden waren wir eingekesselt. Das Rudel bestand fast nur aus Weibchen, denen die beiden männlichen Anführer zum Teil aberwitzige Imponiergesten vorführten. Sie liefen und sprangen in unsere Richtung. Sie stießen wütende Laute aus und drohten mit hässlichem Zähnefletschen. Mit ihren langen Armen simulierten sie Schläge. Sie verspotteten uns, indem sie uns den After entgegenhielten. Insgesamt war alles so, als wollten sie uns mit Haut und Haaren fressen.

So fremd das klingen mag: Ich musste damals, trotz meiner Not, an die Burschen bei uns zu Hause denken, wie sie auf ihren Mopeds und Motorrädern sitzen und mit dem Gaspedal bis zum Burnout spielen. Und an die Ego-Shooter, die, mit Visitenkarten, Viertelhalbwissen und schnellen Urteilen, mit

Golf-Handicap, Jacht oder Ferrari ihre Persönlichkeitsdefizite kompensieren. Vollgas im Leerlauf ist das. Leerlauf, weil ohne jedes gesellschaftspolitische Engagement. Und das Vollgas kommt aus der schrillen Lautstärke, die sich direkt proportional zur Kluft zwischen Eigen- und Fremdsicht verhält. *Keine Phantasie ist so verletzbar wie der Größenwahn,* sagt Bodo Kirchhoff, *wer sich selbst für riesig hält, aber von allen übersehen wird, kann nur mit Depression oder Wut reagieren.* Und das führt zu Scheingefechten, die ein Leben lang andauern. Und zu Isolation: *Wer wie Gott sein will, der isoliert sich. Er wird unfähig zu wahrer Kommunikation. Er sieht in allen Menschen nur den Feind. Daher weigert er sich, sich und das Seine in der Sprache miteinander zu teilen* (Anselm Grün).

Unsere Affenmännchen gaben Gas. Wütend, weil sprachlos, hielten sie uns ihre Visitenkarten entgegen. Sie sprangen vor und zurück, hysterisch spielten sie vor ihren Damen die Helden. Manchmal schienen sie den Fluss zu vergessen, dann kamen sie uns ziemlich nahe, aber sowie sie das Wasser spürten, schreckten sie sofort zurück. Auch wir benahmen uns wie die Affen. Der Guide und ich sprangen auf den Felsen des Flusses. Wir schrien, spritzten und peitschten unsere Angelruten durch die Luft. Das half, wir merkten schnell: Wann immer wir Ausfallschritte in ihre Richtung machten, wichen sie angstvoll zurück. Es dauerte, wie gesagt, einige Stunden, bis die Affen abzogen und wir, ebenso erschöpft wie die Tiere, gefahrlos unseren Wagen erreichten.

G. schläft noch, und ich sitze im versperrten Auto, hier in Uganda, und dieser Film läuft in Sekundenbruchteilen in meinem Kopf ab, als sich urplötzlich einer aus der Gruppe der Männer löst und gegen unseren Wagen springt. Ganz of-

fensichtlich zeigt er den anderen, die zusammengedrängt stehen, wie mutig er ist. Mit einer Taktik der Rückversicherung macht der Mann ein, zwei, drei Ausfallschritte nach vor, um danach sofort wieder ein Stück zurückzuweichen. Wie die Affen damals, nur lautlos, fletscht er die Zähne und droht mit einem Stock. Imponiergehabe. Wären Frauen in der Gruppe hinter ihm, müsste ich von Balzritualen sprechen.

G. ist erwacht. Sie klammert sich an mich. Mit vor Schreck geweiteten Augen schaut sie auf die Szene. Obwohl mir mulmig zumute ist, muss ich ihr zeigen, dass keine Gefahr besteht. „Scheingefechte!", sage ich mehr zu mir als zu ihr und steige forsch aus dem Auto. Die Polaroid halte ich vor mein Gesicht. Auch Imponiergehabe, aber ein Risiko, das sich lohnt: Der Mann rennt kreischend zurück zur Gruppe, die ebenfalls zurückweicht. Ich steige wieder in das Auto, fahre mit dem kaputten Reifen einige Meter nach vor und hupe mehrmals. Dann mache ich den Affen. Ich springe wieder aus dem Wagen, mache körperliche Verrenkungen, brülle in meine Polaroid, bevor ich, mit der Kamera vor meinem Gesicht, wieder auf die Gruppe ziele. Die Männer weichen zurück. Und wenn ich dann wieder im Auto bin, rücken sie vor, der Mutige fletscht wieder die Zähne. Er ist augenscheinlich betrunken und wird immer dreister. Als er es einmal wagt, seinen Stock gegen das Auto zu werfen, springe ich schnell aus dem Wagen und werfe den Stock zurück – und weil ich das sehr entschlossen und impulsiv tue, laufen er und seine Männer schreiend weiter zurück, als es im Rahmen des bisherigen Spiels notwendig gewesen wäre.

Kurz gefasst: Ich kann heute noch nicht sagen, ob und wie gefährlich die ganze Geschichte war. Uns passierte jedenfalls nichts. Das Spielchen dauerte aber doch eine Weile und kostete Nerven, bis uns Frederic, der mit einem Mechaniker im Pickup zurückkam, befreite. Wir konnten weiterfahren, hinauf zum Albert-See, zur Nilquelle nach Jinja und zurück nach Kampala.

Und dort waren unsere Freunde der Meinung, dass unsere dramatische Begegnung mit den Einheimischen nicht gefährlich gewesen sei. „Das waren Scheingefechte", sagten sie. (Scheingefechte wie die Talk-, Polit- und Rankingshows einer Mediengesellschaft, deren Mainstream von Fernsehköchen, Modeschöpfern und Ernährungsexperten bestimmt wird?) Wirkliche Gefahr hätte uns von anderer Seite gedroht: Nur wenige Meilen vom Ort unserer Reifenpanne entfernt waren vor Kurzem fünf Missionare mit durchschnittenen Kehlen gefunden worden. Die Rebellenmiliz LRA (Lord's Resistance Army) hatte die Verantwortung dafür übernommen, obwohl sie fast nur im Norden des Landes aktiv war. Unsere Freunde, die guten Kontakt zu Regierungskreisen hatten, waren aber davon überzeugt, dass versprengte Kongo-Soldaten das Blutbad angerichtet hatten.

Eine Mutter lässt eher ihre Jungen im Nest zurück, als dass sie ihre Verabredung für die lange Reise in den Süden verpasst. – CHARLES DARWIN

15

As time goes by

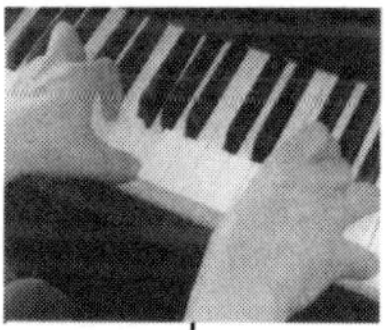

Belgrad, Serbien

Der dicke, alte Klavierspieler flirtet mit einem kleinen, vier oder fünf Jahre alten braunen Mädchen. In ihrem glänzenden Kraushaar funkelt ein greller grüner Metallschmetterling. Sie sitzt, einen kleinen roten Kinderrucksack vor sich auf dem Boden, auf einem Schemel, dicht neben dem Pianisten. Ihr Kopf hebt und senkt sich, während ihr Blick vom Pedal zu den tänzelnden Händen wandert, von da weiter zum Gesicht des Alten und dann zurück, wieder hinunter zum Pedal. Mit über der Brust verschränkten Händen sitzt sie da, interessiert und sehr ernst, links von dem Klavierspieler, auf der Bassseite sozusagen. Das Sakko eines ziemlich abgetragen wirkenden grauen Glencheck-Anzugs spannt über dem Bauch des glatzköpfigen Alten. Er krümmt seinen Rücken und spielt tief über seine Tastatur gebeugt, damit er die Kleine durch die Beuge seines linken Arms direkt im Blickfeld hat. *As time goes by* spielt er, und er spielt es wahrscheinlich zum tausendsten Mal, routiniert und doch faszinierend. Seine Aufmerksamkeit gilt ausschließlich dem Mädchen. Bei den ersten Takten des Liedes habe ich mir noch gedacht, wie gut es zu den bodenlangen vergilbten Samtvorhängen passt, die der Donauwind, den sie hier in Belgrad Koshava nennen, ganz sacht bewegt. Jetzt muss ich schmunzeln. Ich bin wahrscheinlich der Einzige hier im *Café Moskau*, der die Grimassen erkennen kann, mit denen der alte Pianist die kleine Braune zum Lachen bringen will, er spielt, so scheint's, nur für sie.

Es gilt für alle Geschichten, dass die Zeiten, in denen sie spielen, so unwichtig sind wie die Kulissen. Im Regelfall haben die zeitlichen und räumlichen Umstände nur für die Protagonisten Bedeutung. In diesem konkreten Fall ist es wichtig, die Uhr weit zurückzudrehen. Nicht um Tage und Monate, um Jahre geht es. Der Zeiger der Uhr rotiert wie die Kugel in der Rouletteschüssel. Er stoppt im Jahr 1967. Das graue Belgrad war vor 40 Jahren die Hauptstadt des streng kommunistischen, von Marschall Tito regierten Jugoslawien. Und ich war ein blutjunger Mann, den sein Chef mit einer sehr sensiblen Aufgabe betraut hatte: Ich sollte mit den besonders linientreuen kommunistischen Vertretern des serbischen Lokalradios Möglichkeiten der Zusammenarbeit ausloten, und zwar über alle ideologischen Grenzen hinweg.

Nie hätte ich geahnt, dass und unter welchen Umständen ich Belgrad wiedersehen sollte. Ich hätte keinem die Vorhersage geglaubt, dass ich mehr als zwei Jahrzehnte später im selben Café am selben Tisch sitzen würde: Im Dezember 1989 kam es dann aber dazu. Ich hatte tagelang aus dem rumänischen Bürgerkrieg berichtet. Nach der Hinrichtung Ceauçescus fuhr ich am Christtag dieses Jahres mit meinem Kamerateam und österreichischen Zeitungskollegen auf tief winterlichen Straßen nach Jugoslawien. Wir alle hatten große Angst und fuhren im Konvoi, weil man jederzeit mit einem Überfall versprengter Securitate-Truppen rechnen musste. Belgrad, das wir nach Stunden unversehrt erreichten, erschien uns damals wie das Paradies. Die Serben sollten das blutige Schicksal der Balkan-Separationskriege noch vor sich haben …

As time goes by … zurück zum Beginn dieser Geschichte, zurück ins Jahr 1967. Es ist Mai. Mittagszeit. Der alte Mann spielt und zieht Grimassen. Die Samtvorhänge bewegen sich leicht. Das kleine braune Mädchen blickt sehr ernst. Es wundert sich. Es ist überwältigt von den Bewegungen des Mannes, der damit ganz nebenbei Musik aus dem Klavier hervorzaubert. Unter den Gästen des Cafés kann ich keinen Menschen schwarzer oder dunkelbrauner Hautfarbe sehen, niemanden, der sich als Vater oder Mutter des kleinen Mädchens identifizieren ließe. Ich mustere die Gäste. Intensiv taxiere ich sie, die Jungen und Alten, die Einzelnen und die Pärchen, die Leser, die Plauderer und die Beobachter. Keiner lässt auf irgendeine Verbindung zu dem Mädchen schließen. Niemand interessiert sich für das Kind, ganz so, als gehöre es zum gewohnten Inventar.

Ich warte auf A., den Chefredakteur von Radio Belgrad, um mit ihm ein erstes persönliches Gespräch zu führen. In dieser Funktion muss einer ein ganz besonders parteitreuer Kommunist sein, denke ich mir. Im Hotel habe ich mich jedenfalls intensiv auf die Unterredung vorbereitet. Überall in der Stadt sind Aufbauten zu sehen: Der Geburtstag Marschall Titos, der in wenigen Tagen, am 25. Mai, gefeiert wird, soll ein aktueller Ausgangspunkt für das Gespräch sein, auch über Bakaric, Djilas und Kardelj, einige personae gratae, bin ich imstande zu reden. Ich fühle mich firm und bin davon überzeugt, schon bald konkrete Kooperationen auf den unverfänglichen Gebieten der traditionellen Volkskultur erreichen zu können. Demobänder dafür habe ich in meinem Aktenkoffer.

Die anheimelnde Genreszene im Café weckt in mir ein Gefühl der Behaglichkeit und gleichzeitig der Zuversichtlichkeit: Ich würde, so war ich mir nun sicher, die zu erwartende Auseinandersetzung mit dem „ideologischen Feind“ souverän bestehen. Ist es die Musik, die mich mit solcher Sicherheit erfüllt? Ist es dieses einmalige Miteinander der Generationen? Die Wärme des Bildes? Sind es die Grimassen des Alten? Oder rühren mich der „bemitleidenswerte“ Anzug und der Metallschmetterling? Ist es das aufmerksame Gesicht der Kleinen? Oder das metaphorische Schwarz und Weiß der Tasten, das im Dunkel und Hell der beiden Menschen ein Gegenstück findet? Ist es der zeitlose Wind in den Vorhängen?

Der Ober schreckt mich auf. In hervorragendem Deutsch teilt er mir mit, Chefredakteur A. bedauere, nicht kommen zu können. Er lasse mich grüßen. Ein Treffen werde zu seiner großen Freude aber am nächsten Tag möglich sein. Den genauen Termin würde er in mein Hotel übermitteln. Ich bin irgendwie erleichtert und will gar nicht darüber nachdenken, warum der Ober weiß, dass ich unter den zahlreichen Gästen hier der richtige Adressat dieser Botschaft bin, und woher A. die Information hat, in welchem Hotel ich abgestiegen bin. Der Pianist spielt mittlerweile eine andere Salonmelodie. Nach wie vor beobachtet er aber das kleine Mädchen, das jetzt in seinem Rucksack stöbert.

Ich zahle und trete hinaus auf die Terazije. Draußen gehe ich nicht wie alle anderen Kaffeehausbesucher nach rechts in die Fußgängerzone der Knez Mihajlova, wende mich vielmehr nach links, überquere die Marsala Tita und begebe mich in die Balkanska. Es ist sehr warm, zu warm fast für Mai. Männer sitzen in Hemden vor den Geschäften, spielen mit Würfeln, trinken türkischen Kaffee oder blinzeln einfach nur in die Sonne, während ihre Finger die Gebetsschnüre reiben. Einige dieser Männer tragen kleine rote, über den Hinterkopf gestülpte Fes, von denen schwarze Wollbänder baumeln. Frauen lassen sich kaum blicken. Die Balkanska trägt ihren Namen zu Recht. Sie ist eine sehr authentische Straße und fällt leicht zur Donau hinunter ab. Im farblosen grauen Belgrad gehört sie zum Buntesten, was die Stadt zu bieten hat. Es gibt keine Hochbauten hier, keine Bürokomplexe, keine Firmenpaläste. Je weiter weg vom Zentrum man sich bewegt, desto heimeliger wird diese Straße. Kleine, zum Teil sogar farbige Häuschen stehen bald links und rechts von der Fahrbahn, auf der es viel Leben, aber kaum Autoverkehr gibt. Die Balkanska ist eine Wohn- und Handwerkerstraße.

100 Meter mag ich im gelben Licht der Sonne geschlendert sein, vorbei an einer Schusterwerkstätte, einer Tischlerei, einem Obstladen, als plötzlich ferne Rhythmen an meine Ohren dringen. Es sind nicht nur Rhythmen, es ist Musik, eine Musik, die näher kommt und lauter wird. Es sind fremde Töne. Eine immer gleiche Melodie tänzelt auf einem Trommelbett. Wie in einer Stafette wechseln sich die Blasinstrumente ab, welche diese sehr folkloristisch anmutende Melodie intonieren: Flöte, Fagott, Oboe. Es ist, als würde die Donau unter uns zu einem rhythmisch-melodischen Crescendo-Rausch anschwellen und den Berg herauffluten. Ich bin überhaupt kein Musikexperte. Ich kann es nur in meinen Worten festhalten: In der Musik, die an mein Ohr drängt, entwickelt sich nichts. Die immer gleiche Melodie wird mir zur Metapher für Gefühl, Phantasie, Ekstase und Ausbruch aus einem militärisch starren Ordnungssystem, welches der marschierende Trommelwirbel darstellt. Aus dem anfänglichen Pianissimo ist ein Forte geworden. Die ganze Straße füllt sich mit Musik. Ich bleibe stehen und will das Orchester erwarten. Aber es kommt kein Orchester. Und plötzlich ist es still. Ich blicke mich um. Das Leben um mich hat sich überhaupt nicht verändert. Die Männer würfeln, trinken Kaffee, tratschen und blinzeln weiter in die Sonne, so, als ob sie das alles längst gewohnt seien. Als wäre die Musik nichts weiter als das gewohnte Gebet des Muezzins.

Zehn Minuten lang dürfte ich die Musik gehört haben. Seit zwei Minuten ist es jetzt schon still. Da macht es keinen Sinn mehr, auf ein Orchester zu warten. Fragend schaue ich den Gemüsehändler an, der unter einem Kranz getrockneter roter Paprikaschoten an seiner Geschäftstür lehnt. „Bäcker", sagt er und weist mit dem Kopf die Straße hinunter: „Boulanger! Fornaio, Panificio!" Ein anderer kommt jetzt und zieht mich am Arm in die Mitte der Straße. Dort zeigt er auf ein gelbes einstöckiges Haus mit offenen Fenstern und sagt „Bäcker! Brot! Boléro-Brot." Ich verstehe gar nichts mehr, entnehme dem Lächeln der Umstehenden aber, dass mein blöder Blick nicht uncharmant ankommt. Mehrere Hände weisen jetzt zu dem gelben Haus. Ich lächle und mache mich auf den Weg.

Und da beginnt die Musik wieder. Leise zuerst, die Trommel erdrückt fast die Flöte. Als das Fagott die Melodie übernimmt, stehe ich vor dem gelben Haus und sehe durch das offene Fenster den Bäcker, wie er auf einer weiten Holztafel konzentriert und artistisch arbeitet: Immer wenn er ein kleineres Stück vom großen Teigkörper abgetrennt und geknetet hat, wirft er es ebenso treffsicher wie elegant in eines der etwas abseits stehenden Holzkörbchen. Dort darf es bis zum Einschieben ruhen. Nie verfehlt er ein Körbchen. Jeder Laib landet genau in dessen Mitte. Und das alles macht dieser Teigkünstler im Takt der Musik! Ich kann mich nicht losreißen. Diese herrliche Musik! Dieses ausdrucksstarke Ballett der Bäckerhände! Auf dem unspektakulären und immer gleichen Fundament des Teigs färbt sich die Melodie des Geschmacks durch die verschiedenen Gewürze. Das ist Brotmusik! Wir schreiben das Jahr 1967, es ist Mai, und ich höre zum ersten Mal in meinem Leben Maurice Ravels *Boléro*.

Der Bäcker hat mich natürlich gesehen. Ganz offensichtlich genießt er meine Bewunderung. Sowie die Musik zu Ende ist, winkt er mich hinein. Im Raum bietet er mir einen Platz an einem kleinen Tischchen an, das ich von der Straße aus nicht sehen konnte. Ich setze mich. Er hat von irgendwoher ein Glas Wein gezaubert. Das stellt er vor mich hin. Dann legt er die Nadel auf die Platte und beginnt wieder, zur Musik zu arbeiten. Ich sitze hinter seinem Rücken. Alles zwischen uns ist schweigend passiert, da wir einander nicht verstehen können. Ein junger Mann, ebenso weiß gekleidet wie der Bäcker, hat die gefüllten Körbchen geholt und neue aufgestellt. Ich konstatiere, dass der Bäcker seine Arbeit nicht unterbrechen kann. Und: Es werden stets so viele Körbchen aufgestellt, wie der Bäcker in den 15 Minuten, die der *Boléro* dauert, rhythmisch füllen kann. Es ist, wie gesagt, das erste Mal in meinem Leben, dass ich den *Boléro* höre, und ich höre ihn an diesem Nachmittag in Belgrad nicht weniger als zwölfmal hintereinander. Und jedes Mal füllt der Bäcker mein Weinglas auf.

Alles in allem sitze ich mehr als drei Stunden an meinem Tischchen. Dann ist der gesamte Teigvorrat verbraucht. Der Bäcker wäscht sich die Hände und setzt sich zu mir. Wir haben uns die ganze Zeit nur angelächelt. Sein Gehilfe bringt uns frisches Brot, das noch warm ist. So sitzen wir, essen und prosten einander lächelnd zu. Viele Menschen gehen inzwischen bei der Haustür ein und aus, sie holen sich aus irgendeinem Raum des Hauses, den ich nicht kenne, das abendfrische Brot nach Hause. Hin und wieder geht der Bäcker zur Tür und ruft auf Serbisch irgendeine Anweisung irgendwohin. Draußen ist es dunkel geworden. Ich spüre den Alkohol im Kopf, aber ich fühle mich wohl. Es ist herrlich, nicht zum Reden verpflichtet zu sein. Das Schweigen tut auch meinem Bäcker gut. Als ich endlich aufstehen und mich verabschieden will, drückt mich der Bäcker sachte auf meinen Sessel zurück. Seine Zeichen interpretiere ich so, dass jemand käme, der mit uns reden könne.

Und wieder einmal soll es für mich an diesem Tag eine Überraschung geben. Der Besuch, den wir erwarten, kommt kurz nach sechs. Der Bäcker fängt plötzlich zu strahlen an, denn er, der weiß, wen er erwartet, hört ihn lange vor mir. Er nimmt mich bei der Hand, führt mich zum Fenster und zeigt die Straße hinauf. Da sehe ich ihn, den Pianisten des *Café Moskau,* wie er das kleine braune Mädchen an der Hand führt und mit jedem, wirklich jedem, auf der Straße spricht. Er lacht und hüstelt, er redet und singt sogar. Ein Auftritt, eine Show, eine Inszenierung, eine Erscheinung. Das Mädchen wirkt jetzt am Abend noch dunkler. Es hat seinen Rucksack umgeschnallt und blickt so ernst, wie ich es kenne. Der Pianist heißt Dragan. Er ist der Zwillingsbruder meines Bäckers, der Goran heißt. Das stellt sich schnell heraus, als Dragan bei uns Platz nimmt. Er spricht ein hervorragendes Deutsch und liefert mir einen ganzen herrlichen Abend lang sämtliche Aufklärungen. Er ist der Großvater des kleinen Mädchens, das jetzt auf Gorans Schoß sitzt. Sein verzweifelter Sohn ertrug vor vier Jahren die Schmach nicht. Nachdem ihm seine Freundin zur Verblüffung aller dieses braune Kind geboren hatte, drehte er durch und verschwand. Zuvor versuchte er, seine Freundin umzubringen. Die Freundin, von der nichts über den wirklichen Vater des Mädchens herauszukriegen war, wartete das Ende der Stillzeit ab, dann verschwand auch sie. Dragan und Goran, beide inzwischen zu Witwern geworden, leben jetzt mit dem Mädchen, das sehr an ihnen hängt. Dragan hat zugunsten des Kindes sogar auf seine Karriere bei den Belgrader Philharmonikern verzichtet. Er hat gekündigt und lebt jetzt von temporären Engagements als Pianist. Er akzeptiere aber nur solche Engagements, zu denen er seine Enkelin mitbringen dürfe, sagt er.

Die klassische Musik ist beider Leidenschaft. Auch Goran, der kein Instrument spielt und auch nicht Musik studiert hat, liebt sie. „Die Geschichte mit dem Boléro-Brot ist uns irgendwann einmal gekommen“, sagt Dragan im Laufe des Abends, „aber Goran bäckt auch zu *Valse triste* von Sibelius, zur *Moldau,* zum *Donauwalzer* und zu einigen Walzern von Chopin. Das hängt von vielem ab, von der Stimmung, vom Wetter, vom Geschäftsgang! Die Leute haben anfangs gelacht. Heute mögen sie das. Viele wollen überhaupt nur mehr das ‚Musikalische Brot‘ essen! Unter diesem Titel verkaufen wir es auch, das heißt, wir verkaufen tageweise Boléro-Brot oder Moldau-Wecken oder Walzer-Stollen!“

Die Zeitungen seien inzwischen auf Goran aufmerksam geworden, einmal habe er sogar im TV-Studio zum Andantino der 1. Trompetensonate Rossinis seine Brotlaibe formen müssen, die dann einem guten Zweck zugeführt wurden. Goran habe im Fernsehen erklärt, dass für die Harmonie eines Brotteigs nichts so gut sei wie Musik. Er habe Mozart zitiert, der auf die Frage, warum er so gut komponiere, geantwortet habe, dass er es nicht wisse. Seine Kunst sei es einfach, Töne zusammenzubringen, die einander mögen. Jetzt begännen übrigens auch schon andere Bäckereien, ihr Brot zu Musik zu backen. Und in den einschlägigen Zeitungsannoncen würden bereits Bäcker mit Musikkenntnissen gesucht. Goran wirft immer wieder Erläuterungen ein, die mir Dragan übersetzen muss. Wir legen Platten auf, auf meinen Wunsch hin hauptsächlich den *Boléro,* den ich an diesem Tag schließlich an die 30 Male gehört haben sollte. Es ist ein schöner Abend. Als wir auseinandergehen, schläft das kleine Mädchen bereits seit Langem in seinem Bett. Wir Männer sind ziemlich betrunken.

Tage später, wieder in Österreich, kaufte ich mir sofort den *Boléro* (Jahre später sollte ich sogar den Film *Die Traumfrau* sehen, mit dem *Boléro* als Hintergrundmusik für die exzessiven Liebesszenen). Ich las, dass Ravel dieses aufregende Musikstück für die Ballett-Compagnie seiner berühmten Freundin Ida Rubinstein geschrieben hatte. Von dieser Truppe wurde es am 22. November 1928 an der Pariser Oper uraufgeführt, Maurice Ravel leitete selbst das Orchester. Das alles las ich Tage nach meinem Belgradaufenthalt. Und besonders bemerkenswert fand ich den Vermerk, dass Ravels Großvater Bäcker gewesen war.

Als ich Weihnachten 1989 aus dem gefährlichen Rumänien nach Belgrad kam, führte mich mein erster Weg ins *Café Moskau*. Es war – wie schon erwähnt – der Nachmittag des Christtages. Viel Schnee lag in den Straßen Belgrads. Es war kalt. Nur wenige Leute waren unterwegs. Das Café war spärlich besetzt, weil alle Menschen in jenen Tagen des Ostaufbruchs, als überall die Kommunisten verjagt wurden, vor den Fernsehapparaten saßen. Über Moskau, Bukarest, Warschau, Ostberlin, Prag und Budapest fegten die sprichwörtlichen Stürme der Geschichte hinweg. In Temesvár hatten wir sehr gefroren. Hier im Café war es warm und ruhig. Ich trank Tee mit meinem Team, und ich musste lächeln, als die braune Dame am Klavier zu spielen begann. Wenn ich die Augen schloss, konnte ich sogar einen bunten Metallschmetterling in ihrem Kraushaar sehen … *as time goes by* …

Ich gegen meinen Bruder.
Ich und mein Bruder gegen unseren Cousin.
Ich, mein Bruder und unser Cousin gegen unsere Nachbarn.
Wir alle gegen den Fremden. – BEDUINEN-SPRICHWORT

16

Eine Waffe namens Liebe

Jericho, Palästina

Trotz seiner erst 42 Jahre hat Abu Kaff einen schlohweißen Kopf. Der Palästinenser hat sieben Kinder. Und er verweist stolz auf die 30 Enkel, die ihm seine Kinder bisher geschenkt haben: „Wir brauchen Kinder für die Zukunft Palästinas!"

Auf dem Highway 1 kurz hinter Jerusalem besteht der wenige Verkehr vor allem aus Trucks, die in streng versiegelten Laderäumen Orangen und Bananen aus der Westbank transportieren. Über die Hügel um Bethlehem zieht sich die hohe Grenzmauer, eine so unansehnliche wie schreckliche Grimasse der Menschenverachtung. Noch provozierender empfinde ich die Elektrostacheldrahtzäune um die israelischen Festungssiedlungen im Autonomiegebiet. Abu Kaff zeigt sie mir, verbittert und müde. Zu jeder Einzelnen weiß er eine Geschichte, in der Hass und Blut und Tod vorkommen.

Einige Kilometer weiter das Nichts: Wüstenberge. Um einige der seltenen Beduinenzelte lagern Kamele und Esel. Mit ihren über die Holzgerüste gezogenen Stofffetzen sehen diese Behausungen wie die Favelas in Brasilien aus. Weit, weit weg steht die Sonne feuerrot, gefährlich drohend am kalten Himmel.

Ich war von Haifa heruntergekommen. Abu Kaff wurde mir als Chauffeur nach Jericho empfohlen, weil er die notwendigen israelischen Papiere für die Westbank hatte. Jericho im Jordangraben ist die älteste und tiefstgelegene Stadt der Welt, 250 Meter unter dem Meeresspiegel. Bananen, Orangen, Zitronen, Kartoffeln und Zwiebeln werden hier angebaut, nur wenige Kilometer vom Toten Meer entfernt, in dem Winkel, den der Highway 1 und die Staatsstraße 90 beim Aufeinan-

dertreffen bilden. Die Kontrollen am Checkpoint waren verhältnismäßig milde.

Auf dem Berg hinter Jericho wieder eine israelische Siedlung. Die Siedler blicken direkt hinunter auf ein großes Palästinenserflüchtlingslager. Die vielen Kinder in diesem Lager fallen mir sofort auf. Ich diskutiere mit Abu Kaff, der „die orthodoxen Juden dieser illegalen Siedlungen als Hauptfeinde jedes möglichen Friedens“ bezeichnet: „Sie wollen aus einem provisorischen Status quo einen Dauerzustand machen. Sie drängen immer weiter ins Palästinenserland hinein. Sie schaffen vollendete Tatsachen und erpressen ihre eigene Regierung!“ „Aber letztlich wird euch die Zukunft gehören“, sage ich und zeige auf die vielen Kinder: „Ihr produziert viel mehr Nachwuchs als die orthodoxen Juden.“ „Falsch!“, kontert er, „die Orthodoxen verfolgen diese Strategie schon längst. Familien mit 16 und mehr Kindern sind in diesen Siedlungen nicht die Ausnahme. Das Kindermachen ist auf beiden Seiten Strategie. Menschen als Munitionsdepots!“

Abu Kaff kennt das Alte Testament genau: „Im Kapitel 6 des Buches *Josua* wird von den sieben Posaunen berichtet. Ihre Töne haben die Mauern Jerichos einstürzen lassen“, sagt er. Und fährt fort: „Die Menschen sind einfallsreich. Damals haben sie mit Musik erobert, heute nützen sie die Ehebetten für den Krieg. Die Liebe wird als Waffe eingesetzt. Gibt es eine gefährlichere Waffe als die Liebe?“

Die ganze Welt ist Bühne, und alle Frauen und Männer bloße Spieler. – William Shakespeare

17

Schicksalsbilder

Steiermark, Toskana,
Finnland, Mähren,
Thailand, Neuseeland

Mit Freude erinnere ich mich meines ersten Theaterbesuchs. Zwölf oder 13 Jahre alt mag ich gewesen sein, und der Theaterbesuch war ein Ereignis, welches das eintönige und hermetische Leben in einem Schülerheim schon Tage vorher sonnenhell bestrahlte. Wir waren an die 30 Schüler in unserer Klasse. Alle waren aufgeregt, durften wir doch erstmals das Heim am Abend verlassen und erst in der Nacht zurückkehren. Wir sahen den *Zerbrochenen Krug* und mussten danach einen Aufsatz darüber schreiben. In diesem versuchte ich, auch wenn ich das damals noch nicht so verstanden hatte, aufzuzeigen, wie sehr Literatur den Blick für „das Wesentliche" schärfen kann. Ich beschrieb, bombastisch ausgedrückt, mein „geistiges Wachstum" am Beispiel des Wandels meiner Aufmerksamkeit: Vor dem Theaterabend hatte mein Interesse ausschließlich meinem neuen Anzug und der Krawatte gegolten, nach der Aufführung war die Kleidung uninteressant geworden. Ich beschäftigte mich nur noch mit der Thematik des Stückes. Meinem Professor gefiel mein Aufsatz so sehr, dass er ihn der ganzen Klasse vorlas. Das machte mich unbeschreiblich stolz, denn zum ersten Mal erlebte ich, der ich trotz allergrößter Anstrengungen keinen Platz in der Klassen-Fußballmannschaft erobern konnte, dass ich etwas besser konnte als andere. Diese Erfahrung ist wohl eine der Ursachen, dass ich zum leidenschaftlichen Theaterbesucher geworden bin.

Ich gehe sehr oft ins Theater. Im Zuschauerraum nehme ich meinen Platz ein und bleibe dort, bis der letzte Vorhang fällt. Schweigend verfolge ich die Handlung des jeweiligen Stücks. Wie in einem Zugabteil, aus dem ich die vorbeiziehende Landschaft betrachte. Dort darf ich reden oder essen oder sonst was tun. Das Theater verlangt Disziplin. Allerdings bleibe ich außen. Beim Reisen hingegen begebe ich mich selbst auf die Bühne. Ich habe das Gefühl, mitzuwirken. Ich bereise mit Begeisterung die unterschiedlichsten Regionen, Orte und Landschaften der großen Weltbühne. Diese Kulissen sind schön, aber eben nur Hintergrund. Wenn es sich nicht um Berggipfel, Eisfelder oder Canyons handelt, die sich so herausfordernd in den Vordergrund spielen, dass sie überwunden und besiegt werden wollen, provozieren sie kaum unsere Aufmerksamkeit, erscheinen selbstverständlich. Im Vertrauen darauf, dass sich die Natur genauso harmonisch gibt, wie sie sich zeigt, schöpfe ich Ruhe aus ihr und konzentriere mich auf das Spiel der Menschen.

Das geht uns allen so: Wir notieren, dass auf der großen Weltbühne zwar die Schauspieler, aber nicht die Schicksale wechseln. Wir beobachten und interpretieren Menschen. Wir reagieren auf sie. Wir gestalten damit Beziehungen. Und weil wir Individuen sind, keine Objekte, sondern Subjekte, legen wir in unser Gegenüber immer auch uns selbst hinein. Und logischerweise notieren wir im Anderen das am stärksten, was in uns ist. Darauf reagieren unsere Antennen besonders sensibel. Wir vermischen die wirklichen Absichten unseres Gegenübers mit jenen, die wir ihm unterstellen. Wir machen uns ein Bild vom Gegenüber und fertigen „Bio-Graphiken" an, die zwar real, aber nie objektiv sind. Jeder hat seine eigene Perspektive. Jeder malt mit seinem Pinsel und mischt dem Bild des Gegenübers seine individuellen Stimmungen, Eigenschaften, Ziele und Mentalitäten bei.

Wie gesagt: Die Personen bleiben gleich, überall auf der Welt. Sie sind austauschbar wie die Kulissen. Die Geschichten dahinter, die Schicksale, sind das Theater, in dem jeder von uns mitspielt. Das jeder mitgestaltet. Lassen Sie mich den großen Scheinwerfer auf einige Schauspieler werfen, die mich an vielen Orten dieser Welt besonders gefesselt haben. Begleiten Sie mich zu einem Stück des großen Welttheaters. Die Spielstätten der acht Bilder verteilen sich über die ganze Welt. Sie liegen in Österreich, Italien, Finnland, Tschechien, Thailand, Neuseeland und irgendwo. Aber die Kulissen sind, wie schon gesagt, nicht so wichtig …

1. Bild: Papas Tankstelle

Ich mag U-Bahn-Stationen, Check-in-Schalter und Bahnhofshallen mit dem Getümmel im Lautmeer der Fahrplandurchsagen. Ich mag Rasthäuser und Tankstellen, den Benzingeruch, das Ankommen und Abfahren der Autos, die ständige Bewegung um die Zapfsäulen und Kassen. Als Schüler und Student arbeitete ich während einiger Ferien als Tankwart. Damals gab es kaum Trinkgeld. Es war sozusagen noch nicht in Mode. Auch die 24-Stunden-Tank-Shops gab es noch nicht. Ich erinnere aber bewegliche Glaszapfsäulen für die Motorräder und Mopeds, in die ich die Zweitaktmischung per Handhebel pumpte. Und als mein Vater an der Tankstelle das erste Coca-Cola verkaufte, war das sensationell. Papa ist schon lange tot. Für mich aber lebt er immer noch. Ich rieche ihn im Benzin. Und ich sehe ihn. Täglich. Zu Hause. Er ist der Mann in Edward Hoppers Bild *Gas*.

Wann immer ich in New York bin, besuche ich das Museum of Modern Art. Ich bin süchtig nach den Bildern Hoppers. Beinahe alle habe ich als Kopien in meinem Haus. Edward

Hopper ist der Maler der Ruhelosigkeit. Seine Bilder zeigen die Poesie des Unterwegs-Seins – des seelischen wie des körperlichen. Die grübelnde junge Frau in *Automat* ist so wenig zu Hause wie die Nachtvögel am Tresen in *Nighthawk*. Und wenn einer zu Hause ist, wie zum Beispiel der Mann im Bild *Gas*, dann als Besitzer einer Tankstelle, also eines Ortes, der wiederum eine Metapher für das Unterwegs-Sein ist. Papa besaß eine Tankstelle. Und nichts beschreibt ihn in seiner rast- und ziellosen Unruhe so gut wie Hoppers Bild *Gas*. Die Tankstelle bringt sein Leben auf den Punkt.

Wenn ich an Papa denke, habe ich stets zwei Bilder vor mir. Im ersten kehrt er mir den Rücken zu. Ich sitze am Fenster unserer Küche und schaue ihm nach, wie er den Dorfplatz hinaufgeht. Er hatte nie ein Ziel. Er musste sich einfach bewegen. Im Kreis laufen. In meiner Erinnerung sehe ich ihn nie als Kommenden. Er war ein Weg-Geher. Er hatte kein Sitzfleisch, wie wir damals sagten. Das zweite Bild zeigt mir meinen Vater an der Tankstelle. Er steht da und schaut den wegfahrenden Autos nach. In seinem ganzen Leben unternahm er nur eine einzige große Reise, im Krieg mit Rommels Afrikakorps in die Cyrenaika. Danach verbrachte er sein ganzes Leben an einem einzigen Ort. Wie Rilkes *Panther* schritt er die kleine Welt hinter den Gitterstäben auf und ab – ziellos und hochexplosiv. Ich kann seine Launen, die ihn nicht glücklich machten, aber seine Gefangenschaft vermutlich erträglicher gestalteten, gut nachempfinden. Papa konnte ein Ekel sein. Gleichzeitig war er aber auch rührend, wenn er als Obmann des dörflichen Fußballklubs nach Niederlagen regelmäßig polternd zurücktrat, um wenige Tage später seine Funktion still und leise wieder aufzunehmen.

Ja, die Tankstelle bringt Papas Leben auf den Punkt. Auf dem Bild Hoppers steht er vor der Zapfsäule. Es ist später Abend (oder ist es die Morgendämmerung?). Papa beugt sich vor und liest konzentriert den Zählerstand ab. In Hoppers Bildern geht es immer um Menschen, hinter denen rätselhafte Sehnsüchte stehen. Seine Protagonisten sind nie glücklich. Edward Hopper friert intensive Situationen ein. Und ich denke, dass wir alle das auch tun. Jeden Tag. Und unterwegs, beim Reisen, in ungewohnten Umgebungen, eben öfter als zu Hause.

Die Menschen in Hoppers Bilderzählungen sind nie zu Hause. Ich weiß nicht einmal, ob sie bei sich sind. Nie sind sie dort, wo sie sein wollen. Meine Eltern verließen aus persönlichen Gründen schon in jungen Jahren ihre gebirgige Heimat im Norden des Landes, um sich im hügeligen, im Vergleich zum Norden aber doch flachen Süden niederzulassen. Je länger Papa vom Gebirge weg war, desto stärker wurde ihm dieses zur elysischen Sehnsuchtslandschaft. Mit wollüstigem Schmerz gab Papa sich dem „Heimweh nach den Bergen" hin. Für jedes Missgeschick machte er den Süden und seine Menschen verantwortlich. Papa war immer nur dort glücklich, wo er nicht war. Das entsprach seinem Wesen. Eine Rückkehr in den Norden hätte nichts an seinem Unglücklichsein geändert. Ich bin davon überzeugt, dass er das in seinem Innersten ahnte. Er hätte es sich aber nie eingestanden.

Mit zunehmendem Alter ließ mein Vater die Menschen um sich immer stärker und ausschließlicher seine Unzufriedenheit spüren. Aus seinen unerfüllten Sehnsüchten und Frustrationen war die Bitterkeit gewachsen, die ihn im Umgang gerade mit den ihm Nächststehenden oft unerträglich machte. Ich weiß aber, dass er sich vor allem selbst erleiden musste. Das bewegte mich schon als Kind. Wenn uns ein Mensch, eine Situation, ein Bild besonders anrühren, kann das viele Gründe haben. Was auch immer, wir frieren es ein. Wir konservieren es. Mir geht es jedenfalls so: Wie ein Hund grabe ich diese Bilder ein, um sie immer wieder hervorzuholen und daran zu kauen. Ich male mir die Geschichten dahinter aus. Das ist Nahrung für meine Phantasie.

Ich liebe es, mich forttragen zu lassen. Ich stehe irgendwo im Stau. Nichts geht mehr. Ich schaue auf die Kolonne, und völlig unmotiviert kann in mir das Bild eines tief verschneiten namenlosen sibirischen Dorfes auftauchen. Und es trägt mich fort und wird mir zum Kürzel für die tausende Kilometer lange Fahrt mit der Transsibirischen Eisenbahn. Aus den Holzhäusern ragen rauchende Blechrohre. Auf der einzigen Straße zieht ein vermummter Mann mit Pelzkappe einen Schlitten mit Holz und hindert einen Hund daran, an ihm hochzuspringen.

Ein anderes Bild taucht auf: In einer Schwulenkneipe im Greenwich Village in New York wird es schnell still, als ein sehr schmächtiger Mann die Stiege ins Lokal herunterkommt und plötzlich mit gigantischer Stimme zu singen anhebt: *Imagine all the people.*

Oder: Im Teesalon des Londoner *Ritz* würde eine Frau am liebsten im Erdboden versinken, weil ihr Mann sie lautstark zu beschimpfen beginnt. Ein kluger Ober rettet die Situation, indem er den Mann in ein Gespräch verwickelt. Während dieses Gesprächs steht die Frau auf und geht weg.

Und dann noch: Zwei Algensammler balgen sich am Strand von Chiloé um einen gefüllten Korb. Die Möwen tanzen im Gegenlicht wie psychedelische Irrlichter um die beiden … Und: Im Hafen von San Francisco sitzt ein Obdachloser. Auf dem Schild, das er vor sich stehen hat, steht: *Why lie? It's for beer!* … Oder: Ein Indio, der keine Angst vor Alligatoren hat und in stockfinsterer Nacht im Mangrovensumpf des Amazonas dem dünnen Strahl seiner Stirnlampe nachgeht.

Viele, viele solch üppiger Bilder habe ich auf Vorrat angelegt. Es sind Bilder, die für Geschichten stehen. Irgendwer hat einmal gesagt: *Das Leben wird nicht gemessen an der Zahl der Atemzüge, sondern an den Orten und Momenten, die uns den Atem rauben.* Ich bin davon überzeugt, dass Papa deshalb so sehr mit dem Schicksal haderte, weil er keine Reisebilder im Kopf hatte. Deshalb musste er ins Leere starren.

2. Bild:
Die Trauerrednerin

Eine langjährige Redaktionskollegin von mir verfasst Trauerreden. Bei Begräbnissen würdigt sie an offenen Gräbern und in Feuerhallen die Leben wildfremder Menschen. Sie macht das schöner, als es die schluchzenden Angehörigen jemals könnten (oder wollten). Davon erzählte sie mir in einem Kaffeehaus, wo ich sie überraschend traf, nachdem wir uns über Jahre aus den Augen verloren hatten. Ich habe diese Kollegin immer sehr geschätzt. Sie war stets voller Ideen und immer in Aktion. Ich folgte ihr gern, außer einmal, als sie eine Sammelaktion für streunende Hunde auf irgendeiner griechischen Insel startete. Aber auch das passte zu ihr.

Während sie mir im Kaffeehaus mit großer Begeisterung von ihrem Trauerreden-Job berichtet, erinnere ich mich, dass sie sich immer, schon zu Zeiten unseres gemeinsamen Arbeitslebens, sehr für Schicksale interessierte. Des Öfteren stellten ihr Redaktionskollegen Angaben mit den genauen Geburtsstunden und auch andere persönliche Daten zur Verfügung, aus denen sie mit Hilfe ihrer astrologischen Kenntnisse die „Schicksalskreise" der jeweiligen Person zu deuten versuchte. Die Kollegin, die in hohem Ansehen stand, weil sie sehr eloquent, klug und gebildet ist, ignorierte jedes mitleidige Lächeln von uns. Sie war von ihren Drähten ins Übersinnliche überzeugt. Mich hielt sie immer nur für sinnlich. In übersinnlicher Hinsicht nahm sie mich nicht ernst. Mit großer Phantasie deutete und interpretierte sie damals unsere Biographien. In verschwörerischem Ton wies sie uns auf Möglichkeiten hin, von denen wir bisher keine Ahnung hatten, die sie aber in uns zu entdecken glaubte. Damals beschäftigte sie sich mit der Zukunft unserer Lebensbilder. Heute bearbeitet sie die Vergangenheit. Sie interpretiert die Biographien von Toten.

Als sie in Pension ging, ließ sie ihren Namen in eine Art „Trauerredner-Liste" bei der städtischen Bestattungsanstalt eintragen. Angehörige von Verstorbenen erhalten diese Liste im Rahmen ihrer Begräbnisbuchungen und können, wenn es niemanden gibt, der eine Trauerrede hält, meine Kollegin engagieren. Für ihren Arbeitsaufwand ist der Betrag, den sie pro Auftritt kassiert, ziemlich gering. Aber das überrascht mich nicht. Ich kenne sie sehr gut und weiß, dass sie es nicht des Geldes wegen macht. Ihr leidenschaftliches Interesse galt und gilt nach wie vor den Schicksalen von Menschen.

Ich will hier nicht auf komödiantische Episoden und Situationen eingehen, zu denen es mit den liebenden und nicht liebenden, mit den erbenden und nicht erbenden Angehörigen rund um den „letzten Weg“ eines Menschen kommen kann. Die Skurrilität, die der Tätigkeit angemieteter Trauerredner anhaftet, ist nicht das Thema meiner Kollegin (obwohl sie viele Jahre als begnadete Kabarettistin aktiv war). Ihr Interesse gilt ausschließlich den Lebensläufen der Toten und den damit zusammenhängenden Beziehungsgeflechten. Auch habe sie mit zunehmendem Alter die Bedeutung von Ritualen schätzen gelernt, sagt sie mir, sie genieße den kreativen Akt, literarische und religiöse Texte zu passender Musik aussuchen zu dürfen. Die Aufenthalte in den Feuerhallen und Friedhöfen offenbarten ihr jedes Mal die triviale und sentimental scheinende Tatsache, dass es in der Welt nur darauf ankäme, lieben zu können.

Im Rahmen jeder Verpflichtung trifft sie sich mit den Angehörigen und versucht in oft sehr mühsamen Interviews, das Leben des jeweiligen Toten nachzuzeichnen. Sie forscht nach allfälligen Höhe- und Wendepunkten, Verdiensten, Eigenschaften und Tugenden. Fast immer, so sagt sie, lässt sie sich irgendetwas geben, was dem oder der Verstorbenen wichtig war. Das könne ein Buch sein, ein Stock, ein Foto, ein Souvenir, ein Maskottchen. Ein solches Erinnerungsstück sei ihr wichtig, meint meine Kollegin. Es bringe nicht selten ein Leben auf den Punkt. Und das helfe ihr, sich selbst und die Trauergemeinde besser ins Bild über den Verstorbenen zu setzen.

3. Bild:
Der Blumenmaler aus London

Kitzeck, einer der malerischsten Orte im an Schönheiten reichen Südsteirischen Weinland, hat seinen Puls gesenkt. Der Winter dauert schon zu lang. In der letzten Zeit ist wieder viel Schnee dazugekommen, nasser, schwerer Schnee, der die Äste von den Bäumen bricht. Drei Tage hat es ununterbrochen geschneit. Die Feuerwehrleute sind unterwegs, um die Straßen zu sichern. Von meinem Fenster aus kann ich sie beobachten. Einer der Männer steht ganz oben auf der Drehleiter des großen Einsatzautos. Mit einem Haken klopft er Schnee aus den Baumkronen. Der Rhythmus seiner Bewegungen passt zur Musik, die durch mein Zimmer fließt. Sting und Tom Jobim singen gemeinsam: *How insensitive.* Die auf der Straße stehenden Kollegen des Feuerwehrmanns gehen vor dem herabfallenden Schnee in Deckung. Sie tragen eine Art Arbeitsuniform. Aus dem Haus dahinter tritt ein korpulenter Mann mit Hut. Ein Nachbar, den ich gut kenne. Trotz der Kälte trägt er nur ein weißes Hemd. Darüber spannen sich die Hosenträger. Eine Momentaufnahme, deren Inszenierung mich aber fesselt. Ich kann mich nicht vom Fenster lösen. Eine Zeit lang beobachte ich. Hinter mir die Musik. Wie ich mich abwende, sehe ich an der Wand Cartier-Bressons Fotografie *Am Ufer der Marne.* (Es gibt neben Hopper-Bildern auch andere in meinem Haus!). Seit Jahren hängt das Bild an dieser Wand. Ich sehe es jeden Tag. Und jeden Tag sehe ich auch meinen Nachbarn, der jetzt draußen vor seiner Haustür steht und mit den Feuerwehrleuten spricht. Aber in diesem Moment entdecke ich ganz plötzlich, dass der Nachbar mich – eigentlich immer schon – an die Hauptfigur des Bildes erinnert. An jenen

Mann, der ganz im Vordergrund des Bildes sitzt und Rotwein aus einer Flasche in sein Glas gießt.

Sofort schießt es mir durch den Kopf, dass ich diese Bildgestalt, die ich seit Langem Prometheus nenne, würde umtaufen müssen. Prometheus, so nannte sich das Original, der Londoner Hector L., wenn er besoffen war. Damals, als ich ihn kennenlernte, musste er wie der Cartier-Bresson-Mann ausgeschaut haben. Jetzt, hier und heute, da ich ganz plötzlich und überraschend meines Nachbarn übergroße Ähnlichkeit mit der Bildfigur entdecke, frage ich mich, wie ich damals nur auf die Idee hatte kommen können, in Prometheus ein Ebenbild des Cartier-Bresson-Manns zu sehen. (Die Tatsache, dass sich Prometheus und mein Nachbar überhaupt nicht ähneln, obwohl sie dies logischerweise tun müssten, überführt mich endgültig).

Ich setze mich in einen Fauteuil und muss schmunzeln. Prometheus tritt aus dem Nebel der Vergangenheit, Prometheus, den ich lange schon aus den Augen verloren habe. Ich weiß gar nicht warum. Aber ich erinnere mich, dass ich damals, als ich ihn zum ersten Mal sah, wie er neben seiner Frau an der Elsa saß und sich Rotwein eingoss, sofort an den Cartier-Bresson-Mann dachte. Schwarze Hose, schwarzer Hut, schwarze Hosenträger, schwarzer Schnurrbart und weißes Hemd. Ziemlich schnell erfuhr ich, dass er Londoner war, aber so sah er überhaupt nicht aus. Als Land-Italiener konnte er durchgehen, aber mehr noch erschien er mir wie ein Bauer aus der Île-de-France. Er war damals für mich jedenfalls ganz der Mann, der im Vordergrund des Cartier-Bresson-Bildes sitzt. Kräftige Gestalt, Hosenträger über dem weißen, kurzärmeligen Hemd, derbe Arbeitshände. Der schwarze Hut war eindeutig zu klein für den unverhältnismäßig großen Kopf. Schwarze Haare, schwarzer Schnurrbart, das Gesicht unrasiert. Ich erinnere mich, dass A., die mich damals begleitete, mir zustimmte, als ich sagte, Prometheus erinnere mich an das Cartier-Bresson-Bild.

Der Mann auf dem Bild sitzt gemeinsam mit zwei Frauen und einem Mann in einer Wiese, die zum Wasser der Marne hinunterfällt. Im Wasser, vor der Gruppe, liegt ein Boot, an dem einige Angeln ausgelegt sind. Die Kleidung der etwa 40- bis 50-jährigen Figuren lässt auf Sommer schließen, ein Picknick-Korb, die leer gegessenen Teller, das gebrauchte Besteck deuten auf die Rast während eines Feiertagsausflugs hin. Es sind zwei Ehepaare, keinesfalls wohlhabend, eindeutig körperlich arbeitend, Bauern vielleicht oder Hafenarbeiter, die einen gemeinsamen Ausflug machen, weil sie einander schon jahrelang und sehr gut kennen. Dafür spricht, dass eine der Frauen die Bluse ausgezogen hat, um in dem zur damaligen Zeit üblichen knielangen Nylon-Unterhemd die Wärme zu genießen. So zeigt man sich nur Verwandten oder guten Freunden. Dünne Spaghettiträger schneiden in ihre Schultern. Die beiden Frauen und der zweite Mann beobachten die Angeln, ob ein Fisch anbeißt. Das Gesicht unseres Mannes ist etwas nach unten gebeugt. Er konzentriert sich darauf, Rotwein aus einer Flasche in ein in der Wiese stehendes Glas zu gießen.

Vielleicht war es das Wein-Eingießen, das mich bei der Begegnung mit Prometheus sofort an das Bild denken ließ. Vielleicht war es die Wiese an der Elsa, vielleicht die Kleidung von Prometheus oder alles zusammen. Jedenfalls musste ich sogleich an das Bild denken, als ich Prometheus zum ersten

Mal sah. Er genoss mit seiner Frau die Sonne. Als sie unser ansichtig wurden, winkten sie uns beide recht impulsiv und fast befehlend zu sich. Ich war damals, wie gesagt, mit A. unterwegs. Wir setzten uns zu dem Paar in die Wiese, und das war der Beginn einer herrlich phantasievollen Zeit. Aus der ersten Begegnung wurden viele. Wir wanderten, wir diskutierten, wir aßen und tranken in den Weinkellern um Greve, Certaldo, Poggibonsi und Castellina.

Prometheus war Gebrauchsmaler. Acht Monate im Jahr lebte er in London. Es ging ihm finanziell vom Verkauf naturgetreu gemalter Blumenminiaturen so gut, dass er es sich seit Jahren leisten konnte, die vier Sommermonate mit seiner Frau, die ihn anbetete, in der Toskana zu verbringen. Für diese Aufenthalte hatte er einen Turm gemietet. Dieser war aber nicht nur ein skurriler Unterstand. Man konnte in ihm auch die Metapher für das Streben des Prometheus nach Höherem sehen. Seit Jahren schon wollte er, wie er uns tausende Male erklärte, hoch hinaus. Er wollte sozusagen nach den Sternen greifen und „den Menschen das Feuer bringen“. Deshalb nannte er sich Prometheus. Seinen bürgerlichen Namen hatte er lange schon aufgegeben. Und wenn seine Frau in den alkoholischen Wirren der Toskana-Monate darauf vergaß und ihn hin und wieder bei seinem bürgerlichen Vornamen Hector ansprach, verfiel er in eine schweigsame Depression oder drehte durch.

Als Gebrauchsmaler erhob Hector L. keinerlei Anspruch auf Anerkennung als Künstler. Wenn wir zusammen tranken, beschimpfte er sich nach einem gewissen Quantum Weins selber auf das Unflätigste. Im Halbrausch nannte er sich Gemüse-Hure und Schmuck-Handwerker. Mit jedem Glas geißelte er sich mehr, bis er zu weinen anfing. Im nächsten Stadium, dem Drei-Viertel-Rausch, ließ er dann den großen Ehrgeiz von der Leine, der da hieß: Einmal im Leben ein richtiges „Kunstwerk" schaffen! Im letzten Stadium, dem Vollrausch, stellte er sich dann auf seine wackeligen Beine und schrie es in die Welt der Wirte und Mitzecher hinein: Er, Prometheus, würde den Menschen das Feuer bringen! Und dieses Feuer würde das perfekte Blumenstillleben sein. *Er* würde es malen! Sein Problem bisher aber war, dass er seit Jahren die besondere Vase, die er sich dazu als Modell vorstellte, nicht finden konnte. Und so kam es, dass er bis dato zwar noch kein Blumenstillleben, dafür aber eine Vasensammlung hatte, die sich fast täglich vergrößerte. Und seine Frau weinte beim Wein über ihren Abstieg von der Muse zur Vasenputzerin.

Einige Sommer verbrachte ich in der Toskana, in Begleitung oder allein. Immer aber war ich mit Prometheus und seiner Frau beisammen. Nie kam es zum „Kunstwerk". Seine Blockade hielt an. Er und sie schafften es nicht, die richtige Vase zu finden. Die Welt musste weiter auf das Blumenstillleben warten. Als ich mich dann anderen Regionen zuwandte, verlor ich die beiden zwar aus den Augen, aber sie beschäftigten weiterhin meine Phantasie. Und ich begann auch zu malen. Ich malte mir das zukünftige Schicksal des Hector L., alias Prometheus, aus:

Seine Frau rückt in meiner Geschichte zunächst in den Vordergrund. Sie beginnt zu leiden. Sie merkt, dass die Fixierung ihres angebeteten Mannes auf sein Blumenstillleben zur krankhaften Obsession wird. Beiden beginnt die Realität wegzurutschen. Prometheus wird immer sonderbarer. Er gibt seine Arbeit in London auf und verwandelt sich für seine Frau vom verlässlichen Partner in das „kranke Genie". Sie leidet unsäglich darunter, dass sich der geliebte Mann in seinem

Wahn immer stärker von ihr und der Welt abwendet, und entwickelt einen hysterischen Putzzwang. Dadurch, dass sie täglich mit allergrößter Hingabe sämtliche Vasen putzt, glaubt sie, ihn an sich zu binden. Aber er zieht sich noch weiter zurück. Er wird autistisch, kleidet sich skurril und mimt den großen Künstler, der sprachlos und promilleschwer in die Luft stiert. Sie, die nie aufhört, ihn zu lieben, weiß, dass das Einzige, was ihm zum Künstler fehlt, das Kunstwerk ist. Deshalb beginnt auch sie, Vasen zu sammeln. Bald hausen die beiden, inzwischen obdachlos geworden, in einem alten Bediensteten-Schuppen, den ihnen ein reicher Winzer bei Florenz überlassen hat. Riesige Vasenberge lassen ihnen kaum Platz. Aber Prometheus versucht sich nie ernsthaft am Blumenstillleben. Die Angst zu scheitern ist mittlerweile zu groß geworden. Sie blockiert ihn völlig. Er stellt jede Aktivität ein. Das Leiden an der Welt lässt seine Zunge verfaulen. Er erhebt sich nicht mehr von seinem Lager. Am Ende stirbt er unter einer Vasen-Lawine, die seine Frau beim Putzen ausgelöst hat …

4. Bild:
Der Souvenirverkäufer von Helsinki

Der heiße, schwere Sommertag drückt auf das Gemüt. Seit Tagen bin ich in der Lüneburger Südheide unterwegs. Im Dorf Hagen sehe ich einen alten bärtigen Mann, der wie hingemalt vor einem Bauernhof sitzt. *Stah fast – Kiek wiet – Rög dik* steht auf einem Balken über ihm. Wir kommen sofort ins Gespräch. Er sei der Bruder des Hausbesitzers, sagt er, und jetzt im Ruhestand. 40 Jahre lang war er Bäcker, keinen einzigen Arbeitstag im Krankenstand: „Egal, wie viel ich zur Brust genommen hatte, um drei Uhr stand ich am Ofen!“

Ich gehe weiter auf weißsandigen Wegen, die von Birken und Wacholderbüschen gesäumt werden. Ich gehe durch ein violettes Meer voll blühender Erikastämme in Richtung Wietzer Berg. Die Natur ist ein großartiger Designer, denke ich mir. Und die Begegnung mit dem pensionierten Bäcker löst in mir die Erinnerung an den Finnen aus. Nicht nur, weil der auch Bäcker war.

Der Finne mag an die 60, 70 Jahre alt gewesen sein. Er sah genauso aus wie Anthony Quinn, wie Anthony Quinn mit Bart. Am Markt in Helsinkis Hafen saß er in einem Verkaufsstand für allen möglichen Souvenirkram, täglich vom Morgen bis zum Abend, genau dort, wo die Süd-Esplanade endet und man freie Sicht hinauf zum Senatsplatz mit dem Dom hat. Den ganzen Tag saß er da, eingewickelt in einen Pelz. Er saß in seiner kleinen Holzkoje und zog immerfort an einer gebogenen Pfeife. Er bewegte sich nie, nicht einmal zum Kassieren. Ein Käufer, der etwa eine Ansichtskarte aus dem Sortiment nahm, musste sich zum Bezahlen weit über ein Brett beugen, das der Finne vor sich als eine Art Tresen montiert hatte. Mehrere Tage lang beobachtete ich ihn. Seine stoische Ruhe, mit der er die Zeit absaß, faszinierte mich. Auch er musste mich im Visier gehabt haben, denn als ich ihn einmal auf Englisch ansprach, antwortete er mir sofort in geschliffenem Deutsch. Und als ob er auf einen Gesprächspartner gewartet hätte, machte er mich auf einige Glanzpunkte Helsinkis aufmerksam. Seine hervorragenden Deutschkenntnisse überraschten mich ebenso wie seine Gesprächigkeit. Einen so lebendigen Eindruck hatte er auf mich nicht gemacht, im Gegenteil. Aber nun erzählte er mir von sich aus, und nicht ohne Stolz, dass er ursprünglich Bäcker gewesen sei. Neben seinem Beruf habe er Musik studiert und später dann als Lehrer gearbeitet. Mich faszinierte, dass er alles, was er sagte, mit einem schmunzelnden oder besser: spöttischen Unterton vorbrachte. Dem entsprach auch die Antwort, die er mir gab, als ich ihn fragte, weshalb er so gut Deutsch könne: „Des Rätsels Lösung ist einfach. Sie heißt zehn Jahre Dorte. Dorte war Hamburgerin. Sängerin. Dorte ist weg. Die Sprache ist geblieben …"

Mehr erzählte mir der Finne dann nicht. Ich wollte ihn auch nicht bedrängen, obwohl mich die Neugier stark peinigte. Es gab auch keine Zeit mehr für Gespräche. Ich musste weiter. Ich bestieg die Fähre nach Tallin. Die Monotonie während der Überfahrt versetzte mich ins Grübeln. Ich hatte Zeit, stundenlang ins Wasser zu schauen und das zu erfinden, was ich nicht finden konnte. Und ich malte mir mein Bild vom Schicksal des Finnen …

… Dorte hatte sich als Austauschschülerin in ihren finnischen Musiklehrer verliebt. Da das Mädchen zu jung und außerdem vom Lehrer abhängig war, war die Beziehung der beiden gesetzwidrig. Niemand hätte davon erfahren dürfen. Als die Geschichte dennoch bekannt wurde, zogen die beiden über Nacht weg, hinauf nach Lappland, in die Wälder. Sie zeugten zwei Kinder und lebten ein einfaches Leben. Er war der Jäger, sie fertigte aus Moosen und anderen Naturprodukten Kunstwerke, die sie an den großen Straßen und auf den Märkten umliegender Ortschaften verkaufte. Bald begannen sie gemeinsam für die Menschen der Umgebung Musik zu machen. Sie sang selbst komponierte Lieder, und er begleitete sie auf der Gitarre. So zogen sie mit ihren Kindern durch die Dörfer. Es ging ihnen gut, bis jemand sie anzeigte, weil sie die Kinder nicht zur Schule brachten, sondern selbst unterrichteten. Im Zuge der Untersuchungen kam auch die frühere Illegalität ihrer Beziehung auf, und er musste ins Gefängnis. Während er in der Zelle saß, begann Dorte zu

trinken. Sie vermisste ihn und die Kinder, die in ein Heim in der Stadt gebracht worden waren, damit sie der Schulpflicht nachkommen konnten. Dorte trank mehr und mehr. Das Geld reichte nicht, sie verkam an der Überlandstraße zur Fernfahrerhure. Als er aus dem Gefängnis kam, war sie nicht mehr da. Ein Fernfahrer hatte sie mitgenommen …

5. Bild: Die Sängerin von Brünn

Mit dem Motorrad erreiche ich gegen Mittag das tschechische Brünn. Ich habe mich hier mit K. verabredet, die aufgrund wichtiger Verpflichtungen erst in der Nacht eintreffen wird. Wir wollen einige Tage biken und vor allem Krakau besichtigen. Es gelingt mir nur mit Mühe, in mein Hotel zu kommen. Aufgrund eines Treffens der mitteleuropäischen Präsidenten ist das Hotel fast hermetisch abgeriegelt. Überall, selbst in meinem Stockwerk, lungern Sicherheits-Gorillas herum und geben einem mit ihrem nachgerade obszön abtastenden Blick das Gefühl, ein lang gesuchter Verbrecher zu sein. Am Nachmittag werde ich „fliehen"! Ich werde mir die Stadt ansehen, vorerst aber will ich eine Tankstelle aufsuchen, um regionale Straßenkarten zu besorgen.

Nachmittag in Brünn. Sonnenschein. Ein roter Farbfleck vor dem Dom, oben, auf dem Petersberg. Knallrote Seide flattert im Wind. Eine Frau steht da. Eine Diva? In dem fließenden Kleid, dessen Spaghettiträger sich über ihre Schultern ziehen, könnte sie einem Film von Federico Fellini entsprungen sein. Auf filigranen roten Schuhen mit sehr, sehr hohen Absätzen steht sie da, etwas unsicher wegen der vielen Unebenheiten des Kopfsteinpflasters. Ein seidiger Schleier, auch der natürlich rot, schmiegt sich als Boa-Ersatz an die weiße Haut ihres Halses. Ein Topf auf ihrem Kopf, auch rot. Aus ihm fließen blaue spiralförmige Lockengirlanden auf ihre nackten Schultern. Das gibt ihr etwas Clowneskes. Sie winkt mir zu, und uns beiden ist klar, dass sie es nicht tut, weil wir uns kennen. Sie winkt, weil der Tag schön ist. Ich winke zurück. Was fasziniert mich an dieser Figur? Warum empfinde ich sofort so etwas wie Mitleid? Spüre ich einen Hauch von Melancholie um sie? Ist es das? Oder ist es das Nervöse, das Outrierende, das mir den Eindruck einer an den Fäden hängenden Marionette vermittelt?

Sie geht nicht, wie die anderen Menschen über den Freiheitsplatz gehen. Sie tänzelt. Sie genießt die Aufmerksamkeit ihrer Umgebung, ja, sie braucht sie. Die einen bleiben stehen und starren sie an, andere grüßen sie freundlich und werden von ihr mit einem Winken oder einem tiefen Nicken des Kopfes, manchmal sogar des ganzen Oberkörpers bedankt. Hin und wieder bleibt sie stehen. Dann zieht sie ihr knielanges Kleid mit der linken Hand, in der sie auch ein weißes Tüchlein hält, ein wenig hoch und verbeugt sich. In der rechten Hand hält sie einen Fächer, den sie immer wieder öffnet, aber mehr, um ein Fächern anzudeuten, als um wirklich zu fächern.

Man mag sie für verrückt halten. Wenige Stunden später weiß ich aber, dass sie Alleinunterhalterin ist. Sängerin vor allem. In der Reduta trällert sie Operettenarien – ein fixer Inclusive-Programmpunkt aller Stadtführungen. Sie kriegt wenig Geld dafür. Tag für Tag tritt sie im selben roten Diva-Kostüm auf. Was sie mit dem wenigen Geld macht, das ihr bleibt, erfahre ich beim Besuch des Mährischen Landesmuseums im ehemaligen Dietrichstein-Palast, als ich einer plötzlich aufkommenden Klaviermusik nachgehe, deren Quelle ich schnell in einem großen leeren Raum finde. Die vielen Stühle weisen neben dem schwarzen Flügel ganz offensichtlich auf Konzertveranstaltungen hin. Ein Junge von schätzungsweise zwölf Jahren spielt am Flügel. Neben ihm sitzt die konzentrierte Klavierlehrerin und wackelt rhythmisch wie ein Metronom mit dem Kopf. Beide tragen, obwohl es schon Frühsommer ist, einen Mantel wegen der Kälte in dem großen Raum. Der Junge spielt so virtuos, dass ich mich zu drei älteren Damen setze, die in einer Ecke sitzen und zuhören. Lange genieße ich die Musik. Später erzählt mir die Klavierlehrerin, dass der Junge eines von zwei Kindern sei, welche die mittlerweile alleinstehende Diva mit einem älteren Mann aus dem Ausland habe. Sie sei irgendwann einmal in Brünn gestrandet und habe sich hier rasch eingelebt. Sie sei sehr beliebt und tue alles, um ihren Kindern die bestmögliche Erziehung angedeihen zu lassen. Dem alten, sehr angesehenen Direktor des Konservatoriums sei sie in den letzten Jahren eine gute Gefährtin geworden. Sie pflege ihn auf eine rührende Weise, und er sei es auch, der mittlerweile für sie aufkomme. Auch die täglichen Klavierstunden bezahle er.

Was sollte mich daran hindern, meine erfundenen Schicksalsskizzen miteinander zu verbinden, denke ich mir später im Café. Und ich beschließe, dass es sich bei der Diva um Dorte, die ehemalige Hamburger Austauschschülerin, handelt.

Ich weiß, dass der Fernfahrer, der sie mitnahm, ein Tscheche gewesen war. Wie sonst wäre sie in Brünn gelandet. Brünn ist nicht Venedig, Rom, Paris, Barcelona oder eine andere Stadt, in die man sich träumt. Die Beziehung Dortes zum Fernfahrer hielt jedenfalls nicht lange, sie blieb aber dennoch in der mährischen Hauptstadt. Die Menschen waren nett zu ihr, fasziniert von der gewissen Exotik der Ausländerin und vom Charme ihres Auftretens. Die Kinder lebten sich rasch ein, die Sprache erlernten sie ziemlich schnell, und das Leben war billiger als in Deutschland. Aber dorthin zurück wäre Dorte ohnehin nie gegangen. Sie fürchtete sich vor dem Gefühl des Scheiterns, denn sie spürte, dass sie ihm in ihrem Herkunftsland besonders stark ausgesetzt gewesen wäre.

6. Bild:
Die Kokotte aus den Hügeln

Ortswechsel. Zeitwechsel: Gegenwart. Mit meinem Freund Herbert H. wandere ich über die Hügel. Ich brauche solche Tage, um die Lebensgeschwindigkeit herunterzusetzen. Wir, H. und ich, sind uns einig: Das physische Reisen befruchtet durch die Begegnung mit Menschen mehr als durch solche mit Orten. Orte und Landschaften sind austauschbar. „Es sind Kulissen, in denen die verschiedenen Schicksale stattfinden", sage ich. „Aber die Schicksale sind letztlich ja auch überall gleich", sagt H. Ich muss an Alain de Botton denken, der beklagt, dass wir über die Bilder unserer jeweiligen Umgebungen zu viele Raster unserer Absichten, Vorurteile und Gewohnheiten legen. Wir sehen alles zweckorientiert. Wenn wir ein bestimmtes Ziel haben, achten wir in unserer Umgebung besonders auf jene Dinge, die uns beim Erreichen dieses Zieles dienlich oder hinderlich sein könnten. Dadurch übersehen wir vieles. Wir nehmen nur das Bekannte zur Kenntnis.

H. und ich gehen durch eine ganz abseitige Gegend. Wir sind spät dran, unser Tagesziel liegt noch sehr weit weg. Am späten Nachmittag kommen wir an einer kleinen Volksschule vorbei. Wir plaudern mit dem Schulwart, der zufällig da ist und uns Wasser zum Trinken anbietet. Er erzählt uns, dass die Schule von Schließung bedroht sei, weil sie aufgrund der Landflucht nur noch von neun Kindern besucht werde. Nach einiger Zeit kommt eine Frau, und wir, H. und ich, verabschieden uns. Wenn wir unser Ziel heute noch erreichen wollen, sollten wir uns beeilen. Nach kurzer Zeit aber müssen wir zurückgehen, ich habe meinen Hut vergessen. Die Frau steht noch beim Schulwart. Sie ist die Mutter eines der Kinder, welche diese Schule noch frequentieren. Aufgeregt erzählt sie uns, dass vier der neun Schüler die ziemlich verkommenen Kinder einer alleinstehenden Frau seien, die es mit sämtlichen geschlechtsreifen Männern der Umgebung treibe und sich dafür auch noch bezahlen lasse. Die Frau sei ein Schandfleck für die ganze Gegend. Sie verletze an jedem Tag und in jeder Nacht die guten Sitten und schere sich keinen Deut um die Nachbarschaft. Die ganze Gegend sei schon in Verruf, und es würde sie nicht wundern, sagt die Erzählerin in verschwörerischem Flüsterton, wenn auch ihr Mann die unmoralische Frau schon besucht haben sollte. Er sei ein guter Mann, das könne sie beschwören. Vor einiger Zeit aber sei sie für Wochen im Spital gewesen, und man wisse ja, dass der beste Mann nicht gegen seine Natur ankönne. Überhaupt wenn er was getrunken habe, dann breche es aus ihm heraus, das Wilde. Sie wisse, wovon sie rede, sagt sie. Und dass die unmoralische Frau ziemlich gut aussehe für ihr Alter, sei ja kein Wunder, schließlich müsse sie sich auch nicht so abrackern, um zu Geld zu kommen. Wir könnten uns nicht vorstellen, mit welchen Ausdrücken die Kinder der unmoralischen Frau in die Schule kämen, Ausdrücke, die man selbst als Erwachsener nicht in den Mund nehmen könne. Beinahe täglich brächte ihr Kind

Wörter nach Hause, dass man vor Scham „im Erdboden versinken" müsste. Aber beschweren dürfe man sich nicht, sagte die Frau. Niemand wage es, gegen die unmoralische Person vorzugehen, denn sie sei der Garant für den Fortbestand der Schule. Würde die unmoralische Person wegziehen und ihre vier Kinder mitnehmen, würde die Schule wegen Schülermangels geschlossen. Die Welt stehe nicht mehr lang, stöhnt die Frau, wenn man hilflos zuschauen müsse, wie die Unmoral das Fundament für eine moralische Anstalt bilde.

Während die Erzählerin sich alteriert, schweigt der Schulwart. Er steht hinter der Frau und blinzelt uns mehrmals verschwörerisch zu, so als wären H. und ich Verbündete der unmoralischen Frau, vielleicht sogar deren Besucher …

7. Bild:
Der Schachspieler von Hua Hin

Der Schachspieler in Hua Hin erinnerte mich schon im ersten Augenblick an einen fernen Verwandten, von dem wir immer als unserem Hiob sprachen. Durch Unglücks- und Krankheitsfälle hatte dieser Verwandte innerhalb von wenigen Jahren seine Frau und zwei seiner Kinder verloren. Das dritte Kind, eine Tochter, war früh schon in schlechte Kreise geraten. Als 17-Jährige verschwand sie nach dem Tod der Mutter. Eine Zeit lang versuchte der Verwandte auf verzweifelte und mitleiderregende Weise, seine Tochter ausfindig zu machen. Er bereiste einige große Städte des Landes, fuhr auch für Wochen nach Wien, aber er fand sie nicht. Schließlich, nach dem Tod des letzten Kindes, das der Blitz erschlug, verkaufte dieser Verwandte alles, was er hatte, und zog fort. Wir haben nie mehr von ihm gehört. Einige von uns glauben, dass er sich umgebracht hat.

Chuan nennen die Leute von Hua Hin den Schachspieler. Sie glauben, dass er von oben, aus dem Goldenen Dreieck, komme. In der Gegend um Phrao hätten sie solche Gesichter, sagt mein Gastgeber. Chuan jedenfalls erscheint täglich um zwölf Uhr von irgendwoher, möglicherweise schläft er außerhalb der Stadt. Hinter der Elefantenfarm gibt es ein weites hügeliges Gelände, das von Büschen bewachsen ist. Viele nächtigen dort, viele, die hier im Tourismuszentrum Arbeit gefunden haben. Von irgendwoher sind sie gekommen, ihre Heimatdörfer liegen oft hunderte Kilometer weit entfernt.

Über Chuan weiß man nichts. Er mag an die 50 Jahre alt sein und kommt, wie gesagt, täglich um zwölf, und das seit genau 17 Monaten. Die Soldaten, vor denen er sich einige Male ausweisen musste, sagten auch nichts, sie ließen ihn unbehelligt, ja sie beschützen ihn mittlerweile sogar, denn es hat schon Verrückte gegeben, die ihm weiß Gott was wegnehmen wollten. Auch vermeintliche Spaßvögel hatten sich ihm schon genähert. Einige wollten ihn sogar wegtragen. Er ist stets mit demselben Gewand bekleidet und macht auch immer das Gleiche. Er setzt sich mit gekreuzten Beinen unter die Bougainvillea vor dem Autobusterminal, legt das dünne Schachbrett vor sich auf den Boden und stellt jene Figuren auf, die er noch hat. Einige Bauern, ein Turm und zwei Pferde fehlen. Das fand ich heraus, als ich zu ihm trat und ihn bat, mit mir zu spielen. Er lehnte ab, so freundlich wie bestimmt. Viele hat er schon neugierig gemacht, viele haben ihn schon um ein Spiel gebeten. Er lehnt immer ab. Täglich sitzt er bis zum Einbruch der Dämmerung, dann verschwindet er. Nach einer Stunde kommt er wieder, baut sein Spiel auf und bleibt bis Mitternacht. Jeden Tag. Er ist weder geistesgestört noch sonst irgendwie gehandicapt. Nie sieht man ihn essen oder trinken, außer mein Cafetier gibt ihm etwas.

Mir lässt der Schachspieler keine Ruhe. Wie er komme auch ich seit einiger Zeit täglich zum Terminal und setze mich in das Café, von dem aus ich Chuan gut beobachten kann. Es ist mir zur Manie geworden. Nur selten verlasse ich das Lokal, hier kennen mich schon alle. Und nie lese ich in dem Buch, das ich mir jeden Tag mitnehme. Ich starre immer gebannt auf Chuan, der alle meine Versuche, mit ihm ins Gespräch zu kommen, abgewiesen hat. Der Cafetier sagt, dass er Chuan bald einen Lohn zahlen müsse, denn es gäbe mehrere, die so wie ich nicht aufhören könnten, Chuan zu beobachten.

Wenn Chuan sein Schachspiel aufgestellt hat, sitzt er fast bewegungslos da. Wie ein buddhistischer Mönch sitzt er, aber er betet nicht. Er beobachtet die Menschen. Jedem sieht er ins Gesicht, nicht aufdringlich, nicht so, dass es Ärger geben könnte. Freundlich und friedlich mustert er die Menschen. Hier, an der Stelle, wo er sitzt, kommt jeder, der Hua Hin besucht, mindestens einmal vorbei. Die Flugzeugtouristen entsteigen hier den Shuttlebussen, die Einheimischen kommen hier vorbei, wenn sie zum Markt gehen, und alle promenieren hier am Abend: die Ladymen, die Prostituierten, die Wirte, ihr Personal, die Thai-Boxer, die „seriösen" Urlauber und die europäischen Männer in Trägerleibchen mit ihren angemieteten Liebchen. Chuan beobachtet sie alle. Und ich beobachte ihn, und eines Abends fällt mir plötzlich wieder der Verwandte ein, den wir ob seines tragischen Schicksals Hiob nannten. Und ich weiß, warum Chuan da sitzt.

Er wartet darauf, dass seine Tochter wieder auftaucht, sie oder der europäische Mann, der sie vor Jahren mitgenommen und sein Schachspiel zurückgelassen hat. Wenn sie kommt, ob zu Fuß, mit dem Flugzeug, Auto oder Bus, muss sie hier am Terminal vorbei. Und sie wird kommen …

8. Bild: Die Wirtin von Whangarei

Die Geschichte ist schnell erzählt: Die Frau hieß Vera S., war vor vielen Jahrzehnten aus Kroatien eingewandert. Sie gab uns eines ihrer kleinen Zimmer gratis, weil wir aus Österreich kamen und Österreich ein Nachbar Kroatiens war. Nachdem wir mit dem Leihauto die ganze Strecke von Auckland herauf ohne Pause zurückgelegt hatten, waren wir, G. und ich, müde und verschwitzt in Whangarei gelandet. Whangarei war kein schöner Ort. Trotzdem blieben wir länger, als wir vorhatten. Vera ließ uns nicht weg. Ich musste ihr von Europa erzählen und vor allem, wie schön meine Kroatienurlaube gewesen waren. Für mich gab es aber noch einen Grund zu bleiben. Aufgrund einiger Äußerungen Veras wurde in mir bald ein Verdacht immer stärker, eine sentimentale Erinnerung holte mich ein …

Wir nützten die Tage in Whangarei, um uns zu akklimatisieren, schließlich waren wir aus dem Winter gekommen und 23 Stunden im Flugzeug gesessen. Wir wollten Kraft sammeln für die folgenden Wochen, in denen wir mit dem Auto die gesamte Nord- und Südinsel abzufahren, auf die Stewart Inseln hinüberzusetzen, vor allem aber von Queenstown aus eine schwierige Vieltages-Tour zum kaum zugänglichen Milford Sound zu machen beabsichtigten. Die Zeit in Whangarei war aber eintönig. Wir erkundeten die Umgebung, lasen in unseren mitgebrachten Büchern und streiften durchs Land, um mit Hilfe unserer Unterlagen Flora und Fauna zu bestimmen. Auch einige Golfrunden spielten wir auf Plätzen, die herrlich über dem Meer lagen.

G. ging zumeist sehr früh ins Bett. Ich, der ich wenig Schlaf brauche, saß abends viele Stunden an Veras Theke und trank Bier mit den Einheimischen, unter ihnen auch Maoris. Vera S. war, wie sie mir später einmal sagte, 67 Jahre alt. Sie sah jünger aus und wirkte sehr vital. Sie wusste das und führte das in unseren Thekengesprächen sehr stolz darauf zurück, dass sie seit Jahrzehnten praktisch alles, was sie besaß, allein geschaffen hatte. Ihr Mann, ebenfalls ein Kroate, war völlig überraschend gestorben, kurz nachdem sie Europa verlassen hatten. Sie hatte ihr Schicksal gemeistert und war voller Leben. Es gefiel mir, wie streng sie darauf bedacht war, zwischen sich und den Gästen, überwiegend Farmern und Handwerkern, die notwendige Distanz zu wahren. Das hatte ihr im Laufe der Jahre Ansehen verschafft. Sie war eine Autorität, deren Wort in der sie umgebenden Männerwelt Gesetz war.

Obwohl sie sehr viel las und über eine ganz beträchtliche Bildung verfügte, hatte sie kein einziges Buch im Haus. Das erfuhr ich bei unserem ersten Gespräch an einem frühen Nachmittag, als außer mir noch niemand im Lokal war. Ich musste ihr von Kroatien erzählen. Als ich sie fragte, ob sie mir eines ihrer Bücher leihen könne, sagte sie, dass sie kein einziges zu Hause habe. Sie werfe jedes Buch sofort nach der Lektüre weg. Aus dicken Büchern reiße sie sogar die gelesenen Seiten, um sich das Buch handlicher zu machen. Sie halte gelesene Bücher für Leichen, und Leichen wolle sie keine im Haus haben, sagte sie. Die meisten Leute sammelten die gelesenen Bücher nur aus Imagegründen zu einer Bibliothek, mit der sie auf ihre ungeheure Bildung hinwiesen. Es würde sie interessieren, wie oft jemand ein gelesenes Buch ein zweites oder gar drittes Mal in die Hand nehme. Schon möglich, dass das eine oder andere Buch für jemanden einen sentimentalen Wert darstellen könne, sagte sie, im Regelfall aber seien die gebrauchten Bücher Einrichtungsgegenstände und Staubfänger. Sie müsste ihr Lokal zusperren, wenn sie nur jene Flaschen aufbewahrt hätte, die aus einem besonderen Anlass geleert worden waren, einem Geburtstag, einem Trauerfall, einer Eheschließung, einer Geburt oder auch einer Scheidung.

In den Abendstunden animierte Vera die Thekengesellschaft unentwegt zum Trinken und war selber, wenn sie eingeladen wurde, und das wurde sie immer, ihr bester Gast. Jeden Tag spielte sich das Gleiche ab. So zwischen sechs und acht am Abend liefen die Gäste ein, die, wie gesagt, durchwegs Männer und Stammgäste waren. Vera empfing jeden mit Fragen, und ich merkte schnell, dass sie nur Wohlbefindens-Fragen stellte, Fragen, auf die der Gast mit einem Ja antworten konnte. Im Laufe der folgenden Stunden gab sie Zeitungsmeldungen zum Besten, die sie immer auch gleich so kommentierte, dass alle beifällig nickten. Daraus ergaben sich wiederum Gespräche. So vergingen die Stunden. Obwohl in Neuseeland die Gehsteige schon sehr früh hochgezogen werden und die Einhaltung der Sperrstunde von der Polizei sehr strikt überwacht wird, gab es bei Vera Betrieb bis weit nach Mitternacht. Das hatte sie geregelt.

So rund um Mitternacht passierte dann täglich das Gleiche. Vera wurde sentimental. Ihr Heimweh brach aus. Beinahe täglich kündigte sie an, das Lokal zu schließen und nach Kroatien zurückzukehren. Sie begann von ihrer Heimatstadt Varaždin zu reden und kroatische Lieder zu singen. Mich hatte sie mittlerweile zum Kronzeugen für alle jene großartigen kroatischen Attribute und Episoden gemacht, von denen sie den Männern während der letzten Jahre vorgeschwärmt hatte. Sie schenkte mir andauernd nach, und ich bestätigte dafür, blanko und korrupt, sämtliche ihrer Schwärmereien und Feststellungen.

Um es kurz zu machen: Am Abend vor unserer Weiterreise, als alle Gäste weg waren, fragte ich Vera, wann und wie sie damals nach Neuseeland gekommen sei. Mit einem Schiff, sagte sie, von Bremerhaven aus, im Sommer 1965, zwei Jahre nach ihrer Verehelichung. Ihr Mann habe auf das Inserat der griechischen Chandris Lines geantwortet. Zunächst seien sie in Melbourne gelandet, wo ihr Mann aber nach kurzer Zeit verstarb. Über Vermittlung eines Bekannten sei sie dann nach Neuseeland gekommen, und diesen Schritt habe sie nie bereut. Sie habe die Kiwis ins Herz geschlossen, sagte sie, das seien anständige und ehrliche Leute. Sie fühle sich hier wohl. Entgegen den allabendlichen sentimentalen Albernheiten, die ich ja miterlebt hätte, denke sie nicht daran, jemals wieder nach Kroatien zurückzukehren.

Die Pflege eines Traumes sei erlebnisreicher als dessen Erfüllung, sagte Vera in Anspielung auf unser Vorabendgespräch am nächsten Tag, als wir uns verabschiedeten. Sie schmunzelte, und ich musste auch lächeln. Ich dachte an den Sommer 1965. Damals arbeitete ich als Steward auf der *QSS Australis* der Chandris Lines, die von Bremerhaven aus Emigranten nach Australien transportierte ...

Alles in allem gibt es nur zwei Arten von
Menschen auf der Welt – solche, die zu Hause
bleiben, und solche, die es nicht tun. – Rudyard Kipling

18

Rendezvous mit der Kindheit

St. Stefan im Rosenthal –
Rio de Janeiro,
hin und zurück

Fußball-Gott, das wär's gewesen: Einmal die Nummer Zehn tragen zu dürfen beim FC Bayern München! Zur Not auch beim FC Liverpool. Oder bei Botafogo. Hat nicht geklappt. Leider. Alles, was ich heute mache, ist Kompensation. Mein Kindheitstraum vom großen Fußballstar platzte sehr früh. Ich hätte das erkennen müssen! Die Weigerung, mein sportliches Untalent zu akzeptieren, machte mich für viele Jahre unglücklich. Nirgendwo war ich erste Wahl, nicht im Fußball, nicht im Völkerball, nicht im Handball. Nie schaffte ich es in die jeweiligen Auswahlmannschaften meiner Klasse. Das tat weh.

Ich weiß nicht, wie das heute gehandhabt wird, aber in meiner Kindheit, damals in St. Stefan im Rosenthal, gab es bei allen Mannschaftsspielen zwei Wähler, das waren in der Regel die Klassenbesten in der jeweiligen Sportart. Sie wurden von den Lehrern als Kapitäne nominiert und pickten abwechselnd aus unserer Gruppe diejenigen heraus, die sie in ihrem Team haben wollten. Ich wurde nie oder richtiger gesagt: immer erst ganz zuletzt gewählt. Mit anderen Worten: Ich wurde immer nur in Kauf genommen. Es gehörte zu den entwürdigenden Momenten meiner Kindheit, möglichst ungerührt in die Gegend schauen zu müssen, während sich meine Sonne verdunkelte und die Sportlerseele bitterlich weinte, weil mich die beiden Wähler wie ein abgelaufenes Supermarktangebot ignorierten. Auf diese Weise lernte ich sehr früh, was eine Text-Bild-Schere ist: Obwohl ich gerade Beine hatte und irgendwie auch sportlich wirkte, brachte ich's nicht. Jeder wusste, dass mein Talent im diametralen Gegensatz zum Eindruck stand, den mein durchaus fast athletisch gewachsener Körper bot. Daher wurde ich eben stets erst ganz zuletzt gewählt, und das tat, wie gesagt, sehr weh. Um dieser Peinlichkeit zu entgehen, hätte ich damals zu jedem noch so verbotenen Dopingmittel gegriffen. Meine Verzweiflung darüber trieb mich zu Bestechungsversuchen: Ich drängte mich in die Gesellschaft der Sportasse. Wie doof diese auch immer waren, ich fühlte mich geehrt, wenn ich mit ihnen auf Augenhöhe verkehren durfte. Ich beschenkte sie, half ihnen bei Schulaufgaben, versprach ihnen ewige Freundschaft – es gelang mir immer wieder, den einen oder anderen zu bestechen, damit er mich nicht als Allerletzten in seine Mannschaft wählte. Das machte aber keiner öfters, denn er riskierte damit seine Glaubwürdigkeit, und alle wussten, dass nur Bestechung eines der Asse veranlasst haben konnte, mich vorzeitig in sein Team zu wählen. All das änderte sich, als Volkmar W. in St. Stefan im Rosenthal auftauchte.

Der Himmel, aus dem Volkmar kam, war heiter – im Sinne des Wortes. Seine Eltern waren aus dem Westen Österreichs zugezogen. Ganz plötzlich war er da. Ich habe das Bild heute noch vor mir, wie er in unsere Klasse, die dritte, kam und von der Lehrerin auf den freien Platz neben mir gewiesen wurde. Ich hätte es damals nicht benennen können, aber wir alle, auch die Lehrer, staunten über die gewisse habituelle Würde, die der erst Achtjährige schon ausstrahlte. Er war bereits als Kind voll Bedächtigkeit und kein bisschen verlegen. Ich erinnere mich, wie er sich in der ersten großen Pause bei uns auf Anhieb Respekt verschaffte, weil er den Hänseleien des Klassen-Herkules Herbert E. dadurch Paroli bot, dass er ihn, als dieser raufen wollte, einfach so festhielt, dass der sich nicht mehr rühren konnte. (Ich sah Volkmar auch später nie raufen, dennoch genoss er größtes Ansehen.)

Er akzeptierte mich sofort. Vom ersten Tag an waren Volkmar und ich Freunde. Ihm musste ich nie etwas schenken. Er beschützte mich in allen Kämpfen, und wenn er als Kapitän seine Mannschaft wählen musste, entschied er sich immer von vornherein für mich. Er war der erste Mensch, der auf mich hörte. Und nicht nur das: Ohne ihn wäre ich heute nicht hier. Er rettete mir auch das Leben.

Jeden Tag verbrachten wir in unserer St. Stefaner Zeit gemeinsam, buchstäblich jeden Tag! Im Sommer streiften wir durch die Wälder und Sandgruben von Lichtenegg, im Winter fuhren wir mit den Schlitten den Nagl-Riegl hinunter, damals gab es auch in der südlichen Steiermark noch viel Schnee. Wir bauten Baumhütten am Saßbach, rauchten in den Feldern des Muggentales das dunkelbraune Maishaar und gingen heimlich zu den Zigeunern, die in Edelhof vor dem Dorf lagerten. Als wir elf waren, trennten sich unsere Wege. Ich wurde in eine Internatsschule nach Graz geschickt, Volkmar musste später noch weiter weg, zu einer Konditorlehre nach Birkfeld. Beide kamen wir nur noch sporadisch nach St. Stefan im Rosenthal. Wir verloren einander. Das war vor mehr als 50 Jahren.

Unsere Beziehung ist verholzt, wie ein Weinstock, den der Winzer nicht pflegt. Das Holz ist zwar spröd geworden, knorrig und hart, aber es atmet. Vor zwei Monaten nun kam überraschend eine Mail aus Brasilien, die aus nur einem Satz bestand: *Bist du der Klaus E., den ich 1953 aus dem Saßbach gezogen habe?* Volkmar hat mich ausfindig gemacht und angeschrieben. Beschämt wird mir bewusst: Ich habe nie etwas getan, um ihn zu finden. Und jetzt sitze ich mit einem Gemisch aus schlechtem Gewissen und Vorfreude im Flugzeug nach Rio. Dort betreibt Volkmar seit mehr als 30 Jahren ein Restaurant.

Ein Flug, der mich tausende Meilen über den Atlantik bringt. Eine Zeitreise aber auch, die mich aus dem Herbst des Lebens zu einem Rendezvous mit der Kindheit führt. Es geht zurück Richtung Quelle, und flussaufwärts, gegen den Strom, ist die Reise nie leicht. Ein sentimentales Vorhaben, dem die Melancholie eines Chansons von Aznavour innewohnt. Ich fliege der Zukunft entgegen, um die Vergangenheit zu treffen, die ein halbes Jahrhundert zurückliegt. Passiert es oft im Leben, dass die Gedanken zurückreisen, während der Körper nach vorne fliegt? Wie werden wir einander begegnen? Könnte leicht sein, dass wir, deren Haare inzwischen silbern geworden sind, uns mit der Verlegenheit von Kindern begegnen.

Es ist März. In Brasilien beginnt der Herbst, bei uns der Frühling. Die Zugvögel sind zurückgekommen. Bald wird mein Haus wieder zugewachsen sein. An den kahlen Ästen der Bäume und Sträucher zeigen sich die ersten hellgrünen Blätter. Die Bärlauchsammler sind unterwegs. Auf den Waldböden Heerscharen von blauen Krokussen und weißen Frühlingsknotenblumen. Vom Bachrand blitzt das erste Gelb der Forsythien. Vor meiner Abreise habe ich noch meinen Wein geschnitten und gebunden. Jetzt tropft der Saft aus den Schnittstellen: Die Reben weinen.

Wie immer reise ich im Parka. Mein Gepäck besteht aus einem Rucksack. Alles kann notfalls entbehrt werden. Das Kostbare, Unentbehrliche trage ich in einer Tasche, die am Hosengürtel befestigt ist: Dokumente, Scheckkarten, Bargeld, Tickets und als ebenso attraktives wie sentimentales Gastgeschenk ein Schwarzweißfoto, das Volkmar und mich 1955 als Zehnjährige beim Ministrieren zeigt. Ein überaus glücklicher Zufall bescherte mir dieses Bild, von dessen Existenz ich nichts wusste.

Die kleine Fokker 70 zieht nach dem Start in Graz-Thalerhof noch eine Schleife über die Hügel der Oststeiermark. Ich sehe den Kirchturm von St. Stefan im Rosenthal, der sonnengelben Oase unserer Kindheit. Irgendwo habe ich von dem antiken Mythos gelesen, der besagt, dass die Hügel dieser Welt ein Produkt der Götterliebe sind. Sie seien aus der lustvollen Vereinigung der Erde Gaia mit dem Himmel Uranos entstanden. Naja …

St. Stefan im Rosenthal liegt im südöstlichsten Zipfel Österreichs. Die Natur hat das Mittelmaß zur Landschaft geformt: Es gibt keine hohen Berge und keine tiefen Täler, vielmehr prägen milde Hügel die Region, Hügel, auf denen Mischwälder stehen. Zwischen diesen fließen kleine Bäche. Auf den sandigen Böden stehen viele Föhren, und die Wiesen sind pastellfarben, grünfleckig und braunscheckig, so als könnten sie sich nicht entscheiden zwischen mediterranem Braun und alpinem Grün. Alles gibt sich durchschnittlich, auch die Menschen, die sich ihr ganzes Leben lang damit nicht abfinden können.

Ich bin im Rosenthal aufgewachsen, und ich muss sagen, dass ich nirgendwo weniger Rosen gesehen habe als eben hier im Rosenthal. Aber die Wiesen umschmeichelten zu meiner Zeit die Hausmauern noch so dicht, dass man glauben konnte, die Ziegelhäuser wüchsen direkt aus der Erde. An unserem Haus floss der Rosenbach vorbei, in dem ich als Kind Krebse fing – aber nur von Samstag bis Mittwoch. Die Donnerstage und Freitage waren beim benachbarten Viehhändler die Schlachttage. Da floss mehr Blut als Wasser im Rosenbach. Es war das Blut der Schweine, der Kühe und der Kälber, die oft minutenlang warten mussten, bis ihnen einer der Schlächter mit einem großen Messer die Kehlen durchschnitt, nachdem sie in Reih und Glied lebendig an den Hinterbeinen aufgehängt worden waren. Mir musste schon damals keiner mehr erklären, was „grobschlächtig“ bedeutete, auch nicht der Pfarrer, der mich in der zweiten Grundschulklasse einen „grobschlächtigen Pharisäer“ nannte, weil ich ihm in irgendeiner Sache widersprach.

Der südöstlichste Teil Österreichs ist, klimatisch gesehen, einer der sonnigsten Landstriche Europas. Wirtschaftlich aber lag dieses, mein sonniges Land stets im Schatten. Es war immer arm. Die große Geschichte lief all die Jahrhunderte hindurch an uns vorbei. Geopolitisch waren wir uninteressant. Kein Herrscherhaus, keine Regierung bemühte sich jemals um diese Region. Und unsere Menschen konnten von den kleinen Landwirtschaften nicht wirklich leben. Sie hatten zum Sterben zu viel und zum Leben zu wenig. Das führte dazu, dass wir sehr früh schon das Land der Nebenerwerbsbauern wurden, das Land der Pendler. Die Männer mussten in den 50er- und 60er-Jahren, als ich noch dort lebte, tage- oder wochenweise vom Hof, je nachdem, ob sie im nahe gelegenen Graz oder im fernen Wien Arbeit fanden. Unter der Woche sah man nur Frauen auf den Höfen arbeiten. Hunde bewachten sie, kleine giftige Köter, die hysterisch bellten, wenn sich eine fremde Person dem jeweiligen Hof näherte.

Die Südoststeiermark, das war Schweinezucht und Maismonokultur. Aufrechte mannshohe Mais-Armeen hielten von Juni bis Oktober das Land besetzt. In den Gassen dazwischen ließ sich viel verbergen. Der Mais trocknete zwar den Boden aus, die Schweinegülle verpestete das Grundwasser, aber beides zusammen brachte am meisten Ertrag. Während die Europäische Union heute Prämien für die Stilllegung von Maisanbauflächen zahlt, gab es damals bundesstaatliche Zuschüsse für den Anbau. Der Mais dominiert heute noch unsere Re-

gion, die von zwei Flüssen begrenzt wird, der Raab im Norden und der Mur im Süden. Deshalb nenne ich dieses Maisland zwischen den „Strömen" Maisopotamien.

Es gab aber noch eine Grenze, den Eisernen Vorhang im Osten. Er machte seinem Namen wirklich Ehre und war viel unüberwindlicher als die beiden Flüsse. Winston Churchill hatte diesen Begriff für die Staatsgrenzen geprägt, durch den die kommunistischen Staaten vom Westen hermetisch abgeriegelt waren. Unsere kommunistischen Grenznachbarn waren Ungarn und das ehemalige Jugoslawien. Beide lagen vor unseren Augen. Sie waren ganz nah und doch unendlich weit entfernt. Wenn wir zwischen den hohen Wachtürmen über die Stacheldrähte und über die tödlichen Minenfelder hinüberschauten, dann sahen wir das Spiegelbild unserer Landschaft. Die Menschen dort verrichteten die gleichen Arbeiten wie bei uns. Und dennoch: In unseren Köpfen verfestigte sich ein Bild von dieser Welt als einer Gegenwelt zur unsrigen. Sie war nicht nur fremd. Sie war stumm, feindlich und mysteriös. Aber sie regte meine kindliche Phantasie an.

Vor dem Einschlafen durchkostete ich fröstelnd die geheimnisvolle, unbeschreibliche und abenteuerliche Exotik des Ostens. Ich empfand sie als undefinierbare Gefahr und bedauerte die Menschen dort, die wie Sklaven gehalten wurden und denen von „dunklen Machtzentren" der Kopf abgeschlagen wurde, wenn sie nicht parierten. In den Machtzentren saßen versteinerte Männer an einem großen Podiumstisch. Das waren die Diktatoren, die den ganzen Tag überlegten, wie sie uns schaden konnten. Unentwegt trafen sie feindliche, gegen „unseren Westen" gerichtete Entscheidungen. Daneben veranstalteten sie Schauprozesse gegen die eigenen Leute. Im Osten durfte man sich nicht rühren. Der Osten war steril, geruchlos und stumm wie die präparierten Fischköpfe, die in einem Gasthaus in Alt-Jennersdorf verständnislos von der Wand glotzten, an der sie befestigt waren.

Dieses Gasthaus lag nur wenige Meter von der ungarischen Grenze entfernt. In den 80er-Jahren fuhr ich oft dorthin, ich fand es erregend, dass man sozusagen von der Gaststube aus das Treiben auf dem Dorfplatz des gegenüberliegenden ungarischen St. Gotthard beobachten konnte.

Unser Land duftete. Bei uns war alles hell und gelb, die Sonne, die Maiskolben, der Raps, die Kürbisse, das Bier, der Most, der Wein, die Finger der Raucher. Im Osten gab es keine Farben und keinen Humor. Lachen war verboten, wie bei uns in der Kirche.

Ich träumte davon, die Stacheldrähte niederzureißen. Als strahlender Held wollte ich die Machtzentren im Alleingang ausräuchern und die Menschen befreien. Lange habe ich mich an der Exotik des Ostens berauscht, auch später hat es mich immer wieder gereizt, in diese Länder zu reisen. Mit wollüstigem Schaudern und mit Herzklopfen, jede Sekunde auf der Hut vor den Geheimdiensten, nahm ich als Student die Einschüchterungen und Drohgebärden langwieriger Passkontrollen auf mich, um im Bewusstsein des völligen Ausgeliefertseins an die dunklen und mystischen Machtzentren über ungarische oder jugoslawische Landstraßen zu fahren, durch die grauen Häuserschluchten Ostberlins, Belgrads, Prags oder Budapests zu streunen, im glücklichen Bewusstsein, in „den Westen“ zurückkehren zu dürfen. Die Berichterstattung über den sogenannten Ostaufbruch, 35 Jahre später, gehört zu den Höhepunkten meines journalistischen Lebens. Ich hatte Tränen in den Augen, als ich im Fernsehen die jubelnden Ostmenschen am 9. November 1989 durch das Brandenburger Tor stürmen sah. Am Tag darauf fuhr ich nach Spielfeld an die steirisch-slowenische Grenze. Etwas abseits der Straße, im Wald, rauchte ich eine Zigarette und gedachte jenes unbekannten jungen Mannes, über dessen Erschießung durch jugoslawische Grenzeinheiten ich hier am Ostersonntag des Jahres 1977 für das Fernsehen berichten musste.

Heute, Jahrzehnte danach, gehe ich oft tagelang durch Maisopotamien. Der milde Wind bläst mir ins Gesicht, und alle paar Augenblicke gibt es Anlässe, den Zug der Erinnerung zu besteigen. In diesem Haus wurde ich einmal bewirtet, in jenem wohnte ein früh verstorbener Schulkollege, an dieser Kreuzung wartete ich auf den Autobus, über diesen Weg ging der Vater weg …

Volkmars Familie kam aus dem Westen, irgendwo aus Tirol. Was sie zu uns nach St. Stefan geführt hatte, weiß ich nicht. Sein Vater wurde damals, kurz nach dem Krieg, jedenfalls schnell akzeptiert. Er war geschickt und trinkfest. Anfangs hielt er die Familie, die aus Frau und (mit Volkmar) vier Kindern bestand, mit Herrgottschnitzereien und -bildern über Wasser. Als er, ein eingefleischter Agnostiker, eines Tages in der Kapelle von Schichenau am Hügel oberhalb des Nagl-Weingartens der Maria einen Heiligenschein malte, kam ein Abgesandter des Bürgermeisters mit der Mitteilung, dass ein Arbeitsplatz für ihn gefunden sei. Davon wird mir Volkmar in wenigen Tagen erzählen, wenn wir auf langen Spaziergängen die Vergangenheit lebendig werden lassen und mit genauer Textkenntnis die Schlager unserer Jugendzeit singen: Peter Kraus, Chris Howland, Pat Boone, Vico Torriani, Caterina Valente …

Damals, vor 50 Jahren, hätte Volkmar mich nicht so leicht finden können. Der Flug nach Brasilien wäre eine viel größere finanzielle, intellektuelle und emotionale Herausforderung gewesen. Es gab kein Internet, kein Googeln, keine Mails, kein Mobiltelefon, keine SMS. Fernsehen, Telefon und Coca-Cola waren noch nicht in unser Dorf gekommen. Der Viktualien- und Gemischtwarenhändler Viktor L., der später einmal vor unser beider Augen mit einem lauten Schrei umfiel und für immer tot war, verkaufte vor seinem Schlaganfall Brauselimonaden, Knäbchen-Schokolade und Panuli-Zuckerln. Es war die Zeit, in der die gelben Postautobusse über die Landstraßen fuhren und die Leute sich Ansichtskarten schrieben, auf die sie die Trachtenpärchen-Briefmarken klebten. Die Philosophie unserer Eltern, die nach dem schrecklichen Krieg genug von Idealen hatten, ließ sich auf zwei Sätze reduzieren: „Die frühe Henne findet das Korn" und „Der beste Schlaf ist der Schlaf vor Mitternacht". Überall, an den Wänden und an den Küchenkredenzen, hingen diese Kreuzstich-Aphorismen als die neuen Imperative: Genug der Reden! Weg mit den Ideologien! Man lebt doch nur vom Brot allein! Ärmelaufkrempeln war angesagt. Die Herzen und Hirne der Väter und Mütter waren ausgebrannt. Es war die Zeit des materiellen Wiederaufbaus. Europa und die Welt wurden zweigeteilt, in einen bösen Ost- und einen guten Westblock. Der Stacheldraht der nahen Grenze war die Dornenkrone der Ungarn und Slowenen, die ihr Kreuz zu tragen hatten. Das alles ging uns aber nichts an. Die Welt war weit, weit weg: Stalin in Moskau, Franco in Spanien, De Gaulle in Frankreich, Ben Bella in Algerien, Che Guevara in Südamerika, sogar Tito im angrenzenden Jugoslawien ...

Alle, wirklich alle bei uns waren arm. Vor lauter Wiederaufbau steckten sie den Kopf in den ideologielosen Sand. Bald schon würde auf den Straßen, auf den Hohen Schulen, in den Fabriken die neue schrille Sinnsuche beginnen. Zehn Jahre *nach* Kriegsende ahnte niemand bei uns am Land, wie schnell das Pendel zurückschlagen würde, dass wir nur zehn Jahre *vor* der 68er-Revolution standen. Die Jugendgeneration übernahm – erstmals in der Geschichte der Menschen – die Herrschaft über die Alten und sollte sie bis heute nicht mehr abgeben. Und daran muss ich jetzt beim Fliegen denken: Es gab nicht viele, die so wie Volkmar den Mut hatten, aus dem tiefsten oststeirischen Dickicht derart radikal auszubrechen. Einige gingen weg, aber kaum einer wagte sich in eine so völlig fremde Welt, wie es Brasilien damals war …

Wir waren tiefste Provinz in Maisopotamien. Alles um uns war äußerst unvollkommen, aber im Großen und Ganzen lebten wir glücklich unter unserer gelben Sonne. Die Straßen und Wege waren noch nicht asphaltiert, sodass der Schnee lange liegen blieb. Im Winter fuhren wir Kinder auf unseren selbst gebauten Schlitten. Wir liefen Eis am Schlosser-Teich, in dem wir im Sommer badeten. Aus dem Saßbach holten wir die grätigen Weißfische. In den Weinbergen, von denen es früher mehr gab als heute, tappten wir beim „Doktorspielen" harmlos in unsere ersten sexuellen Ahnungen.

Und auf der Sportwiese vor unserem Ort wohnten die Zigeuner. Sie waren die Kehrseite des ordentlichen Lebens, die dunkle Seite des Mondes. Wer sich mit ihnen abgab, lief schnurstracks in sein Verderben. So durfte man nicht leben, so jenseits jeder Verantwortung, jeder Ehrlichkeit und jeder Ordnung. Im Gasthaus war den Zigeunern ein eigener Tisch zugewiesen – wenn sie es überhaupt betreten durften. Das hing von den Launen des Wirtes und der Gäste ab. Uns Kindern war jeder Kontakt mit den Zigeunern verboten. Ich erinnere mich aber, dass sie immer freundlich und lustig waren. Heimlich gingen wir zur Sportwiese und legten uns auf den Bauch, um sie zu beobachten. Und öfter taten sie so, als würden sie uns nicht bemerken. Dann begannen die jungen Männer, Fratzen zu schneiden und vor unseren Nasen herumzutanzen. Einmal stellte einer einen Sessel ins Gras. Ein anderer setzte sich darauf und entfaltete eine Zeitung. Während er vorgab, konzentriert zu lesen, zündeten sie ihm die Zeitung an. Der Leser merkte es nicht. Er nahm auch nicht wahr, dass sie ihm den Sessel unter dem Hintern wegzogen. Steinern verharrte er in Sitzhaltung, die brennende Zeitung in Händen, so lange, bis wir uns vor Angst nicht mehr halten konnten und ihn lauthals vor dem Feuer warnten. Da lachten die Zigeuner. Sie gaben sich überrascht über unsere Anwesenheit, und wir wussten, was wir insgeheim immer gewusst hatten: Es war ein Scherz gewesen.

Nicht nur die Zigeuner, auch „unsere Leute" zogen als Sauschneider und Mäher durch das Land. Hausierer, Schirmmacher, Messerschleifer und Tagelöhner waren unterwegs. Es gab noch kein Fernsehen, dafür aber zahlreiche Gasthäuser, in denen nach der Arbeit viel gesoffen und auch gerauft wurde. Es wurde überhaupt viel geredet, in den Greißlereien, beim Viktualienhändler, in der Trafik, wo man die filterlosen Zigaretten kaufte, unter den Schatten spendenden Isabella-Weinhecken. Wenn das alles nach Idylle klingt, dann weiß man, wie sehr die Erinnerung lügen kann. Wir waren, wie gesagt, arm. Als Arbeit galt bei uns nur, was körperlich müde machte.

Fairy tales can come true, it could happen to you, if you're young at heart … Es ist, als schwebte das Flugzeug auf der Thermik von Frank Sinatras Stimme. Ich bin müde, will mir den Schlaf aber für die elf Flugstunden über den Atlantik bis Rio aufheben. Zwischenlandung in Paris, Charles-de-Gaulle – ich erinnere mich: Damals, als Volkmar nach St. Stefan kam, war der General mit der langen Nase ein führender Politiker. Ich habe nicht viel Zeit, schaffe aber rechtzeitig den langen Weg zum Terminal E, wo meine Anschlussmaschine wartet. Bevor ich einsteige, kontrolliere ich die Mitteilungen auf meinem Mobiltelefon. Volkmar hat sich gemeldet. Er ist gestürzt, hat sich eine Sehnenzerrung zugezogen, nichts Tragisches, aber doch so hinderlich, dass er mich nicht vom Flughafen abholen kann. Er bittet mich, per Taxi direkt in seine Wohnung zu fahren. Auch wenn er mir leid tut, ist es mir doch recht, nach der Landung in Rio nicht sofort in Beschlag genommen zu werden und funktionieren zu müssen. Mir bleibt eine Zeit der seelischen Akklimatisierung. Ich werde kein Taxi nehmen, sondern mit Bus und Metro fahren, wie ich es in fremden Städten prinzipiell zu tun pflege.

Wir hatten damals in St. Stefan eine gelbe, sonnige Kindheit. Wir fingen Krebse und bauten Schiffe, die gemütlich den Rosenbach hinunterschaukelten, Metaphern unseres Lebensrhythmuses. Einmal verlor ich beim Baden im Bach den Grund unter den Füßen. Volkmar zog mich aus dem Wasser. Das war 1953, drei Jahre bevor wir unser Heimatdorf verließen. Ich lebte mein Berufsleben in Graz und Wien, Volkmar landete 1978 nach mehrjährigen Arbeits- und Ausbildungsaufenthalten in Paris und New York in Rio de Janeiro, wo er bald selbstständiger Unternehmer wurde. Er kaufte ein Restaurant, das er zunächst gepachtet hatte.

Wie die Eltern Volkmars waren auch meine Eltern aus einem anderen Landesteil zugezogen. Ein Freund meines Vaters hatte diesem eingeredet, es hier in Maisopotamien mit dem Landmaschinenhandel zu versuchen. Die ersten Jahre wohnten wir zur Miete bei einem Bauern, der natürlich auch wie alle anderen vom Hof allein nicht leben konnte. Er war im Nebenerwerb Schuster. Und er war mein erster Lehrer, ein großer Geschichtenerzähler. Ich erinnere mich vieler, vieler Winterabende, an denen er mir unter seinem Lampenschirm, am Schemel sitzend und einen Schuh bearbeitend, vom Toten Mann, von Nachtweibern und von Apfelkönigen erzählte. In der Atmosphäre behaglichster Friedlichkeit erklärte er mir auch, warum die Juden geldgierig, die Italiener Katzelmacher, die Russen Vergewaltiger und die Engländer hinterfotzige Gauner seien. Und überall im Lande ste-

hen heute noch die Kriegerdenkmäler, auf denen man von den Verteidigern der Heimat lesen kann, die allerdings weit außerhalb dieser Heimat umgekommen sind. Heute, wo das Heimat-Geben ebenso wichtig ist wie das Heimat-Haben, wirkt das besonders doppelbödig. Als hätte das Pathos auf den Kriegerdenkmälern die tragischen Schicksale vieler heutiger Flüchtlinge vorweggenommen.

Wir lebten damals in einer unvermittelten Sprech- und Hörwelt. Es gab kaum ein Telefon in Maisopotamien, nur wenige Radios. Die Zeitung war Luxus, das Lesen zu zeitraubend. Es gab die Aufschneider, die Märchenerzähler, die Dampfplauderer, die Lügenbarone, die Wunderheiler, Händler und Rosstäuscher. Es war der Wilde Westen: Professionelle Kartenspieler zogen wie Pistolenhelden durch die Gasthäuser, sie ließen sich auf ein Schnapser-Bummerl herausfordern oder forderten selbst heraus. Beim Färbeln wurden Unsummen und Schicksale verspielt. Überall wurde das große, oft sehr mitleidlose Wort geführt. Und es gab, wie in Afrika, die Märchenerzähler. Diese sprachmächtigen Griots wurden in den Gasthäusern und auf den vielen Märkten erwartet und willkommen geheißen, obwohl sie nichts Materielles mitbrachten, sondern „nur" Geschichten, wahre und unwahre, Fakten und Fiktionen, Tatsachen und Meinungen. Als ich vor Kurzem auf dem Djemaa el Fna, dem Platz der Geköpften, in Marrakesch, im flackernden Kerzenschein den Märchenerzählern zuhörte, stiegen in meiner Erinnerung die Stammtische Maisopotamiens auf. Alle waren sie damals bei uns Geschichtenerzähler und als solche „Gesamtkunstwerke". Es war ziemlich egal, was sie erzählten. Der Inhalt war nicht so wichtig, er trat hinter die Gesamtdarstellung zurück.

Da war die alte Kulm-Bäuerin, die jedem sagte, dass sie erst sterben wolle, wenn sämtliche ihrer Zähne repariert wären. Sie hielt Wort, wie ich weiß, denn ich war bei ihrem Begräbnis. Oder Anna, die junge Zigeunerin. Sie ging von Gasthaus zu Gasthaus und ließ sich die Brust betasten, während sie aus der Hand las. Da war der Arzt, der sich in seiner intellektuellen Verzweiflung täglich mit Alkohol zuschüttete und die spießbürgerliche Nomenklatura St. Stefans mit herrlichen Brandreden aufregte. Oder der Bürgermeister, dessen Stammtisch-Exkurse unverständlich waren, weil er nur einen einzigen Zahn im Mund hatte. Der Präsident des Fußballklubs, der nach jeder Niederlage unseres Klubs, also an jedem Wochenende, unter heftigsten Tiraden gegen seine Spieler zurücktrat. Und da war der junge Brunnenmacher, der mir beim Hausbau meiner Eltern unentwegt ordinärsten Aufklärungsunterricht erteilte. Wenige Tage, nachdem er unseren Brunnen fertiggestellt hatte, brachte er in einem nahen Wald auf bestialische Weise seine schwangere Geliebte um. Das war der erste leibhaftige Mörder, den ich kennenlernte. (Seine Geschichte habe ich deshalb so intensiv im Hirn, weil ich zum Tatzeitpunkt John Knittels Via Mala *las, einen damaligen Bestseller, der von der brutalen Gewalttätigkeit des Graubündner Sägemüllers Jonas Lauretz handelt, von Vergewaltigung, Gatten- und Vatermord.) Am Tatort steht heute noch ein Marterl mit der ebenso tragischen wie grotesken Inschrift:* Nah meiner Heimat im grünen Wald bei finstrer Nacht, wurde ich hier umgebracht.

Keiner, denen ich von meiner bevorstehenden Brasilienreise erzählte, war jemals dort gewesen, aber jeder warnte mich vor Diebstahl und Verbrechen. Als ich den Flughafen in Rio verlasse, vergewissere ich mich meiner Gürteltasche. Alles noch da. Ich gehe den kurzen Weg zum Autobus. In einer weiteren Mail, die während des Fluges angekommen ist, heißt Volkmar mich willkommen und beschreibt nochmals den Weg zu sich. Es ist das zweite Mal, dass ich in Rio bin. Vor zehn Jahren war ich zuletzt hier, und mein damaliger Eindruck vom abgebrauchten Schulheft stellt sich sofort wieder ein. Rio ist eine Stadt mit Eselsohren. So nannten wir Kinder die hochgebogenen Ecken der alten Hefte. Von oben besehen ist die Stadt traumhaft. Wie eine wunderschöne Frau räkelt sie sich am Meer, Wassertropfen glitzern auf der Haut, Sinnlichkeit fließt in allen Adern. Innen drinnen aber Hektik, Lärm, Schmutz und Gestank. Es ist heiß. Die Luftfeuchtigkeit ist so hoch, dass ich sofort am ganzen Körper nass bin. Der Autobus bringt mich ins Zentrum. In Carioca steige ich aus und, bevor ich die Metro nehme, gehe ich in einer Art nostalgischer Anwandlung die wenigen Schritte in die Rua Gonçalves Dias und überzeuge mich davon, dass es eines der schönsten Kaffeehäuser der Welt immer noch gibt, die Confeitaria Colombo. Der Jugendstilsaal hier, denke ich mir bei einem kleinen Cappuccino, wäre ein würdiger Rahmen für ein Wiedersehen nach 50 Jahren gewesen.

Nicht nur im Film gibt es Gesichter, die man immer schon einmal gesehen hat. Vor Jahren kannte ich eine Frau, die sich jede Woche eine Allergie-Spritze holen musste, damit sie sich einen Kater halten konnte. Sie unterscheidet sich von der dunkelhäutigen Frau, die neben mir wenig später in die Metro nach Flamengo steigt, nur durch die Hautfarbe …

Die Frauen trugen und tragen bei uns in Maisopotamien immer die Hauptlast. Sie waren die Antwort, wurden aber kaum gefragt. Schuld daran war und ist das archaische Geschlechterrollenbild, welches sich bis auf die heutigen Tage herauf hält. Dieses Rollenbild war der Humus für eine diktatorisch und überaus humorlos agierende Kirche. Ich weiß heute noch, wie sehr ich mich schon als Kind über den lieben Gott ärgerte. Warum, so fragte ich mich, hat er es notwendig, sich am Sonntag in der Kirche von den schwer arbeitenden Frauen seine Größe dadurch bestätigen zu lassen, dass sie sich in den Staub werfen: Oh Herr, ich bin nicht würdig, dass Du eingehst unter mein Dach …

Einerseits bewunderte ich diese Frauen immer, andererseits hasste ich sie, so nach dem Motto, nur die dümmsten Kälber suchen sich die Schlächter selbst. Ich beobachtete sie, wie sie wochentags mit farbigen Kopftüchern die Landwirtschaften in Schuss hielten. Im Stall und im Haus, auf dem Acker und im Wald rackerten sie sich ab. Die Sonne stand wie eine mitleidlose Pistole am Himmel und hielt sie bei der Feldarbeit in Schach. Ich beobachtete die Frauen, weil sie immer gebückt waren und sommers keine Unterhosen trugen. Aber bald schon regte mich ihr Gebücktsein mehr auf *als* an. *Ich begann, ihre dumpfe Ergebenheit zu hassen. Die Monotonie ihres Daseins regte mich auf, der Trott, der sie nicht mehr essen und trinken ließ. Sie hatten alles Persönliche weggegeben und ahmten Essen und Trinken nur noch nach. Mir schien, als hätte man ihnen alles spontane Leben ausgetrieben. Und ich beobachtete diese Frauen, wie sie sonntags ihre schwarzen Kopftücher umbanden und zum Tratsch vor der und zum kollektiven Gebetsleiern in die Messe gingen, während ihre Männer ins Gasthaus zogen. Und wenn die Frauen dann, nachdem ihnen der Pfarrer die Leviten gelesen hatte, voll gepumpt mit Jenseitshoffnungen ihren Männern in das Gasthaus folgten, genossen sie unter den ordinären Scherzen der angesäuselten Männer nur mit schlechtem Gewissen und verlegenem Lächeln die Diesseitsfreuden eines Würstels mit Gulaschsaft. „Den Jungen verbietet es der Pfarrer“, haben sie bei uns gesagt, „den Alten der Arzt.“ Demütigung pur, die sich am Tag des Herrn fortsetzte, wenn sie nach dem Gasthausbesuch nach Hause hetzten, um zu kochen und die Familie zu bewirten. Und am Nachmittag waren sie froh, wenn der Mann sich hinlegte, um für die Arbeit der kommenden Woche am Bau in Wien oder Graz Kraft zu tanken. Dann kam die Zeit für die Wäsche. Das war die schönste Arbeit, weil es ruhig war im Haus und man das Wunschkonzert im Radio hören konnte. Unsere Frauen hatten vielen Rollen gerecht zu werden, sie mussten nicht nur Ehefrauen und Mütter sein, sondern auch Altenpflegerinnen, Lehrerinnen, Ärztinnen, Köchinnen, Seelsorgerinnen, Beichtmütter, Feldarbeiterinnen, Wäscherinnen, Büglerinnen, Metzgerinnen, Gärtnerinnen, Mäherinnen, Tierpflegerinnen, Putzfrauen, Sexsklavinnen, Generationenbrücken, Lastenträgerinnen und was weiß ich noch. War die Kuh krank, war der Bauer besorgt, kränkelte die Frau, zürnte er.*

Der einzige Bereich, über den die Frauen Maisopotamiens Macht hatten und haben, sind die Kleinkinder und – mehr noch – der Hausgarten. Getarnt als Blumenschmuck-Wettbewerb hat er mittlerweile sämtliche Balkone und Fenster erobert. Über die Blumen regiert nur die Frau. Die Zeit dafür steht ihr zu, da hat der Mann absolut kein Sagen. Bei den Blumen geniert sich der Mann auch nicht, öffentlich stolz auf seine Frau zu sein. Die Blumen sind ihr Machtbereich. Sie, die Herrscherin, bestimmt die Farben, die Sorten, die Wassermengen, den Schnitt und die Gießzeiten. Sie gestattet das Blühen, sie schneidet zurück. Sie lässt in ihrem Hoheitsgebiet sterben und leben. Das entsprach schon zu Urzeiten der biologischen Logik. Diese Dinge waren und sind zum Teil auch heute noch von nicht so großer Bedeutung, dass der Mann sie in die Hand nehmen müsste. Deshalb hat das letztlich auch nichts mit Gleichberechtigung zu tun.

Emanzipation war in Maisopotamien immer ein Fremdwort. Wenn es sie gab, dann nur als Protest. Ich erinnere mich an eine Frau, die zu dem Zeitpunkt, da ihr schwacher, aber ständig wortschwangerer Mann gestorben war, mit dem Reden aufhörte. Sie sprach mit keinem mehr. Sie grüßte nicht und dankte keinem Gruß, wenn sie täglich mit Schoßmöhren, Margeriten oder Glockenblumen von der eigenen

Wiese das Grab ihres Mannes besuchte. Sie war erst als Witwe zur Person geworden und rächte sich für die Beleidigung, ein Leben lang hinter ihrer Mann-Attrappe ignoriert worden zu sein …

Nicht viele Fahrgäste sind in der Metro, und die wenigen mögen in einer Weltstadt wie Rio einiges gewohnt sein. Aber jetzt erleben sie ein Schauspiel, das es nicht jeden Tag gibt. Die dunkelhäutige Frau, die mit mir in Carioca zugestiegen ist, beginnt eine One-Woman-Show, mit der sie die Fahrgäste im hinteren Teil des Waggons sofort in ihren Bann zieht. Kokett lehnt sie sich an die Hinterwand, den Unterkörper drückt sie nach vor, ein Bein schlägt sie über das andere. Dann blickt sie in die Runde, jedem von uns in die Augen, so als wären wir ihr Publikum, das sie zur Stille ermahnen müsse. Dann öffnet sie das Buch in ihrer Hand und beginnt zu lesen, still zwar, aber nicht ruhig! Mit demonstrativer Mimik taucht sie in ihre Lektüre. Sie bewegt die Lippen, schüttelt vehement den Kopf, nach links, nach rechts, starke und abrupte Neins beutelt sie aus ihrem Gesicht, barsche Ablehnung, obwohl sie erst wenige Zeilen gelesen hat. Gebannt nehme ich wahr: Mimik und Gestik der Frau widersprechen dem Inhalt des Vorgetragenen. Den Mund hält sie fest geschlossen, die Lippen leicht gerundet. Geradezu Abscheu signalisiert ihr ganzer Körper. Über irgendetwas, das in ihrem Buch passiert, ist sie erzürnt, mehr noch: erbost. Sie ist total angespannt. Und immer wieder blickt sie hoch, als wolle sie sich unserer Zustimmung vergewissern …

… alles auf der Welt wiederholt sich, natürlich kehren auch Zeiten der Kargheit wieder. Immer und überall mussten Menschen aufbrechen, wenn es in ihrer Heimat kein Auskommen gab. Und das Glück lag oft im Westen, ursprünglich auch für die Maisopotamier.

Wir waren eben wirtschaftlich eine ausgesprochene Problemregion, hatten keine Industrie, kaum Handel und Handwerk, es dominierten die schon genannten unzähligen viel zu kleinen Landwirtschaften, die natürlich keine Arbeitsplätze boten. Deshalb gingen viele hinaus. Die Jüngeren, Mädchen wie Burschen, gingen „auf Saison" in die Schweiz. Sie arbeiteten zumeist im Gastgewerbe und brachten es auf ganz gute Einkommen. Viele von ihnen heirateten in der Fremde. Sie blieben „draußen" und kamen erst im Alter wieder zurück. Die meisten Arbeitspendler blieben allerdings in Österreich. Sie arbeiteten beim Kraftwerkbau in Kaprun oder an der Großglockner-Hochalpenstraße. Von diesen österreichischen Vorzeigebaustellen schickten unsere Männer schöne Ansichtskarten nach Hause, die zumeist einen gelben Postautobus zeigten, der vor dem Hintergrund des Großglocknergipfels über die Hochalpenstraße fuhr. Diese Ansichtskarten, die von der Frau sogleich in das Kredenzfenster in der Küche gesteckt wurden, dienten als stolzer Beweis für den Kontakt des Mannes mit der großen Welt draußen. Später, als das Fernsehen aufkam, stand sozusagen als Hinweis auf die neue Weltläufigkeit auf jedem Apparat ein Segelschiff. Als Leuchte.

Im Laufe der Jahre kamen die Arbeitsplätze wieder in den Osten zurück: Die Ballungsräume Wien und Graz kristallisierten sich als die Hauptarbeitsgebiete unserer Männer heraus. Als Wochen- und Tagespendler waren sie Hilfsarbeiter am Bau. Sie hatten ein hartes Schicksal. Wochentags schliefen sie zusammengepfercht in nackten Zimmern und Containern. Wie Kreaturen hausten sie in feindlich-urbaner Umgebung auf der untersten Stufe der sozialen Leiter. Ohne jedes andere Bedürfnis lebten sie ausschließlich der Existenzsicherung. Die ganze Woche über aßen sie von den Würsten, dem Speck, den Eiern und dem Brot, das ihnen ihre Frauen mitgegeben hatten, deren zerknitterte Bilder sie in den Brieftaschen mitführten …

… die Metro hämmert dahin. Cinelândia und Catete haben wir passiert. Drei Stationen noch, dann kommt Flamengo, die Station, wo ich aussteigen muss. Die lesende Mulattin fesselt mich nach wie vor. Schlank ist sie, ihre Haut hat den schönen Braunton der Menschen aus Bahia. An die 30 mag sie sein. Jeans, weißes T-Shirt, kurzes schwarzes Haar, keinerlei Schmuck, keine Tasche. Nur das Buch.

In der Metrostation Gloria hängt ein riesiges Werbeplakat an der Wand, das einen glücklich strahlenden Vater mit seinen beiden Töchtern zeigt. Er sei zum zweiten Mal verheiratet, hat Volkmar geschrieben. Und: Ich solle mich nicht wundern, wenn er mit seinen beiden Töchtern nur portugiesisch spreche. Obwohl die beiden noch in Österreich geboren wurden, verstünden sie kaum Deutsch. Immerhin sei er vor mehr als 30 Jahren nach Brasilien ausgewandert.

Die lesende Frau wechselt ihre Mimik. Der Ärger ist verflogen, sie lächelt in ihr Buch hinein. Ich spüre aber, wie sie doch auf eine ziemlich kokette Weise um die Aufmerksamkeit der Fahrgäste buhlt. Ist sie womöglich eine von denen, die man hier in Brasilien „Programmdamen" nennt? Ist sie auf Männerfang? Es sind ja vorwiegend Männer unterwegs …

Unsere Männer pendelten zwischen zwei sehr gegensätzlichen Welten. Und das mag auch die Ursache für die tief sitzende Krankheit des Pendlerlandes Maisopotamien sein, jene des Identitätsverlustes. Heute noch erkennt man die Symptome überall: Wer nur einige der auf „neumodern" hergerichteten Gasthäuser mit ihren gesichtslosen Einrichtungen und Speisenkarten gesehen hat, mag bedauern, wie viel im Land des Holzes, des Kernöls und des Sterzes verloren gegangen ist. Aber die Gasthäuser spiegeln ihre Gäste wider, freitag-

abends etwa, wenn die heimkehrenden Wochenpendler zuerst an die Theke und erst danach zur Frau nach Hause gehen. Wenn sie sich in kernigen Sprüchen Heimat zurückholen und schluckweise gegen alles Neue und Fremde abgrenzen. Das ist öffentliches Protesttrinken. Da werden Nabelschnurrituale vollführt von Sesshaften, die die Wirtschaft zum Nomadisieren gezwungen hat.

Der Einheits-Thujenzaun und dahinter, in den Häusern, die Baumarktkultur sind zu Synonymen geworden. In überladenen Wohn- und Schlafzimmern, in Stiegenhäusern und Küchen grassiert auf Kreuzstichen und Ölbildern die Ästhetik der Lebensbäume und des Alpenglühens. Das sind Chiffren für Sehnsüchte, vor deren Verwirklichung aber in jedem Eck das strenge Kruzifix mit der grausamen Darstellung eines geschundenen Körpers warnt. Ich musste immer wegschauen, ich wollte mir die Nägel im Körper und die Dornen im Kopf nicht einmal vorstellen. Dennoch wurden meine Träume davon vergiftet. Das alles, Kreuzstich, Alpenglühen und Kruzifix, sind verkürzte Botschaften für das, was seit Jahrzehnten als schön gilt. Es steht für eine Welt des „sündigen Müßiggangs“, die man sich sonst wo leisten kann, hier aber nicht. Die „Kultur“ ist ein Luxus, sie kommt erst, wenn alles andere erledigt ist. Aber dann formulieren die Stoakogler, die Edelseer, die Zipreiner und andere sogenannte Volksmusikgruppen auf Festen und im Radio rohe und rhythmische Trivialphilosophien, die auf dem Myzel dumpfer Heimatschwülstigkeit gar nicht so harmlos sind, wie sie scheinen.

Der ausladende Busen „schmückte“ die Frau. Die Männer sprachen vom „Holz vor der Hütte“, vom „Balkon“. Und der ausladende Holzbalkon „schmückt“ auch die Stirnseite jedes Wohnhauses – heute mehr denn je. Wie der Busen ist er ein Statussymbol, beileibe nicht zum Rasten, sondern zum Protzen. Das Haus mit seiner Sicherheit ist die Mutter allen Lebens, die Rückzugshöhle. Wenn die

Männer aus dem Haus sind, stecken sie die Hände zur Sicherheit in die Hosentaschen. Und sie setzen den Hut auf, auch im Auto – man fühlt sich eben nicht daheim.

Aber das Wichtigste an jedem Haus sind die Garagen. Sie sind überdimensional groß, weil sie mehr Werkstätten als Abstellplätze sind. An den Wochenenden hört man es aus allen Garagen hämmern und sägen und schweißen und spritzen. Da trägt der gelernte Maisopotamier seine Lieblingskleidung, die Arbeitslatzhose und das Baumarkt-Kappel. Lustvoll gibt er sich seinen motorischen Trieben hin. Irgendetwas ist immer noch fertigzustellen, irgendetwas kann immer neu begonnen werden. Da merkt man auch, dass hier die Nachbarschaftshilfe gelebte Praxis ist. Da mag man auch verstehen, wie sich Alleinverdiener die mächtigsten Häuser leisten können. Schattenwirtschaft im Wirtschaftsschatten. Alles Leben ist Improvisation – der Tag, an dem kein Handgriff mehr zu tun wäre, weil alles vollkommen fertig ist, darf nie kommen. Und er kommt auch nie, weil man das Leben nur im körperhaften Tun spürt.

Meine Lieblingsplätze in Maisopotamien? Natürlich die Superlativen, wie die Riegersburg, die Schlösser Kornberg, Kapfenstein, Poppendorf oder Freiberg, der Schlosshof von Obermayerhofen, Europas größte Edelkastanie in Frutten-Gieselsdorf, die Wasserschlösser um Feldbach, die Bad Radkersburger Altstadt, der Kurpark von Bad Gleichenberg, die 1000-jährige Eiche in Bad Blumau, die vielen Wein- und Obststraßen, um nur das Wenigste zu nennen. Ich mag die zahlreichen Karpfenteiche, deren schillernde Wasser nach Schlamm riechen. Die Kirche auf dem Saazer Hügel ist zum Herzerwärmen. Sie hat als Spitze das slawische Kreuz, genauso wie die Kirche von Kirchberg nur einige Hügel weiter. Aber die Kirchberger Kirche ist ein schmunzelndes Unikum: Kaum jemandem fällt beim Hinschauen auf, dass auf dem Ziffernblatt statt der „Zwölf" eine „Dreizehn" steht. Die vielen Marterln an den Feldwegen sind gemauerte Gebete, und die aufgeschichteten Holzstöße an den Waldrändern sind Kunst aus dem Hemdsärmel.

Wie überall hat es auch in Maisopotamien zu allen Zeiten Originale gegeben. Heute noch geistern der Müller Lipperl und der Ukraine-Vlady durch meine Träume. Sie waren Galionsfiguren meiner Kindheit. Beide waren sie Knechte. Der eine zuckte ständig mit dem ganzen Körper. Er konnte sich nur laufend fortbewegen. In seiner Grenzdebilität grinste er stets verständnislos. Sommers wie winters lief er barfuß. Der andere war aus Lemberg. Als „Kriegsrelikt" war er unter irgendwelchen Umständen in St. Stefan angeschwemmt worden. Er war ein großer kräftiger Mann, der mit sensibelstem Fingerspitzengefühl für uns Kinder aus Zündhölzern die herrlichsten Bauwerke entstehen ließ. Wie die Indianer Nordamerikas geht der Griesmichelwirt bei Kirchbach heute noch in den Wald, um die Ameisen nervös und damit Regen zu machen. In Malaysia beginnen die Bauern erst dann mit dem Hausbau, wenn die Kokospalme gedeiht, die sie zuvor gepflanzt haben. Bei uns machen sie das mit dem Ahorn. Und weiter mit den Originalen: Der Bauer Franz Gsellmann hat auch sein Leben lang gebaut. Überall in Europa hat er Kitsch und Gerümpel gesammelt, um in Kaag bei Feldbach die Weltmaschine zu gestalten. Er hat, ohne es zu wissen und völlig absichtslos, das menschliche Hirn nachgebaut. Und eine ehemalige Köchin gibt es bei uns, die in frühster Jugend eine skurrile Liebe zu Brücken entdeckt hat. In Edelsbach hat sie zahlreiche Brücken in Originalgröße, aber auch Modelle zu einem Museum „zusammengetragen". Weltmaschine und Brückenmuseum, zwei Kuriositäten, stehen unweit der Benediktinerinnenabtei Pertlstein, die Schauplatz für die Verfilmung von Kafkas mysteriösem Roman Das Schloss *gewesen ist.*

Die Mulattin lässt mich jetzt an ihrem Stimmungsumschwung teilhaben. In ihrem Buch muss es eine positive Wendung gegeben haben. Irgendetwas Angenehmes passiert, denn sie lächelt weiter, erst zaghaft, dann immer breiter. Zustimmendes Nicken jetzt. Harmonie. Der Mund hat sich entspannt, die Lippen verlaufen wieder parallel. Das tut gut. Auch mir, der sich nicht losreißen kann von diesem Bild. Aber mir ist inzwischen klar: Die Frau ignoriert uns ganz eindeutig zu demonstrativ. Während die Metro dahinschießt, stelle ich mir die Mulattin auf einem Werbeplakat für Bücher vor. Ich setze die Lesende auf eine Sanddüne. Oder auf eine der grünen Wiesen in Maisopotamien …

… Maisopotamien mag in vielem Durchschnitt sein, landschaftlich aber ist es wunderschön. Ich kann nicht sagen, zu welcher Jahreszeit es am schönsten ist. Wahrscheinlich im Herbst, wenn der Mischwald auf den Hügeln in 1000 Farben brennt. Da denke ich mir, dass es einen Sinn macht, für diesen farbenprächtigen Tod gelebt zu haben. Dieser Herbst, die Zeit, da die Trauben reif sind und der Wein einem die Purpurwolken ins Hirn treibt, ist wie ein Tango, voll von leidenschaftlicher Melancholie. Der Mais ist geerntet, die Luft ist klarer, und die zufällige Geometrie der Stoppelfelder spiegelt die Spannung der Landschaft wider. Im Herbst wird das Land stiller, da genügt ein Lächeln, wenn gelacht werden müsste. Die Obstbäume tragen schwer, und die Blätter machen den Wind sichtbar. Und gegen Weihnachten zu sieht man in den nackter werdenden Baumkronen, wie sich die Vögel sammeln.

In vielen Dörfern und Märkten dominieren trotz heftigster Bausünden immer noch die steilen roten Ziegeldächer. Über den Bächen wachsen die Hangbuchen und Erlen zusammen. An den Grundgrenzen stehen die knorrigen Weidenstöcke wie Kobolde kurz vor dem Aufwachen. Sie sind so charakteristisch wie die Zwiebeltürme der Kirchen, wie die phantasievollen Ziegelornamente an den alten Stallgiebeln. Wie der Wind und die Wolken über dem Kind, das in der Baumhütte seine Geschichten spinnt. Wie die Verlassenheit, die sich am frühen Abend über die Landschaft legt. Die Luft flimmert da nicht mehr so über den Feldern, alles wird frischer und kühler. Früher war das halt so, dass man kaum Menschen gesehen hat. Aber von überallher hat man die Geräusche aus den Ställen gehört, wo gefüttert wurde. Ich höre das heute noch. Liebe geht auch durch die Ohren …

In der Metro beuge ich mich nieder, ganz zu Boden gehe ich und versuche, den Titel des Buches herauszufinden, das die Frau über mir liest. In Agentenmanier nestle ich an meinem Rucksack herum. Die Schrift zittert, aber ich kann irgendetwas Zweizeiliges auf dem Buchumschlag erkennen, etwas mit einem großen C und einigen As. Mehr nicht. Kann es ein Amado sein? Ist es *Capitães da Areia?* Einige neben der Schrift abgebildete Kinderköpfe sprechen für dieses Buch. Die Frau, so denke ich mir, muss jetzt an der Stelle sein, wo Pedro Bala die kleine Negerin, die er bei den Speichern am Strand festhält und verführen will, unberührt ziehen lässt. Denn sie hat gelächelt, für uns alle sichtbar.

Sie kennen mein sportliches Untalent. Ich bin auch kein geschickter Agent. Als die Metro in der Station Largo do Machado hält, während ich noch gebückt dastehe, falle ich zu Boden. Einige Hände helfen mir auf, und wie ich mich wieder stabilisiert habe, sehe ich, wie die Mulattin ganz plötzlich beim Waggon hinaushuscht, kurz bevor die Türen schließen, so als müsse sie fliehen. Und nicht nur ich bin überrascht, als sie uns lachend zuwinkt, während der Zug anfährt.

Sekunden später weiß ich, dass die Vorstellung der Mulattin nicht umsonst war. Als ein Fahrgast aufschreit und auf seine Hosentasche zeigt, weiß ich, wissen wir alle im Waggon, dass wir einer Betrügerin auf den Leim gegangen sind. Während sie uns abgelenkt hat, haben uns ihre Komplizen bestohlen. Ich muss gar nicht hingreifen, um zu wissen, dass meine Gürteltasche fehlt. In Flamengo verlasse ich als bestohlener Tölpel die Metro. Das fängt ja gut an! Dokumente, Scheckkarten und Bargeld sind weg. Wieder einmal darf ich mich schämen. Wieder einmal muss Volkmar mir helfen. Er wird es natürlich tun, so wie früher, mit der gleichen Selbstverständlichkeit. Vom Ministrantenfoto will ich ihm gar nichts erzählen …

N
W
O
S